Wilfried Steiner
Schöne Ungeheuer

Das Firmament klafft entzwei, glühendes Rot sickert durch den Spalt. Ein hohes Pfeifen erfüllt die Luft, für menschliche Ohren kaum zu ertragen. Schlagartig wird es so heiß, dass manche Hirten sich die Kleider vom Leib reißen, weil sie denken, sie würden brennen. Eine von überirdischen Scheinwerfern erhellte Nacht, eine Flut aus lodernder Atmosphäre. Zwischen den versengten Fußsohlen schwappt die Hölle herauf.

ERSTER TEIL

HIMMEL IN FLAMMEN

EINS

Ich war noch niemals in Sibirien.

Nun kann sich diese Gegend, was ihre Attraktivität betrifft, natürlich nicht mit New York messen, und die meisten Menschen, die das Land noch nie betreten haben, werden es auch nicht besonders vermissen.

Doch in meinem Fall ist das anders.

Jemand, der sich seit Jahren, wenn nicht Jahrzehnten, mit einem Ereignis an einem bestimmten Ort beschäftigt, sogar das Ziel (oder den Traum) hat, darüber ein Buch zu verfassen, sollte doch alles daransetzen, diesen Ort aufzusuchen. Noch dazu, wenn es ein Werk werden soll, das wissenschaftlichen Kriterien standhält. Dann müsste doch die Recherche an der Stätte des Geschehenen unverzichtbar sein, nein, mehr als das, der Verfasser müsste einen unstillbaren Drang verspüren, dorthin zu reisen.

Aber nein.

Nicht nur, dass mich schon der Gedanke an die tagelange Anreise zurückschrecken lässt, ganz zu schweigen von der Vorstellung, allein durch die menschenleere Tundra zu streifen – ich habe auch gleich eine schöne Rationalisierung parat: Es ist äußerst unwahrscheinlich, dass ausgerechnet ich dort etwas Neues herausfinden würde, nach all den professionellen Expeditionen der Vergangenheit. Das entbehrt nicht einer gewissen Logik. Doch dann höre ich meine innere Gegenstimme, und sie verkündet, dass mein geplantes Werk automatisch wertlos wäre, wenn ihm nicht bisher unbekannte, am Schauplatz entdeckte Erkenntnisse zugrunde lägen.

Keine Reise, kein Buch. Die Lähmung ist vollkommen. Und dennoch sammle ich weiter Informationen, die Ordner türmen sich in jeder Ecke meines Arbeitszimmers, keine noch so abseitige Nachricht über mein Thema, die nicht fein säuberlich abgeheftet und zusätzlich in einer von Hunderten Word-Dateien gespeichert wäre.

An Zeit mangelt es mir nicht. Ich arbeite beim *Beobachter*, einer mittelgroßen Wiener Zeitung, die jeden Tag aufs Neue an ihrem Anspruch scheitert, der österreichische *Guardian* zu werden. Dort hat man mir mit den Jahren eine gewisse Narrenfreiheit zugestanden. Mein Beruf wird mit einem von jenen zusammengesetzten Begriffen bezeichnet, deren erster Teil Erwartungen weckt, die der zweite nicht erfüllen kann. Wissenschaftsjournalist. Großer Auftakt, enttäuschender Abgang. Wie Theater*kritiker*. Literatur*redakteur*. Oder Musik*lehrerin*. „Wenigstens", pflegte Helga zu sagen, „kein Oxymoron wie *katholische Frauenbewegung*." Sie tröstete mich immer, wenn mich das Gefühl beschlich, ein Versager zu sein. „Wer es nicht zum Künstler oder Wissenschaftler bringt", sagte sie gern, „wird eben Journalist. Daran ist nichts Ehrenrühriges." Ich bildete mir stets ein, in dieser Beschwichtigung eine Portion Verachtung mitschwingen zu hören. Dass sie mich schließlich verlassen hat, scheint diesen Verdacht zu bestätigen. Manchmal denke ich, wenn ich das Buch zu Ende geschrieben hätte, wäre sie vielleicht geblieben.

Mein Kollege Herbert Schiller, Ressortleiter für Politik und Wirtschaft, der von allen schlicht *Herbert* genannt werden möchte, war einst ein Journalist der alten Schule. In dieser Zeit waren wir beinahe Freunde.

Doch dann geschah etwas mit ihm. Sei es, weil er plötzlich beschloss, Karriere zu machen, sei es, weil er schlechte Berater hatte: Er rutschte ab und tummelte sich plötzlich in jenem geistigen Biotop, dem heute alle modernen Führungskräfte entsprungen zu sein scheinen, die angetreten sind, dem Kultur- und Medienbetrieb *dynamische Impulse* zu geben: der fabelhaften Welt des Marketing.

Von dort kommen Menschen, die Worte wie *Zielgruppe* oder *Synergieeffekt* aussprechen können, ohne dabei auszusehen, als hätten sie in eine Zitrone gebissen. Sie sagen Sätze wie „leise ist das neue laut", und der Spiegel, in den sie dabei blicken, zersplittert nicht. Erstaunlicherweise. Sie sitzen in den Vorstandsetagen von Theatern, Zeitungen und Kunstvereinen, erklären den dort vereinzelt noch vorkommenden Dinosauriern, die in Ideen vernarrt sind, dass Inhalt jetzt *content* heißt, wie man eine *corporate identity* entwickelt und dass man, sofern man nicht untergehen will, zur *Marke* werden muss.

Herberts Verhältnis zu mir ist mittlerweile gespalten. Er ist vor nicht allzu langer Zeit zum Feuilletonchef befördert worden und würde fast alles tun, um dem Chefredakteur zu gefallen, denn sein großes Ziel ist es, zumindest sein Stellvertreter zu werden. Dazu braucht er Verbündete, und ich hätte einer sein können. Es entgeht ihm jedoch nicht, dass ich bei manchen seiner Äußerungen während der Redaktionssitzungen den Eindruck erwecke, als müsse ich gerade eine Wurzelbehandlung über mich ergehen lassen, und er versteht nicht, warum ihn sein alter Freund mit einem Mal so viel Abneigung spüren lässt. Ich vermute, dass er sich manchmal wünscht, ich würde die Zeitung verlassen, doch der Chefredakteur ist der Ansicht, ein exzellentes Feuilleton (er spricht es immer aus wie *Fauteuil*) brauche eine gute Wissenschaftsseite. Ich nehme an, er kennt niemanden außer mir, der diese Arbeit für einen solchen Hungerlohn erledigen würde. Als kürzlich ein Artikel von mir über die zweifelhafte Beweislage der Inflationstheorie im *Spektrum der Wissenschaft* zitiert wurde, war es nicht einfach, seinen Gesten des Stolzes zu entrinnen. Also musste mir auch Herbert gratulieren.

Meine Beziehung zu Herbert ist getragen von der Wehmut, einen gleichgesinnten Mitkämpfer verloren zu haben, und dem Zorn, Zeuge seines Irrweges zu sein und hilflos zusehen zu müssen, wie er dem Moloch der Vermarktung huldigt.

„Warum kündigst du nicht einfach?", fragte Helga oft. Ja, warum? Für mich selbst habe ich zwei Antworten: Erstens, mein Kollege kann nichts dafür, dass ich ihn nicht mag. Zweitens, alles wird sich ändern, wenn mein Buch endlich fertig ist.

Helgas *guter Freund* Manfred, der seinen Lebensunterhalt mit populärwissenschaftlichen Büchern über Psychologie bestreitet (und ja, er beendet sie, eins nach dem anderen), hatte für mein Leiden einen Namen: Prokrastination. Da ich nicht verhindern konnte, dass wir ihn öfters zum Essen zu uns nach Hause einluden, durfte er mir seine Diagnose an meinem eigenen Küchentisch servieren.

„Das unnötige Aufschieben von Projekten, die man sich vorgenommen hat, die ständige Unterbrechung, das Sich-Verzetteln", dozierte er einmal, „ist weit verbreitet. Und das häufig trotz vorhandener Gelegenheiten und Fähigkeiten, wie bei dir!" Mir war nicht ganz klar, ob er Wikipedia zitierte oder einen seiner eigenen

Psycho-Ratgeber. Ich senkte den Kopf, aber nicht wie ein ertappter Klient, eher wie ein Stier, bevor das Gatter geöffnet wird, und umklammerte die Stoffserviette, um meine Hände von anderen, gesellschaftlich weniger akzeptierten Tätigkeiten abzuhalten.

„Siehst du?" Helga schaute mich triumphierend an.

Diese Frage fällt mir auch immer ein, wenn ich über Helga und Manfred nachdenke. Ich glaube nicht, dass sie in ihn verliebt war. In meiner Deutung war er genau das: ein Siehst-du-Freund, der immer dann herhalten musste, wenn Helga wieder einmal an meiner Therapieresistenz verzweifelte. *Siehst-du-Freunde oder -Freundinnen sind in Beziehungen von enormer Wichtigkeit, man kann sich nach ihren verständnisinnigen Worten zurücklehnen, den Partner schweigend betrachten und hoffen, dass der unabhängige Blick von außen einen Veränderungsprozess in Gang setzt.* Solche Zeilen würde ich schreiben, sollte ich jemals einen Ratgeber publizieren müssen, wovor mich das Schicksal bewahren möge.

Am 30. Juni 1908 gegen 7:15 Uhr Ortszeit fand im sibirischen Jenisseisk in der Nähe des Flusses *Steinige Tunguska* ein Ereignis statt, das die Welt so noch nicht gesehen hatte. Augenzeugen berichteten von mehreren hellen Lichtblitzen, einem blauweiß leuchtenden Objekt, das vom Himmel fiel, einem Sternschnuppenregen bei Tag, mehreren (bis zu vierzehn) Explosionen, die noch in fünfhundert Kilometern Entfernung wahrgenommen werden konnten, ebenso wie gleißende Feuersäulen. Ein alter Mann erzählte von einem steten Brummen, das immer lauter geworden und schließlich zu einem Grollen und Scheppern angeschwollen sei. Der Sternregen wurde immer intensiver und ließ die

Sonne verblassen. Dann folgten die Blitze, so hell, dass nichts mehr sichtbar war außer dem Licht, gefolgt von einem ungeheuren Knall und einem Beben, das die Erde durchlief. In einem Umkreis von tausend Kilometern hörte man die Explosion, seismologische Stationen in Irkutsk, Tiflis, Jena und sogar in Washington und Potsdam zeichneten Erschütterungen auf. Es zeigte sich, dass die Druckwelle den Globus einmal umrundete. Ein ähnliches Phänomen gab es nur 1883 bei der Eruption des Krakatau. Über die Stärke der Detonation scheiden sich die Geister. Russische Wissenschaftler errechneten, dass sie der Energie von tausend Atombomben des Hiroshima-Typs entsprochen haben müsste.

Auf einer Fläche von über zweitausend Quadratkilometern wurden Schätzungen zufolge sechzig bis achtzig Millionen Bäume entwurzelt. Überraschenderweise waren im Epizentrum die Bäume zwar verkohlt, aber nicht umgeknickt. Aufrecht und schwarz hatten sie dem Feuersturm widerstanden, während ihre Zweige und Blätter binnen Sekunden verglüht waren.

Da die Region dünn besiedelt war, gibt es keine verlässlichen Opferzahlen. Manche sprechen von Hunderten verbrannten Rentieren, von Hirten, die samt ihren Zelten durch die Luft geschleudert wurden. Eine Quelle berichtet von zwei getöteten Menschen. An anderer Stelle heißt es: „Jemand brach sich den Arm, es gab einige blaue Flecken, und ein alter Mann starb vor Schreck. Ein günstigeres Verhältnis von Ausmaß der Katastrophe zu Anzahl der Verletzten wird man lange suchen müssen."

In den folgenden drei Nächten war der Himmel hell erleuchtet, nicht nur am Ort des Geschehens, sondern weit darüber hinaus. Im fernen London konnte man mitten in der Nacht Zeitung lesen, im schottischen St. Andrews absolvierten einige stoische Golfspieler um drei Uhr früh ohne zusätzliche Beleuchtung ihre Runden.

Die naheliegende Erklärung für all diese Phänomene wäre der Aufprall eines schweren Meteoriten oder Asteroiden. Doch das musste man erst beweisen.

Manfred vertrat die Meinung, meine Fixierung auf den *alten Knall*, wie er das Ereignis nannte, hänge mit einem verdrängten Erlebnis in meiner Kindheit zusammen. Irgendetwas ganz Frühes, Schreckliches, das sich der kleine Bub nicht erklären konnte und das sein Vertrauen in die Welt quadratkilometerweit einknicken ließ. „Die plötzliche Abwendung der Mutter", sagte er leise, als könnte mich die unerbittliche Wahrheit seiner Worte aus der Bahn werfen, „kann bei einem Kleinkind zu einer Todeserfahrung werden. Als Erwachsener suchst du nun auf einer verschobenen Ebene nach einer Erklärung für diesen Schock." Er lehnte sich zurück und legte die Fingerkuppen aneinander. Mein Blick suchte das scharfe Steakmesser, es lag in Reichweite, doch am Ende siegte wie immer die Vernunft und Manfred behielt seine Finger.

Helga betrachtete mich in solchen Momenten mit einer Mischung aus Empathie und Ungeduld. Einerseits war ich der bemitleidenswerte, schon als Baby traumatisierte Neurotiker, andererseits der renitente Starrkopf, der sich weigerte, Hilfe anzunehmen. Helga durfte auf eine wohlbehütete Kindheit zurückblicken, stets war sie von verständnisvollen Eltern verhätschelt und gefördert worden, und das Ergebnis konnte sich sehen lassen. Selbstbewusst, bildschön und klug, wie sie war, wurde sie von allen auf Händen durchs Leben getragen. Schon mit dreißig war sie leitende Chemikerin in einem angesehenen Konzern. Durch ihre regelmäßigen Besuche in allen möglichen Fitnesszentren sah sie fünfzehn Jahre jünger aus als ich, obwohl der Altersunterschied nur fünf Jahre betrug. Einzig bei der Partnerwahl hatte sie danebengegriffen.

Was genau der Grund war, warum sie mich letztlich verließ, darüber kann ich nur spekulieren. Ich hätte es in unserem sogenannten letzten Gespräch gerne herausgefunden, doch für Helga war alles so klar gewesen, dass sie es für unnötig gehalten hatte, ihre Motive im Detail vor mir auszubreiten.

„Aber du weißt es doch, Georg“, hatte sie gesagt.

Nachdem sie ausgezogen war, wartete ich auf den großen emotionalen Einbruch. Doch er kam nicht. Zwar vermisste ich sie in manchen Momenten; der tiefe Abgrund jedoch, in den ich zu stürzen fürchtete, tat sich nicht auf. Vielleicht ein weiterer Beweis für meine mangelnde Gefühlstiefe.

Möglicherweise hing es damit zusammen, dass meine innere Grundhaltung, für den Rest der Welt – aber besonders für Helga – eine Zumutung zu sein, sich allmählich auflöste. Oder nein, das stimmt nicht ganz. Ich saß abends auf dem Balkon, eine Zigarette in der Hand, ein Glas Wein vor mir auf dem Campingtisch, und empfand mich immer noch als Zumutung. Aber nur für mich selbst.

Manfred hätte das sicher als eine besonders perfide Form des Narzissmus interpretiert. Doch er war weg. Nie wieder musste ich ein Steak vor ihn hinstellen, mit dem gequälten Lächeln des Gastgebers wider Willen.

Nur Helgas Parfum in den Polstern hielt sich lange, gegen alle Naturgesetze.

Eine Art zerbrechliche Selbstgenügsamkeit stellte sich ein. Sollten die Tage doch hingehen, wie sie wollten.

Die große Veränderung stellte sich erst ein, als Herbert mich mit verschwörerischer Miene in sein Büro bat. Das war unüblich. Ging es etwa um so lebenswichtige Angelegenheiten wie einen Relaunch des Layouts?

Weit gefehlt.

Alles fing an.

ZWEI

Die ersten Forschungen am Schauplatz begannen erst neunzehn Jahre später.

In einer alten sibirischen Zeitung, die ihm 1921 zufällig in die Hände fiel, entdeckte der Meteorologe und Meteoritenforscher Leonid Alexejewitsch Kulik einen Bericht, der seine Neugier entfachte: Er las über eine rätselhafte Himmelserscheinung. Im Jahr 1908 sei in der Nähe der Ortschaft Kansk in Ostsibirien ein riesiger Brocken auf die Erde gestürzt. Es gebe zahlreiche Zeugen. Sogar Passagiere der Transsibirischen Eisenbahn, deren Trasse Hunderte Kilometer vom Einschlagsort entfernt verlief, hätten ein Zittern der Schienen und ein Schlingern der Waggons wahrgenommen. Einige sprachen von einem rotglühenden Objekt, das aus dem Boden der Taiga ragte. Professor Kulik wusste sofort, was geschehen war.

Im Herbst 1921 brach er auf, die Zeitung im Gepäck. Mit der Transsibirischen Eisenbahn reiste er durch den Ural und über Krasnojarsk 4800 Kilometer weit bis nach Kansk. Was er fieberhaft suchte, waren ein Einschlagkrater und Spuren des Meteoriten in der Erde. Er sprach mit zahllosen Einheimischen, notierte jeden noch so geringen Hinweis, verteilte Fragebögen und untersuchte den Boden Quadratmeter für Quadratmeter.

Doch da war nichts. Hatte er sich geirrt? Davon wollte er nichts wissen.

Er stöberte in Archiven und fand weitere Zeitungsberichte. Daraus schloss er, dass er sich am falschen Platz befand. Sechshundert Kilometer zu weit südlich.

Der Himmelskörper musste woanders eingeschlagen sein, in der Nähe des Flusses Steinige Tunguska.

Nach seiner Rückkehr in die Hauptstadt sprühte er vor Enthusiasmus. Nichts auf der Welt würde ihn davon abhalten, eine Expedition zu diesem Ort auszurichten.

Außer den Behörden.

Obwohl er einen angesehenen Posten am Mineralogischen Museum in Petrograd bekleidete und wegen seiner revolutionären Aktivitäten gegen den Zar über einen guten Ruf im Sowjetstaat verfügte, schlug seinem Vorhaben Misstrauen entgegen. Die Akademie der Wissenschaften reagierte zurückhaltend. Was sollte das sein, ein Meteoriteneinschlag in der Taiga, von dem man in Moskau oder Petrograd noch nie etwas gehört hatte? Außerdem misstrauten die Professoren den rückständigen Naturvölkern in der Region, ihren seltsamen Schamanen, die mit Hilfe von Fliegenpilzen durch die Zeit reisten und ihre Ahnen besuchten, ihren Naturreligionen, die sie auch in der atheistischen UdSSR weiter pflegten. Mit *amanita muscaria* im Blut ist es nicht so abwegig, Feuerbälle durch die Luft fliegen und rotglühende Trümmer in der Erde stecken zu sehen.

Doch Leonid Kulik war kein Mann, der leicht aufgab. Als leidenschaftlicher Lyriker wusste er, dass man seinen Inspirationen trauen musste. Seine Besessenheit ebnete ihm schließlich den Weg. Einige einflussreiche Wissenschaftler, angesteckt von seiner Begeisterung, setzten sich für ihn ein, und die Akademie bewilligte das Projekt doch noch.

Im März 1927 startet die Expedition. Es ist die Zeit der Schneestürme, nur mühsam kommen die Pferdeschlitten voran. Erst Wochen später erreichen sie ihre erste Station: das Handelsdorf Wanawara. Hier sollen die Druckwellen Häuser abgedeckt, Fenster und Türen eingedrückt haben. Entfernung vom geschätzten Epizentrum: fünfundsechzig Kilometer. Wieder beginnt er mit seinen Befragungen. Die Menschen erweisen sich als wenig hilfsbereit, fast als hätten sie Angst, dass sie das Unglück erneut heraufbeschwören könnten, wenn sie darüber sprächen. Sie erzählen vom Feuergott Agdy oder Ogdy, der vom Himmel herabsteigt, wenn man ihn verärgert.

Doch immerhin erfährt Kulik, dass der Hauptort der Verwüstung weiter nördlich liegt. Rentierhirten vom Volk der Tungusen hätten die Explosion aus nächster Nähe beobachten können. Kulik und sein Tross ziehen weiter nach Norden. Auch die Tungusen sind misstrauisch und halten sich bedeckt. Mit viel Verhandlungsgeschick schafft es Kulik, einen alten Hirten als Vertrauten und Führer zu gewinnen. Der erzählt ihm, was er erlebt hat:

„Ich stand", sagt er, „in einer grell erleuchteten heißen Nacht." Später habe er die blauweiß leuchtenden Fäden am Himmel gesehen, wie Leuchtspurraketen, nur viel, viel heller. Es sei wie ein langsamer Sternregen, ein Sternschnuppenregen bei Tag gewesen. In einem Moment sei es ihm erschienen, als husche ein ungeheures Licht über die Sonne, das sie für einen Augenblick überblendete. Am Ende seien Blitze aufgeflammt, gefolgt von hellem Donnern, das ihm beinahe das Trommelfell zerrissen hätte.

Gemeinsam erreichen sie den Flusslauf der Steinigen Tunguska, zäh geht es voran, stromabwärts. Mit jedem Tag wird Leonid Kulik unruhiger. Sie müssen dem

Zentrum der Katastrophe nun ziemlich nahe sein. Doch weit und breit ist nicht die winzigste Spur eines Kraters zu sehen. Im April entdeckt er in einem Seitental an die tausend umgeknickte Bäume, ihre Spitzen zeigen alle in dieselbe Richtung. Kein Zweifel, die Druckwelle des Meteoriten hatte sie niedergemäht. Mit ihren Packpferden kämpfen sie sich nordwärts. Mittlerweile ist es so kalt, dass Vögel im Flug erfrieren und vom Himmel fallen. Kulik findet eine Stelle, an der Hunderte Lärchen und Birken entwurzelt worden sind. Diesmal zeigen ihre Stämme in alle Richtungen. Doch auch hier gibt es keinen Krater.

Nach mehreren Wochen, gezeichnet von Schwäche und Krankheiten, stoßen die Forscher auf ein besonders stark zerstörtes Gebiet. Langsam bekommt Kulik eine Ahnung, welches Ausmaß das Ereignis neunzehn Jahre zuvor gehabt haben muss. Und er entdeckt etwas, das ihn verblüfft: Mitten im Kreis der Verwüstung stehen einige Bäume aufrecht. Ihre Äste und Blätter sind verschwunden, das Feuer hat ihre Rinde geschwärzt. Wie geteerte Telegrafenmasten ragen sie zum Himmel. Näher vermag man der Stätte des Einschlags nicht zu kommen.

Wie kann es sein, dass selbst hier keine Spuren eines Impaktors zu sehen waren?

Trotzdem ist Kulik davon überzeugt, dem Beweis für seine Meteoritentheorie ganz nahe zu sein. Doch er muss das Unternehmen vorerst beenden, die Vorräte werden knapp.

Im Herbst 1927 treffen Kulik und seine Mitreisenden in Leningrad ein. Er kommt mit leeren Händen und befürchtet ein Ende des Geldflusses der Akademie. Zu seiner großen Überraschung lösen seine Berichte aber nicht nur in Russland, sondern auch in London und New York ein gewaltiges Medieninteresse aus. Von Forschungsstationen der ganzen Welt treffen Messdaten und Aufzeichnungen von seismischen Wellen aus dem Jahr 1908 ein, die bisher niemand zuordnen konnte. Kulik hält Vorträge und fesselt sein Publikum mit einem apokalyptischen Szenario:

„Wäre der Meteorit um nur vier Stunden und achtundvierzig Minuten früher niedergegangen“, sagt er, „so hätte im Explosionszentrum das damalige St. Petersburg gelegen und niemand weiß, was dann davon übriggeblieben wäre.“

Die Akademie finanziert eine neue Expedition, sie dauert mehrere Monate, doch Kulik findet nichts Neues. Er weiß nun: Er muss es mit Tiefenbohrungen versuchen. Irgendwo unter der sibirischen Erde liegen Bruchstücke des Himmelskörpers, das weiß er ganz genau! Er kehrt nach Leningrad zurück; mit dem Mut der Verzweiflung rüstet er eine weitere Erkundungsreise in das Absturzgebiet aus. Mit den besten Bohrern, die die damalige Technik zu bieten hat. Es gelingt ihm, mit diesen Geräten bis zu vierunddreißig Metern Tiefe vorzudringen. Und er entdeckt: nichts. Nichts von dem, was er finden hätte müssen, wenn es schon keinen Krater gibt – vermehrte Eisen-, Nickel- und Iridium-Vorkommen. Die klassischen Bestandteile eines Geschoßes aus dem All.

So unermüdlich er auch gräbt: nichts.

Er bricht ab.

Niedergeschlagen und ausgezehrt trifft er in Moskau ein. Nun erheben die Kritiker ihre Stimmen: Man könne an der Meteoritentheorie nicht länger festhalten. Es müsse ein Komet gewesen sein, der einige Kilometer oberhalb des Bodens detoniert sei. Ein Komet würde sowohl die Beobachtungen des „Feuerballs“ erklären, als auch die Tatsache, dass keine Impaktorspuren auffindbar seien, da er ja vor dem Aufschlag explodiert sei. Kulik lässt sich davon nicht überzeugen. Die neue These, so findet er, ignoriere die Brandspuren an den Bäumen.

1938 beauftragt er ein Unternehmen, Luftbilder der Region aufzunehmen. Die Fotos sind wunderschön, die Zone der Verwüstung hat die Form eines Schmetterlings. Wissenschaftlich aussagekräftig sind die Ergebnisse nicht.

1941, nach dem Überfall Hitlerdeutschlands auf die Sowjetunion, meldet sich Leonid Alexejewitsch Kulik zu einer Reservetruppe. Er gerät in deutsche Kriegsgefangenschaft und wird in ein Lager bei Spas-Demensk deportiert.

Am 24. April 1942 stirbt er dort an Typhus.

Sein Rätsel ist noch immer nicht gelöst.

DREI

Herbert Schiller empfing mich in seinem Büro mit einem gönnerhaften Lächeln.

Es war kein protziges Büro, das war meinem Kollegen (oder Vorgesetzten? – ich gewöhnte mich nur widerwillig an den Gedanken) zugutezuhalten. Auch an der Mär – gerne verbreitet von uns sogenannten kritischen Redakteuren –, er hänge vor wichtigen Besprechungen ein Dollfuß-Porträt hinter sich an die Wand, war nichts dran.

Sein braunes Haar neigte zu verspielter Lockenbildung und ließ ihn jünger aussehen, einzig die Schläfen waren ergraut. Aber da spross nichts ungezähmt in alle Richtungen, wie es bei Schläfenhaaren üblich ist; sie waren sorgfältig gekappt, begrenzt und beschnitten, sodass unschwer zu erkennen war, wie viel Mühe jeden Morgen in ihre Gestaltung floss. Zwei silberne Beete. Wenn mich sein Redeschwall in die halbbewussten Zonen der Tagträume driften ließ, sah ich manchmal Bewegungen in seinem Gesicht, sah, wie zwei zentimeterhohe französische Gärtner die Haarflächen mit winzigen Nagelscheren zu Rechtecken trimmten, deren Winkel auch unter dem stärksten Mikroskop exakt neunzig Grad betrugen. Irgendjemand musste ihm einmal den Floh ins Ohr gesetzt haben, Frauen jeden Alters fänden solche Insignien kontrollierter Weisheit unwiderstehlich.

Herbert begann in feierlichem Ton.

„Georg, du weißt, was deine Arbeit für unsere Zeitung bedeutet."

„Ich seh's jeden Monat auf dem Gehaltszettel."

Herbert spielte Erstaunen. „Aber Georg, sag bloß nicht, dass dich der Materialismus in seine Klauen bekommen hat. Dich, den reinen Helden der Wissenschaft?“

„Lass das, Herbert“, brummte ich. „Was willst du?“

„Schlecht geschlafen heute? Aber deine Stimmung wird sich bald heben. Ich habe einen neuen Auftrag für dich.“

„Das klingt nicht gut.“

Herbert ignorierte diesen Satz.

„Du hast sicher vom Fall Jan Koller gehört.“

Hatte ich nicht.

„Er ist letzte Woche in Linz ermordet worden. In der Nacht vor einem großen Kongress.“

„Kriminalfälle interessieren mich nicht“, sagte ich brüsk.

„Du wärst aber der ideale Berichterstatter.“

Ich benötigte einige Sekunden, bis ich begriffen hatte, was er meinte.

Empört sprang ich auf.

„Du willst mir jetzt nicht allen Ernstes verkünden, dass ihr mich als Gerichtsreporter einsetzen wollt? Nur weil der Chef zu geizig ist, mehr Personal einzustellen? Aber nicht mit mir!“

„Beruhig dich doch, Georg!“ Herbert hielt mir seine offenen Handflächen entgegen. „Bist du nicht ein bisschen zu alt, um hier ständig den Oberrevoluzzer zu geben?“

„Zu alt?“, knurrte ich. „Denk an Chomsky.“

„Nun, der arbeitet, Gott sei’s gedankt, nicht in unserer Redaktion.“ Herberts freundliche Grübchen erschienen auf seinen Wangen. „Außerdem gibt es noch gar keine Verhandlung.“

Ich nahm wieder Platz.

„Was willst du dann von mir? Und warum ich?"

„Du bist unser Wissenschaftsjournalist. Und die mutmaßliche Täterin ist Teilchenphysikerin." Er machte eine kurze Pause, dann setzte er nach: „Am CERN."

Aha. Damit wollte er mich also ködern. Mit der Gralsburg der Naturwissenschaftler. Schon stellte ich mir die gewaltigen Ausmaße des ATLAS-Detektors vor, sah mich neben ihm stehen und zu einem Insekt schrumpfen. Doch das war nur eine Finte, ich durfte mich davon nicht beeindrucken lassen.

„Soll ich ein Interview mit einer Mörderin führen?"

„Ganz genau."

Herbert zog ein Kuvert aus der Schublade, öffnete es, nahm ein Foto heraus und legte es vor mich hin.

„Das ist sie", sagte er mit siegesgewisser Miene.

Wie anmaßend! Hielt er mich für einen Mann, dessen Urteilsvermögen sich durch hübsche Larven beeinflussen ließ?

Dann schaute ich mir das Porträt doch an. Länger als geplant. Aus dem Nichts fiel mir Taminos Arie ein, obwohl ich mindestens zehn Jahre nicht mehr in der *Zauberflöte* gewesen war. Das Unbewusste ist zuweilen ein Heckenschütze.

„Sie ist angeblich eine der begabtesten Physikerinnen am CERN", sagte Herbert. „Die Männer mit eingeschlossen. Ihr Name ist Jelena Karpova."

„Russin?"

„Ihre Familie stammt aus Krasnojarsk." Herberts Grinsen hatte jetzt etwas Warmes, Mitleidiges.

So schnappte die Falle zu und das Unheil nahm seinen Lauf.

Falls es denn eines war.

Nennen wir es lieber: das Unvorhersehbare.

Herbert erhob sich und zog eine dicke Mappe aus dem Regal neben dem Fenster.

„Das ist alles, was wir über sie haben. Ich möchte, dass du jede Seite davon liest."

„In meiner Freizeit, nehme ich an."

Herbert seufzte und setzte sich wieder. „Du kannst deine Arbeitsstunden gerne der Zeitung verrechnen. Aber mit Maß und Ziel."

Ich betrachtete die kleinen Fältchen in seinen Augenwinkeln.

„Warum liegt dir so viel an dem Fall?"

„Er ist mysteriös", sagte Herbert. „Eine ideale Ausgangslage für eine Aufdeckergeschichte."

Auch so ein Lieblingswort des Ressortchefs. Wenn die Gesetze es zugelassen hätten, würde als Berufsbezeichnung in seinem Pass *Aufdecker* stehen. Er träumte von den ganz großen Geschichten, in denen alles steckte: Kabale und Liebe, Betrug und Lügen und natürlich vor allem eine faszinierende, prominente Frau, die vom Titelblatt strahlen würde. Dabei hatte es in den letzten zwanzig Jahren gerade einmal zwei Reportagen gegeben, mit denen der *Beobachter* Aufsehen erregt hatte.

„Wenn du etwas aufdecken willst, warum machst du es nicht selbst?"

„Erstens, weil ich keine Ahnung von Naturwissenschaft habe. Und zweitens, weil der Chef es so will."

„Dann soll er mir das selbst sagen."

„Er hat momentan viel um die Ohren."

„Soso. Und du? Bist du jetzt nur mehr sein Erfüllungsgehilfe? Sein Befehlsweiterleiter?"

„Georg, ich muss dich bitten, deinen Ton –"

„Weit habt ihr es gebracht“, unterbrach ich ihn, „du und deine Karriere.“

„Wenigstens hocke ich nicht den ganzen Tag im Büro herum und hoffe, dass nichts geschieht.“

Ich versuchte, so finster wie möglich zu blicken, und schwieg.

„Georg“, begann Herbert in sanftem Ton, „das hat doch keinen Sinn. Lass uns wie erwachsene Menschen –“

„Ja, natürlich. Natürlich. Also, was hofft ihr denn herauszufinden? Über Schuld oder Unschuld entscheidet das Gericht.“

„Aber wir können ihm helfen, die Wahrheit ans Licht zu bringen.“

„Das ist doch nicht unsere Aufgabe.“

Herbert setzte seinen Drehstuhl in Bewegung, wie immer, wenn er kurz davor war, die Contenance zu verlieren.

„Leicht machst du es einem nicht, das musst du zugeben.“

„Kann sein.“

Er stoppte die Drehbewegung und schaute mich an.

„Sie wurde von den Beamten des Landeskriminalamts vernommen, dann vom Haftrichter. Sie hat den Mord gestanden –“

„Wunderbar! Dann ist ja alles geklärt! Was ist daran mysteriös?“

„Danach hat sie geschwiegen. Kein Wort über ihr Motiv. Niemand kann sich erklären, warum eine unbescholtene, erfolgreiche Wissenschaftlerin einen Kollegen umbringen sollte.“

„Einen Kollegen?“

„Das Opfer hat viele Jahre ebenfalls am CERN gearbeitet. Vor etwas mehr als einem Jahr hat Jan Koller gekündigt und auf eigene Faust weitergeforscht. Er war also nicht einmal mehr ein Rivale für Frau Karpova."

„Du meinst, sie lügt?"

Herbert zuckte die Achseln. „Möglich. Irgendetwas stimmt nicht mit dieser Geschichte, das spüre ich."

Das verhieß nichts Gutes. Wenn Herbert etwas spürte, war er nicht aufzuhalten. Sein Vertrauen in seinen eigenen Instinkt war unerschütterlich.

Ich bemühte mich, Kooperationsbereitschaft zu signalisieren.

„Gibt es irgendwelche anderen Indizien?"

„Jemand hat sie in der fraglichen Nacht aus Jan Kollers Hotelzimmer kommen sehen."

„Na bitte. Dann haben wir sogar einen Zeugen."

„Doch es gibt auch Widersprüche. Erhebliche sogar."

„Die da wären?"

„Die Karpova hat beim Verhör angegeben, sie hätte die Waffe von hinten ins Herz des Opfers gerammt."

„Wie nett. Und weiter?"

„Die Klinge steckte in Jan Kollers Hals, der Stich wurde ohne Zweifel von vorne geführt und traf präzise die Schlagader."

„Vielleicht stand sie unter Schock und kann sich nicht mehr genau erinnern."

„Das ist eine etwas windschiefe These, findest du nicht?"

„Kann sein", gab ich zu. „Welche Waffe wurde eigentlich verwendet?"

„Ein Brieföffner."

„Ein Brieföffner?" Ich musste lauthals lachen. „Bei einem Verbrechen unter Physikern hätte ich etwas Originelleres erwartet. Eine Kapsel mit Antimaterie zum Beispiel."

Kleine Lachfalten erschienen auf Herberts Gesicht.

„Du liest zu viel Dan Brown, mein Lieber."

„Ich lese keine Bestseller", zischte ich. „Und außerdem sind die Mengenangaben für die Antimaterie in *Illuminati* völlig falsch."

Jetzt grinste mein Gegenüber. „Du weißt erstaunliche Details über ein Buch, das du nicht gelesen hast."

Er hatte mich erwischt. „Alles Allgemeinbildung", entgegnete ich. „Schon eine viel geringere Masse an Antimaterie könnte bei einem Einschlag auf der Erde –"

Ich stockte.

Herbert beugte sich nach vorn und stützte die Ellenbogen auf die Tischplatte.

„Kann es sein", begann er langsam, „dass der Nebel von Tunguska mittlerweile auch deine Intelligenz umhüllt?"

Etwas Unverschämtes lag mir auf der Zunge, doch ich schluckte es hinunter.

„Gut", sagte ich, „also ein Brieföffner. Was gibt es sonst noch Geheimnisvolles?"

„Der Zeitpunkt der Tat. Die Karpova hat beim Verhör angegeben, sich nicht mehr genau zu erinnern. Zwischen 21 und 22 Uhr, sagt sie. Laut Forensik ist der Tod aber erst um 23 Uhr 30 eingetreten."

„Kann man das so genau feststellen?", fragte ich.

„Die Gerichtsmedizinerin sagt, der Stich war so exakt, dass Koller sofort tot war. 23 Uhr 30, plus minus eine halbe Stunde."

„Eine sehr vergessliche Mörderin."

„Das kann man wohl sagen. Sie behauptet, in der Aufregung –"

„Also doch ein Schock", unterbrach ich Herbert. „Wann hat die Zeugin Frau Karpova gesehen?"

„Sie kann sich nicht mehr genau erinnern. Zwischen 21 Uhr und 23 Uhr 30, schätzt sie, sie habe nicht darauf geachtet. Ein bisschen groß, dieses Zeitfenster, finde ich. Und es gibt noch ein Detail."

„Jetzt bin ich aber gespannt."

„Keine Fingerabdrücke auf dem Griff."

„Im Ernst?" Ich musste lachen und mimte den Verblüfften. „Im Fernsehen tragen die Täter meistens Handschuhe."

Herbert drehte sich auf seinem Sessel einmal um die eigene Achse. Dann stand er auf, hob die Mappe vom Tisch und hielt sie mir hin.

„Das genügt für heute", sagte er. „Wir reden weiter, wenn du damit durch bist."

Ich steckte das Dossier in meine Umhängetasche und verließ ohne ein weiteres Wort Herberts Büro.

VIER

Zu Hause legte ich mich aufs Sofa, knipste die Leselampe an und vertiefte mich in das Dossier Jelena Karpova.

Ihre Eltern und ihr Großvater hatten das ostsibirische Krasnojarsk 1984 verlassen und waren mit ihrer damals zweijährigen Tochter Jelena nach Wien gezogen. Ihr Vater, Nikolai Karpov, war in der Sowjetunion ein angesehener Physiker gewesen und erhielt nach dem Umzug überraschend schnell einen Lehrstuhl an der Universität Wien. Immer wieder war er als Gastprofessor nach Genf eingeladen worden. Ab 2007 bekleidete er einen hohen Posten am CERN. Er starb vorige Woche an einem Herzinfarkt, im Alter von sechsundsechzig Jahren. Ekaterina, die Mutter, geboren 1960, war bildende Künstlerin und hatte bereits mehrere Ausstellungen in Wiener Galerien vorzuweisen. Die Feuilletons (auch unseres, übrigens) priesen sie als Erneuerin der abstrakten Malerei. Eine perfekt geglückte Integration auf der ganzen Linie. Nur wenige Misstöne. Nikolai war nachgesagt worden, er hätte gute Kontakte zum KGB, doch das waren Gerüchte. Es gab auch Anzeichen, dass er immer wieder in Konflikte mit den staatlichen Autoritäten geraten war. Einen Hinweis darauf, warum er ausgerechnet 1984, als Konstantin Tschernenko an der Macht war, mit seiner Familie das Land verlassen hatte, konnte ich in den Papieren nicht finden. Im Jahr 1995 ließen sich Nikolai und Ekaterina scheiden.

Jelena war 1982 zur Welt gekommen, war also jetzt siebenunddreißig Jahre alt. Sie galt als hochbegabt und hatte bereits mit siebzehn Jahren begonnen, Technische Physik zu studieren. Sie vermied es, Lehrveranstaltungen zu besuchen, die ihr Vater hielt. Mit knapp zweiundzwanzig Jahren schloss sie ihr Studium mit dem Doktortitel ab. Sie spezialisierte sich auf Experimentalphysik, vertiefte ihre Kontakte in die Schweiz, wobei sie stets betonte, dass ihr Vater sie nicht protegiert hatte. Als am 8. August 2008 die ersten Protonen in den Large Hadron Collider des CERN geschossen wurden, waren Nikolai und seine Tochter mit dabei. Erst 2018 verließ Nikolai das CERN und ging zurück nach Wien. Rasch stieg Jelenas Ansehen am Institut, sie veröffentlichte wichtige Aufsätze und allerorten schwärmte man von ihren außergewöhnlichen Fähigkeiten. Darüber hinaus attestierte man ihr, besonders teamfähig und kommunikativ zu sein. Es dauerte nicht lange, bis sie die Karriereleiter nach oben stieg – und niemand schien ihr den Erfolg zu missgönnen. Mittlerweile waren vier Bücher von ihr erschienen, die alle in der Fachwelt hitzig diskutiert worden waren und sie zu einer der meistzitierten Physikerinnen der Gegenwart gemacht hatten. Das war sie also: Jelena Karpova, jung, blitzgescheit, auf dem Weg nach oben, leidenschaftlich ihrer Berufung folgend, dazu noch everybody's darling.

Und nun sollte sie in Linz einen Kollegen getötet haben. Einen, der in Genf beinahe Tür an Tür mit ihr gearbeitet hatte. Eine Tat ohne jegliches Motiv. Ausgeführt mit einem Brieföffner.

Wenn sie es denn war.

Ich brauchte eine Pause. Wie zum Trotz gegen meinen Chef beschloss ich, den Rest des Tages mit meiner *Obsession* zu verbringen und wieder in die Nebel von Tunguska abzutauchen.

Unter Dutzenden Schlagwörtern sammelte ich Berichte, wissenschaftliche Artikel, Zeitungsausschnitte und allerlei Kurioses in altmodischen Aktenordnern. Auf den Rückenschildern hatte ich verschiedene Begriffe notiert, zum Beispiel „Eiskomet“, „Antimaterie“ oder „Rettendes Raumschiff“. Unter den Buchstaben klebten Bilder, zur rascheren Unterscheidung. Den Rücken von Kuliks Ordner zierte ein Schwarz-Weiß-Foto von hingestreckten Baumstämmen, das er selbst aufgenommen hatte. Auf der Sammlung mit den meisten eingehefteten Zetteln prangte eine Figur aus den *Simpsons*. Sie war mehrmals in der Serie aufgetreten und trug über dem Kopf einen Karton, auf den ein Fragezeichen gemalt war.

Was ich mir von all dem erwartete? Nun, ich weiß es nicht. Nur aus Versatzstücken besteht die Geschichte des Lebens, es gibt keine Kohärenz. Hat einmal jemand gesagt, an dessen Namen ich mich nicht erinnere. Die vom Einzelnen erfassbare Welt hat keinen dramaturgischen Bogen, sie ist ein Sammelsurium aus beiläufig erzählten Anekdoten. Was mich tröstet, ist vielleicht der Gedanke, dass meine eigene Erzählung aus ebenso vielen Bruchstücken besteht wie der Stein- und Eisenhaufen aus dem All, von dem wir nicht wissen, ob es ihn jemals gegeben hat. Nur in der Zersplitterung können wir die Fiktion der Gesamtheit erfassen, oder widerlegen, oder was auch immer.

„Komm ins Bett, das bringt doch nichts“, sagte Helga, wenn ich zu lange über meinen Zetteln hockte.

Was genau daran nichts brachte, und in Bezug worauf, das konnte sie mir niemals erklären. Wenn ich dann endlich zu ihr kam, schlief sie schon tief. Meine Chemikerin, fest eingebettet in ihr Gefüge aus Formeln, Geborgenheit und Lebenslust.

Sie hatte nie eine Ahnung, wie sehr ich sie beneidete.

FÜNF

Am folgenden Vormittag befiel mich im Büro eine Nervosität, die ich mir nicht erklären konnte. In *Google Books* suchte ich Jelena Karpovas erste Publikation und versuchte mit höchster Konzentration, ihren Argumentationslinien zu folgen. Mit bescheidenen Ergebnissen. Spätestens bei den komplexen Formeln, die sie entwickelt hatte, stieg ich aus. In meinem Magen begann es zu rumoren. So nahm ich die Akte unter den Arm und machte mich auf den Weg in unsere Kantine. Meistens nahm ich mir zum Essen Arbeit mit, das lenkte von der Beschaffenheit der Speisen ab. Ich bestellte eine müde, in sich zusammengesunkene Lasagne und setzte mich an einen der Plastiktische. Von den Kollegen war noch niemand da.

Plötzlich ging die Tür auf und Herbert trat herein. Das war ungewöhnlich. Herbert mischte sich mittags selten unters Fußvolk, er bevorzugte ein Haubenlokal zwei Straßen weiter. Meine Alarmglocken fingen an zu läuten.

„Hier bist du also“, sagte Herbert. Er kam auf mich zu und bemerkte mit Genugtuung, dass das Dossier Jelena Karpova neben meinem Teller lag. Geöffnet.

„Du bist neugierig geworden, stimmt's?“

Ich ließ mir Zeit mit der Antwort.

„Die Sache ist interessant. Ohne Zweifel. Aber –“

„Du hast ein *Aber*. Natürlich. Wie sollte es anders sein?“

Er nahm sich einen Stuhl und setzte sich mir gegenüber.

Aufreizend langsam trennte ich mit der Gabel ein Stück von der Teigmasse ab, führte es zum Mund und begann zu kauen. Herbert verlor die Geduld.

„Nun sag endlich! Aber – *was*?"

„Du hast etwas vergessen."

„Ach ja?"

„Ja. Warum um alles in der Welt sollte diese Frau Interesse daran haben, mit der Presse zu sprechen?" Ein guter Einwand, fand ich, doch Herbert reagierte zu meiner Überraschung erleichtert. Eine Falte, die sich über seinem Nasenrücken gebildet hatte, glättete sich wieder.

„Ach, das!", sagte er. „Kein Problem, darum kümmert sich Eva."

„Welche Eva?"

„Frau Dr. Eva Mattusch. Eine der berühmtesten Anwältinnen des Landes. Und einer der eigenwilligsten Menschen, die ich kenne. Erzähl mir nicht, dass dir der Name nichts sagt."

Tat er nicht. Herbert verdrehte die Augen.

„Du solltest öfter über deinen Tellerrand blicken."

„Um was zu sehen? Andere Teller?"

„Alles eine Frage der Perspektive."

„Wenigstens weiß ich, was ich esse."

„Lassen wir das." Herbert wischte sich etwas aus dem Gesicht. Unsichtbare Spinnfäden.

„Ich habe bereits einen Termin mit Eva vereinbart. Sie ist mir noch einen Gefallen schuldig. Oder zwei." Er zwinkerte mir zu.

Es war mir ein aufrichtiges Anliegen, mit meinem Kollegen auszukommen. Schon aus Selbstschutz. Oder Bequemlichkeit. Doch es gab Momente, da gelang es mir nicht. Dieses Zwinkern. Jovial, ein wenig zweideutig, beseelt von der eigenen Unwiderstehlichkeit. Ein Ich-bin-mit-der-ganzen-Welt-auf-Tuchfühlung-Zwinkern. War ich ungerecht? Mag sein. Jedenfalls war ich froh, dass in solchen Augenblicken kein Brieföffner in der Nähe war.

„Alles in Ordnung mit dir?“ Herbert musste hinter meiner Stirn etwas beobachtet haben. Mit großer Konzentration schaffte ich es, meine wildgewordenen Gedanken wieder zu zähmen.

„Ja, warum?“ Fast ohne Zittern führte ich mein Glas Apfelsaft zum Mund und trank einen Schluck.

„Ich dachte nur. Dein Gesicht war so –, so –“ Er stockte. „Na, egal. Also morgen um 15 Uhr.“

„Was?“

„Dein Termin. Mit Eva. Morgen um 15 Uhr, vor dem Landesgericht Linz.“

Ein wenig Recherche konnte nicht schaden. Manchmal ist es praktisch, dass jeder im Netz so viele Spuren hinterlässt. Außer vielleicht der Mann mit dem Karton auf dem Kopf, der Autor, dessen Gesicht fast niemand kannte.

Dr. Eva Mattusch war sechsundvierzig, hatte dreitausendzweihundert Freunde auf Facebook und keine Kinder. Alle ihre Fotos sahen aus, als hätte sie ein professioneller Fotograf aufgenommen. Die meisten zeigten sie in perfekt sitzendem Business-Kostüm, dezent geschminkt, Souveränität ausstrahlend. Wikipedia bezeichnete sie als eine der angesehensten Juristinnen Österreichs, da hatte Herbert also nicht übertrieben. Sie war wohl auch ein Liebling der Presse; ich fand zahlreiche lobende Artikel und Prozessberichte.

Lange betrachtete ich das Porträt auf ihrer Homepage. Kein besonders auffälliges Gesicht. Hellbraune Augen, brünette Haare bis zu den Schultern, ein spöttisches Lächeln auf den Lippen. Mein Eindruck war zwiespältig. In einer Sekunde vermeinte ich einen Anflug von warmherziger Klugheit in ihrem Blick zu entdecken, in der nächsten erschien sie mir abweisend und überheblich.

Mit einem Mal kam mir meine Suche schäbig vor, unter meiner Würde. Ich schaltete den Computer aus und holte einen Ordner aus einem der Regale. Er trug die Aufschrift „Tscheko“, ich mochte ihn besonders gern.

Wer die Antwort auf eine Frage sucht, die Generationen von Wissenschaftlern beschäftigt hat, kommt oft zu seltsamen Ergebnissen. Besonders dann, wenn man sicher sein kann, dass man selbst diese Antwort niemals finden wird. Dann fällt die Wahrheit als mögliches Forschungsergebnis weg und nur das Spiel bleibt zurück, das Jonglieren mit Hypothesen, die lediglich eines gemeinsam haben: Sie sind mit an Sicherheit grenzender Wahrscheinlichkeit falsch. Für diese Arbeit, die wie in meinem Fall nur Geschichten an Geschichten reiht, wüste Hirngespinste ebenso dokumentiert wie die Analyse von Bodenproben, verwenden Außenstehende meist einen abwertenden Begriff, den ich aus Helgas Mund zum ersten Mal in dieser Despektierlichkeit gehört habe: *Hobby*. Dieses Wort bremst die wilde Jagd, der sich der richtungslose Forscher hingibt, erinnert ihn daran, dass er niemals im Palast des Wissens ankommen wird, verwandelt die Kutsche in einen Kürbis, reißt den Reiter aus dem Sattel und zeigt ihm, dass sein Pferd nur aus Holz ist.

Immer wenn ich dieses Wort höre, muss ich vom Boden aufstehen, mir den Staub von der Hose klopfen, meine Nase in den Wind halten, um Luft zu bekommen, mich dann wieder niederknien und zärtlich den

Stock mit dem Pferdekopf streicheln, der neben mir auf der Erde liegt. Dann suche ich Sätze, die ich den Spöttern entgegenschleudern kann.

Manchmal ist die Lüge schöner als die Wahrheit. Oder nein, nicht die Lüge: der Irrtum. Manchmal ist der Irrtum schöner als die Wahrheit. Vielen Naturwissenschaftlern ist diese Einsicht gleichgültig; wenn sie sich für Schönheit erwärmen, dann meist nur für das Ebenmaß bestimmter Gleichungen, das Leuchten des Weltalls oder die Schlichtheit einer unwiderlegbaren Theorie. Manche, die dem Metaphysischen nicht abhold sind, mögen hinter den Formeln und Berechnungen das Walten einer höheren Macht vermuten. Doch statistisch gesehen, sind die Gottsucher unter den Physikern in der Minderheit.

Der Tscheko-See ist eines der schönsten Gewässer Sibiriens. Im Sommer funkelt er inmitten von grünen Hängen wie ein flüssiger Saphir, während die Wolkenschatten über ihn hinwegziehen. Im langen Winter umgibt ihn trostlose, weißbraune Schuppenhaut und er gleicht der Pupille eines gewaltigen Reptils, das in leere Himmel blickt. Doch verlockender als seine ästhetischen Reize sind seine Geheimnisse. Sein tiefster Punkt liegt exakt acht Kilometer entfernt vom imaginären Einschlagkrater des Geistermeteoriten von Tunguska.

Diese Tatsache brachte – fast hundert Jahre nach dem Ereignis – italienische Geologen auf eine Idee. Sie untersuchten den See mit Echolot und entdeckten, dass er eine trichterartige Form besitzt. Für die Region ist er außerdem ungewöhnlich tief. Und er findet sich auf keiner Karte vor 1908. Seismische Messungen kamen zu dem Ergebnis, dass sich unter dem Grund des Sees eine Schicht aus sehr dichtem Gestein verbirgt. Luca

Gasperini und sein Team von der Universität Bologna schlossen daraus, dass es sich beim Tscheko-See nur um den bisher vergeblich gesuchten Impaktbeweis handeln konnte. Ihre These war einleuchtend: Nicht einer, sondern zwei Brocken waren hier niedergegangen. Der erste verglühte vor dem Aufschlag in der Luft, der zweite, kleinere, schlug auf und bildete den kraterförmigen See. Die Lösung des Rätsels war gefunden!

Doch sie hielt weiteren Forschungen nicht lange stand. Ein paar Jahre später untersuchten russische Wissenschaftler erneut die Sedimente am Grund des Sees. Geochemische Analysen ergaben, dass die entnommenen Proben mindestens zweihundertachtzig Jahre alt waren. Mitarbeiter des Instituts für Geologie und Mineralogie konnten kurz darauf mittels Radioskopie das Ergebnis ihrer Kollegen bestätigen.

Und warum war der See dann auf keiner Karte verzeichnet? Das sei nicht weiter verwunderlich, erklärten die Forscher aus Krasnojarsk. Wegen der riesigen Ausdehnung dieses Gebietes sei seine kartografische Erfassung immer mangelhaft gewesen, und an dem Umstand, dass ein kleiner See nicht auf alten Landkarten zu sehen war, sei nichts Ungewöhnliches.

Also wieder nichts. Der Tscheko-See verlor sein Mysterium, es blieb ihm nur seine Schönheit.

Mein Lieblingsirrtum der letzten Jahrzehnte stammt ebenfalls von italienischen Wissenschaftlern. Ein Team mit dem Namen *Opera* verkündete 2011 Messergebnisse, die beweisen sollten, dass sich manche Neutrinos schneller als das Licht bewegten. Die Forscher hatten diese Teilchen über sechs Monate hinweg beobachtet und immer wieder sei es zur Überschreitung der Lichtgeschwindigkeit gekommen. Die Partikel legten eine siebenhundert Kilometer lange Strecke zwischen dem CERN und dem italienischen Labor Gran Sasso in einem Tempo zurück, das 0,025 Promille über der Geschwindigkeitsgrenze des Universums lag. Gemäß der Relativitätstheorie war das jedoch unmöglich: Nichts kann in einem Vakuum schneller fliegen als das Licht. Die Sensation war perfekt! Das Jahrhundertgenie Einstein war widerlegt!

Fünf Monate später wandten sich die *Opera*-Mitarbeiter wieder an die Öffentlichkeit. Dieses Mal jedoch mit leiseren Tönen. Es seien „zwei mögliche Effekte identifiziert worden, welche die Messungen beeinflusst haben könnten." Ein GPS-Gerät und ein defektes Glasfaserkabel hätten zu einer „Überschätzung der Geschwindigkeit" geführt. Die Experimente müssten wiederholt werden.

Diese Mitteilung führte in der Welt der Naturwissenschaften zu allerlei launigen Kommentaren. Das Wort Promille in der Veröffentlichung von 2011 wurde dabei nicht immer wohlmeinend interpretiert. Auf einer Karikatur sah man Männer in weißen Kitteln, mit Weingläsern in der Hand, ein wenig schwankend über ein Kabel gebeugt. Mein Gott, so schnell!, ruft einer von ihnen.

Seit damals erwartet niemand mehr bahnbrechende Nachrichten aus Gran Sasso. Ich hingegen vertraue auf die Findigkeit des kühnen *Opera*-Teams und halte die Daumen für neue Enthüllungen, die das Gefüge der physikalischen Sicherheiten zu erschüttern vermögen, und sei es auch nur für ein paar Monate.

SECHS

Bei der Zugfahrt nach Linz am folgenden Tag blätterte ich das Dossier noch einmal durch. Doch ich war unkonzentriert, mein Blick rutschte ab und blieb auf meinen ungeputzten Schuhen hängen. Mit einem Papiertaschentuch beseitigte ich die gröbsten Schmutzreste.

Vom Bahnhof zum Landesgericht nahm ich die Straßenbahn. Die Landstraße war von Menschenmassen verstopft, als stünde Weihnachten kurz bevor. Am Taubenmarkt stieg ich aus und spazierte den Graben entlang in die Museumstraße. Auf einem hässlichen dreigeschossigen Gebäude fand ich die Aufschrift *Landesgericht Linz Staatsanwaltschaft Linz*. Die Fenster der oberen Stockwerke wurden von dreieckigen Giebeln gekrönt, vom Dach bis zu den Torbögen verliefen abgeflachte Wandpfeiler. Es war genau die Art von Klassizismus, die mich stets einschüchterte und Fluchtreflexe in mir auslöste. Möglicherweise lag es aber auch nur daran, dass mir mein Auftrag, je näher ich dem Gebäude kam, desto idiotischer erschien. Warum um alles in der Welt hatte ich mich darauf eingelassen?

Blick auf die Uhr: Ich war zu früh. Also machte ich kehrt, überquerte die Straße und ging in den Park des Landesmuseums, das dem Gericht gegenüberlag. Hier fühlte ich mich schon wohler, obwohl auch dieser Bau nicht gerade ein architektonisches Glanzstück war. Doch auf der ungemähten Wiese zwischen den Bänken blühte es wild blau und rot durcheinander, das Summen der Bienen erfüllte die Luft und es roch nach den Frühlingsausflügen meiner Kindheit.

Ich wollte mich setzen, da sah ich das Schild auf der Rückenlehne. *Nur für Artgerechte* stand da. Einen Augenblick lang war ich entsetzt: Sollte die oberösterreichische Politik tatsächlich schon so – dann begriff ich und atmete auf. Ein Kunstprojekt, natürlich. Andere Banklehnen trugen die Aufschriften *Nur für Alleinerzogene* oder *For German Speaking Only*. Wo solche Schilder stehen, dachte ich, da lass dich ruhig nieder.

Mitten im Park stand eine Bronzeplastik, ein Monolith mit kleinen runden Aussparungen, durch die man auf die üppig wuchernden Büsche dahinter blicken konnte. Ihr Titel gefiel mir – *Große Weltlochwand*. Ich verband ihn sofort mit dem Krater, den so viele Forscher vergeblich gesucht hatten: Das große Weltloch in der sibirischen Einöde.

Weshalb ich so oft auf die Uhr schaute, weiß ich nicht. Es gab keinen Grund zur Nervosität. Was sollte mir schon passieren? Wenn das Gespräch unerfreulich verlaufen sollte, hätte ich wenigstens einen Grund, aus Herberts *Aufdeckungsprojekt* wieder auszusteigen.

Um fünf vor drei erhob ich mich und ging ein paar Schritte zum Haupteingang des Museums. Auf einer Säule entdeckte ich unter dem Hinweis *Kulturdenkmal* eine aufgesprühte Warhol-Banane. Mit *Sunday Morning* im Ohr verließ ich den Park und beschloss, Linz von nun an sympathisch zu finden.

Es war exakt 15 Uhr, als Frau Dr. Eva Mattusch aus dem Gebäude trat. Ich hielt mich zurück, stürzte nicht gleich auf sie los, um ja nicht den Eindruck zu erwecken, dass ich ihr Gesicht schon gegoogelt hatte. Mein Blick schweifte herum, blieb manchmal kurz an ihr hängen, schweifte weiter. Tatsächlich sah sie nicht so aus wie auf ihren Bildern im Netz. Von Business-Kostüm keine Spur. Sie trug eine nicht mehr ganz neue Jeansjacke, die Haare hatte sie sich mit einem orangefarbenen Tuch nach hinten gebunden, dessen lose Enden ihr über den Rücken fielen. Auch die weißen Turnschuhe, sicher ebenfalls keine Neuerwerbung, überraschten mich. Sie kam auf mich zu, streckte mir die Hand entgegen und sagte fröhlich: „Ich denke, Sie suchen mich. Georg Hollaus, nicht wahr?"

Ich schüttelte ihre Hand und nickte.

Mit einem Mal begann sie zu lachen und fächerte sich dabei mit den Fingern Luft zu wie ein junges Mädchen.

„Verzeihen Sie bitte", sagte sie, nachdem der Heiterkeitsanfall abgeebbt war, „aber ich habe Sie mir ganz anders vorgestellt."

„Wie denn?" Blitzschnell blickte ich nach unten und scannte meine Kleidung. Grafitfarbener Anzug, hellblaues Hemd, passende Krawatte. So ungefähr sollte man doch aussehen, wenn man eine Anwältin traf, oder?

„Na ja", gluckste sie, „nicht so ... so seriös."

„Warum nicht?"

Jetzt hatte sie sich wieder gefangen. „Sie sind doch der Tunguska-Mann, oder nicht?"

Ich spürte, wie eine mir vertraute Wut nach oben stieg und eine sanfte Röte sich auf meine Wangen legte.

„Ich weiß nicht, ob mir diese Bezeichnung gefällt."

Eva nahm meinen Arm und zog mich vom Eingang des Landesgerichts weg.

„Kommen Sie, gehen wir auf einen Kaffee. Den hab ich heute nötig."

Wir schlenderten den Weg zurück, den ich gekommen war, querten den Taubenmarkt, folgten einer Straße, die den glamourösen Namen *Promenade* trug, und blieben vor einem Kaffeehaus stehen, dessen Gastgarten durch eine beige Markise vor der Sonne geschützt wurde. Die Terrasse war voller Menschen, doch Eva entdeckte ein leeres Tischchen und schob mich darauf zu.

„Hier gibt es den besten Espresso der Stadt!“, sagte sie.

Wir nahmen Platz, und binnen Sekunden stand ein Ober neben uns. Nein, neben Eva. Er schenkte ihr sein strahlendstes Lächeln, mich würdigte er keines Blickes.

„Also“, fragte Eva, nachdem wir bestellt hatten, „wie läuft es denn so mit Tunguska?“

„Beginnen wir doch anders“, entgegnete ich. „Erzählen Sie mir einfach alles, was Sie schon wissen. Dann langweile ich Sie nicht.“

Sie schmunzelte. „Na gut. Viel ist es nicht. Herbert sagt, Sie hätten ein ungewöhnliches Hobby.“

Da war es wieder, dieses Wort. Unwillkürlich schloss ich die Finger meiner linken Hand zu einer Faust. Eva sah es und reagierte sofort.

„Auch wenn Sie selbst es lieber anders nennen würden. Eine *Leidenschaft* vielleicht?“

Die Muskeln meiner Hand lockerten sich wieder.

„Jedenfalls schreiben Sie doch an einem Buch, nicht wahr? Den Titel finde ich wunderschön: *Tunguska oder die Schönheit des Irrtums*.“

Jetzt schnellte mein Oberkörper in die Höhe, die Knie drückten sich durch wie bei einem Skispringer an der Schanzenkante, meine Hände klammerten sich an den Rand des Tischchens.

„Den Titel hat er Ihnen auch –?“ Ich stockte. Wurde mir schlagartig meiner unpassenden Körperhaltung bewusst und setzte mich wieder hin.

Mit beruhigender Stimme, so wie man auf einen Verrückten einredet, sagte Eva:

„Seien Sie ihm nicht böse deswegen. Er hat ihn mir nur deshalb anvertraut, weil er so begeistert davon ist. Wie ich. Ein Buch mit diesem Titel würde ich gerne lesen."

„Begeistert? Von etwas, das nicht er selbst gemacht hat?" Ich bemerkte, dass meine Stimme kippte, und riss mich zusammen. Hände flach auf die Oberschenkel legen, langsam und bewusst atmen!, hätte Manfred gesagt. Manfred, der Meister der Selbstbeherrschung. Langsam kroch ein Gedanke in mein Bewusstsein, von irgendwo ganz unten: Ich konnte die meisten Menschen nicht ausstehen. Genau genommen nicht einmal Helga. Geliebt hatte ich sie, ja, besonders am Anfang und gegen Ende, aber gemocht? Gerngehabt? Würde man die Wahrscheinlichkeitsrechnung zu Rate ziehen, konnte das Ergebnis nur sein: Es muss an mir liegen. Ich gebe es zu! Aber ich will jetzt kein Wort über meine Kindheit hören!

Frau Doktor Mattusch hatte die äußeren Erscheinungsformen meines inneren Kampfes ruhig betrachtet, mit locker vor der Brust verschränkten Armen. Sie trank einen letzten Schluck Espresso, drehte dann die Tasse um und hielt sie sich über den geöffneten Mund, als wollte sie sichergehen, dass sie keinen einzigen Tropfen vergeudet hatte. Eine Geste, die ich lange nicht mehr bei einem erwachsenen Menschen beobachtet hatte. Dann beugte sie sich über den Tisch und schob ihre Hände in meine Richtung, ohne mich zu berühren.

„Wie weit sind Sie denn schon mit Ihrem Buch?"

Mit offenem Mund atmete ich lange ein. Stieß dann die Luft wieder aus, mit einem rasselnden Geräusch.

Erst dann war ich bereit für einen bedeutungsschweren Satz:

„Reden wir bitte von etwas anderem."

Eva schaute mich kurz prüfend an, wischte sich mit der Serviette über den Mund und sagte dann, als verkünde sie das Urteil der Geschworenen nach langwierigen Verhandlungen:

„Einverstanden. Und worüber?"

„Darüber, was Sie mit Herbert Schiller zu tun haben."

Sie lehnte sich zurück. Wieder die spöttische Miene.

„So feinfühlig, wie ich befürchtet habe, sind Sie also gar nicht. Sie haben durchaus ein Talent für Verhöre."

Touché. Darauf fiel mir nichts ein. Ich senkte den Kopf. In meinem Nacken spürte ich kalte Tropfen. Ich wischte sie mit meiner Serviette weg, aber sofort waren sie wieder da. Konnte ich so stark schwitzen? Hier stimmte etwas nicht.

Ich schaute zu Eva. Sie kämpfte mit einem Lachanfall, zum zweiten Mal heute. War ich hier der Clown vom Dienst?

„Das sind Wassersprühdüsen", kicherte sie. Ich verstand kein Wort.

„Eine geniale Erfindung." Sie zeigte auf ein silbernes Röhrchen, das hoch über mir aus der Außenwand des Hauses ragte. In der Tat schossen aus der Mündung feine Fontänen direkt in mein Genick.

„So kann man es selbst im Sommer hier aushalten." Sie winkte dem Ober, nein, sie hob einen Finger, und er war schon da.

„Das Übliche?", fragte er. Sie schloss nur kurz die Augen. Er verschwand mit einer Bewegung, die man früher einen *Diener* genannt hätte.

„Ich hab ihn einmal wo rausgeboxt."

„Den Ober?"

Dieses Mal kontrollierte sie sich. Stoppte das Lachen irgendwo zwischen Brustkorb und Kehlkopf. Blieb ernst.

„Nein. Herbert. Haben Sie Ihre Frage so schnell vergessen?"

Ja, Herbert, genau, Herr Schiller, der Großmogul des Marketing, und diese Rechtsanwältin, die eben ihre Jeansjacke auszog, über die Stuhllehne hängte und damit den Aufdruck einer gefiederten Schlange auf dem Ärmel ihrer Bluse bloßlegte – was konnten sie miteinander zu tun haben? Es fiel mir nicht schwer, mir Dr. Eva Mattusch vor Gericht mit roten Boxhandschuhen vorzustellen. Ich sah sie vor mir, wie sie dem Richter die Faust entgegenstreckte und ihm prompt die Perücke verrutschte. Trugen Richter heutzutage noch Perücken?

Einen Schluck Espresso hatte ich noch. Konzentriert trank ich ihn. Drehte die Tasse nicht um. Ab jetzt ging es um Seriosität.

So beiläufig wie möglich fragte ich:

„In welcher Angelegenheit?"

Eva wartete eine Weile, dann machte sie eine Art Robert-De-Niro-Gesicht und zeigte mit dem Finger auf mich.

„Sie sind gut! Aber Sie glauben doch nicht, dass ich Ihnen das erzähle."

„Natürlich nicht."

Sie musterte mich ein paar Sekunden. Schien mit sich zu ringen.

„Also gut", sagte sie schließlich. „Nur, damit hier keine falschen Vorstellungen aufkommen. Es war weit weniger dramatisch, als Sie denken. Ich war seine Scheidungsanwältin."

„Seine was?“

„Hat er Ihnen nie von seiner Scheidung erzählt?“

„Nein.“

„War eine ziemlich langwierige Sache. Hat ihn sehr mitgenommen.“

Vor mir hatte er das gut verborgen. Dafür war ich ihm jetzt dankbar. Und dennoch: Vielleicht hätte ich ihm ja helfen können? Es gab Zeiten, da haben wir auch über persönliche Dinge geredet. Da war sie wieder, die leichte Melancholie, die mich befiel, wenn ich an unsere Vergangenheit dachte. Und die Wut über die Gegenwart.

„Überzeugt Sie meine Antwort nicht?“

„Doch, schon. Ich wundere mich nur, weil ...“

„Weil?“

Ich zögerte.

„Herbert hat mir gegenüber angedeutet, dass *Sie ihm* einen Gefallen schuldig seien.“

Das war zu viel, ich registrierte es sofort. Augenblicklich schämte ich mich.

Doch Eva legte nur den Kopf ein wenig schief und begann zu lachen.

„Das kommt vor. Er verwechselt manchmal die Personalpronomina.“

Ich lachte mit und bewunderte sie im Stillen dafür, wie sie die peinliche Situation gerettet hatte.

Das Übliche war ein riesiger Erdbeerbecher, den der Ober vor Eva auf den Tisch stellte.

„Also, fangen wir an.“ Sie nahm den langen Eislöffel und begann genüsslich, das Schlagobers Schicht für Schicht abzutragen.

„Sie haben sicher auch Fragen, die meine Klientin betreffen.“

„Ich verstehe so vieles nicht. Diese Frau, Jelena Karpova, hat doch gestanden, ihren Kollegen erstochen zu haben."

„So ist es." Eva schob sich eine große Erdbeere in den Mund.

„Und Sie sind angetreten, sie zu verteidigen."

Sie nickte.

„Aber was ist Ihre Strategie? Ich meine, wenn sie sich schuldig bekennt, worauf plädieren Sie? Mildernde Umstände?"

„Es gibt viele Ungereimtheiten. Sie weigert sich strikt, über ihre Motive zu sprechen. Ich habe schon mehrmals auf sie eingeredet, ihr erklärt, dass sie dem Gericht sagen muss, wenn sie erpresst wurde oder sich bedroht gefühlt hat. Doch sie schweigt. Was bleibt, sind die Widersprüche zwischen Indizien und Geständnis."

„Vielleicht, weil es nichts dergleichen gegeben hat? Nur einen kaltblütigen Mord?"

Eva schnappte sich den Strohhalm und sog die letzten Tropfen Erdbeerlikör aus dem Becher.

„Dieser Frau traue ich nicht einmal zu, eine Ratte abzustechen."

„Doch aus welchem Grund sollte sie für eine Tat, die sie nicht begangen hat, freiwillig für Jahrzehnte ins Gefängnis gehen?"

Den Becher drehte Eva nicht um, sie schob ihn einfach von sich weg.

„Das genau versuche ich herauszufinden."

„Und welches Interesse haben Sie, mich da mit hineinzuziehen?"

„Sie kennen doch Herbert und seinen berühmten Riecher für große Geschichten?"

„Mehr als mir lieb ist.“

„Nun, Jelena Karpova ist eine Koryphäe auf ihrem Gebiet. Ein Wunderkind. Sie war bei der Entdeckung des Higgs-Teilchens dabei und ihre Publikationen werden weltweit zitiert.“

„Und wie komme ich da ins Spiel?“

„Herbert meint, Sie seien ein ausgezeichneter Wissenschaftsredakteur. Weder der Untersuchungsrichter noch ich verstehen etwas von Karpovas Fachgebiet. Wir können gar nicht die richtigen Fragen stellen.“

„Aber offensichtlich geht es doch nicht um die richtigen Fragen. Sie will keine Antworten geben, das ist das Problem.“

Eva massierte mit Daumen und Zeigefinger ihre Augenlider.

„Sie haben natürlich recht: Es ist gut möglich, dass wir gar nichts erreichen.“

„Sag ich doch.“

Sie hob den Kopf und schaute mich an:

„Aber versuchen müssen wir es. Es ist mein Job, ihr zu helfen. Und Sie sind meine letzte Option.“

„Weshalb ausgerechnet ich?“

„Ich habe viel versucht. Verschiedene Wege, die üblichen Methoden. Ohne Erfolg. Jetzt hege ich die Hoffnung, dass wir hinter die Wahrheit dieses Falls gelangen, wenn wir mit Jelena auf einer fachlichen Ebene in Verbindung treten können.“

„Sie überschätzen mich.“

„Kann schon sein. Den Versuch ist es mir wert.“

„Warum will sie überhaupt mit mir reden?“

„Das wissen wir ja noch nicht.“

Ich verstand nicht.

„Warum wissen wir –“

„Ich habe sie noch nicht gefragt. Ich brauche natürlich ihre Einwilligung.“

„Sie haben sie noch nicht ... Ich dachte, sie hat schon ...“

„Zugestimmt? Nein. Ich wollte zuerst Sie kennenlernen.“

Ich begriff nur langsam, wie meistens.

„Dann war unser Gespräch also eine Art Prüfung?“

„Wenn Sie so wollen. Und ob es Ihnen gefällt oder nicht: Sie haben bestanden.“

„Und wenn der Prüfling gar nicht bestehen will?“

„Kommen Sie, Sie müssen doch zumindest ein bisschen neugierig sein. Sonst würden Sie gar nicht hier sitzen.“

„Ich sitze hier“, sagte ich trotzig, „weil meine Zeitung mich dazu gezwungen hat.“

Eva seufzte und schaute auf ihre Armbanduhr. Ich versenkte mich in die Betrachtung der gefiederten Schlange. Eine ungewöhnliche Arbeit. Sehr realistische Farben. Die Musterung des Körpers könnte einer Boa Constrictor nachempfunden sein. Die Flügel schillerten in Indigoblau, durchsetzt mit Türkisen ...

Da war sie verschwunden, die Schlange.

Eva hatte sich ihre Jeansjacke wieder angezogen. Jetzt stand sie auf.

„Also gut. Ich habe es zumindest versucht. Ich werde Herbert berichten, dass Sie nicht mit mir zusammenarbeiten möchten. Und dass wir unsere Idee daher vergessen müssen.“

Ich hätte mich nun ganz einfach erheben können, ihr die Hand schütteln und ein paar Entschuldigungsformeln murmeln – schon wäre dieser Kelch an mir vorübergegangen. Den Wutausbruch von Herbert Schiller hätte ich entspannt über mich ergehen lassen, darin hatte ich Übung.

Aber nein. Stattdessen sagte ich:

„Moment ... warten Sie ..."

Blitzschnell saß Eva wieder am Tisch.

„Ich höre."

Es dauerte ein wenig, bis ich mich gesammelt hatte. Als ich ihr antworten wollte, fühlte es sich an, als hätte Evas Boa Constrictor ihren Schwanz um meine Kehle gewickelt. Ich hustete die Schlange weg.

„Also gut. Sie haben mich überredet."

Eva umfasste mit beiden Händen meine Ellenbogen. Sie strahlte mich an. Es war gut für mein seelisches Gleichgewicht, dass ich in diesem Moment ganz sicher sein durfte, dass ihre Freude nicht mir als Person galt. Sie war ohne Zweifel eine hervorragende Rechtsanwältin.

„Danke!" Dieses Wort hatte ich lange nicht mehr gehört. Nicht in diesem Ton.

„Und wie geht es nun weiter?"

„Ich treffe Jelena Karpova morgen. Ich erzähle ihr, Sie seien ein bekannter Wissenschaftsjournalist. Was ja nicht einmal gelogen ist. Und dass Sie gar kein Interesse an ihrem Fall hätten. Vielmehr arbeiteten Sie an einem Buch über die Errungenschaften des CERN. Oder über die Entdeckung des Higgs-Teilchens. Da richte ich mich ganz nach Ihnen."

„Ich bin nur Journalist. Mit dem Fachwissen dieser Frau kann ich keine Sekunde lang mithalten."

Erst jetzt zog Eva ihre Hände zurück.

„Sie machen das schon."

Sie winkte dem Kellner und zahlte. Für uns beide. Mein Protest wurde abgeschmettert.

Ich blieb sitzen, als sie ging. Am Ende des Gastgartens drehte sie sich noch einmal um.

„Ich habe übrigens auch ein Hobby“, rief sie. „Vielleicht erzähle ich Ihnen einmal davon.“

SIEBEN

Herbert musste hervorragend geschlafen haben, sein Gesicht wirkte entspannt, beinahe fröhlich, als er frühmorgens bei mir hereinschneite.

„Wie war's?“, fragte er noch im Stehen.

„Du hast ja blendende Laune“, antwortete ich. „Was ist passiert?“

„Ich habe immer gute Laune. Ist dir das noch nie aufgefallen? Also, wie ist es gelaufen?“

„Falls du das Treffen mit Frau Dr. Mattusch meinst: Es war mehr ein Test als ein Gespräch.“

„Und, bist du durchgefallen?“

„Nein.“

Herbert klopfte mir auf die Schulter und setzte sich hin.

„Ich wusste es!“

„Ich hingegen wusste einiges nicht. Zum Beispiel, dass sie deine Scheidungsanwältin war.“

Herberts Schultern bewegten sich nach vorne, die Fröhlichkeit verschwand aus seinem Gesicht.

„Das hat sie also ausgeplaudert.“

Ich war auf Ärger vorbereitet gewesen, aber ich sah nur eine tiefe Traurigkeit.

„Ich vermute“, sagte ich vorsichtig, „sie wollte nur verhindern, dass ich auf falsche Gedanken komme.“

„Falsche Gedanken?“ Herberts Stimme klang wie von weit her.

„Nicht so wichtig. Herbert, warum hast du mir nie von deiner Scheidung erzählt? Vielleicht hätte ich dir –“

„Was hättest du“, unterbrach er mich. „Mir helfen, meinst du das? Für dich bin ich doch nur ein übler Karrierist, der dem Chef ... den Speichel leckt.“

Ein schwieriger Moment für die Wahrheit. Doch dreist lügen wollte ich auch nicht.

„Das auch“, sagte ich. „Manchmal. Aber nicht immer.“

„Wie großzügig von dir.“ Eine Stimme wie eine Tafel Bitterschokolade.

„Herbert, es war nicht meine Absicht –“

Auch diesen Satz konnte ich nicht zu Ende sprechen. Herbert zog seine Schultern wieder nach oben und schaute mich an.

„Wir waren einmal Freunde, erinnerst du dich?“

„Natürlich“, sagte ich so herzlich wie ich konnte. „Aber seitdem ist Vieles passiert. Du hast dich –“

„... in einen Opportunisten verwandelt und bist zum Feind übergelaufen. Ist es in etwa das, was du mir vorwirfst?“

Ziemlich exakt, war ich versucht zu sagen, aber das war nicht der richtige Zeitpunkt.

„Nein, Herbert, so würde ich das nicht nennen. Es ist nur ...“

Ich stockte.

Herbert erhob sich langsam, jede Bewegung schien ihn zu schmerzen.

„Könnte es nicht sein“, sagte er leise, „dass du dich einfach von mir abgewandt hast, weil ich deinen hohen moralischen Standards nicht mehr genügt habe? Dass deine unerschütterliche Selbstgefälligkeit ein Urteil über mich gesprochen hat? *Verbannung aus meinem edlen Freundeskreis*, so lautete die Strafe, nicht wahr?“

„Herbert, bitte –“ Ich stand auf, legte meine Hände auf seine Oberarme, versuchte ihn zurückzuhalten, doch er entzog sich meiner Berührung, drehte sich um und verließ mein Büro.

Wieder allein, noch aufgewühlt von der Auseinandersetzung mit Herbert, setzte ich mich an meinen Computer und recherchierte über die neuesten Errungenschaften am CERN, um mir bei der Unterhaltung mit Jelena keine allzu offensichtlichen Blößen zu geben. Weit kam ich nicht: Bei einem Foto blieb ich hängen. Es zeigte das Cover des Buches *Inside CERN*, eines Fotobands von Andri Pol.

Ein enges, auf den ersten Blick funktional eingerichtetes Büro. Die meisten Gegenstände sind weiß oder beige: Regale, Tische, Röhren, der Heizkörper. Nur die heruntergelassenen Jalousien leuchten in einem im Verhältnis zur Umgebung fast schon schreienden Hellblau. Drei prall gefüllte Regale: Unmengen Papier, darunter ein futuristischer Drucker. Was die weiteren Objekte betrifft, kann der Laie nur ahnen, worum es sich handelt. Ein silbernes Kästchen in zwei Teilen, dahinter ein Gerät, in dem etwas wie ein Griff mit angeschlossenem Kabel steckt. Arbeitet man hier mit Lötkolben? Auf dem zweiten Regal klebt ein Post-It, leider unlesbar. Geheimnisvolle Glasquadrate, an der Seite eine Reihe Steckdosen. Im dritten das nicht mehr definierbare Chaos, eine aufgerissene Schachtel mit herausgerutschten länglichen Quadern – Mini-Teilchenbeschleuniger oder doch verpackte Nespresso-Kapseln? Noch ein offener Karton, aus dem Kabel kriechen, ineinander verschlungen, ein Hochzeitstanz von weißen und schwarzen Nattern.

Das Zentrum des Bildes jedoch, oder besser: seine rechte Hälfte, zeigt einen Mann. Mit kurzen Hosen und einem Polo-Shirt, das Tausende Waschgänge überstanden haben muss. Aus dem Saum der Shorts ragen dünne, verschrumpelte Knie, abgeschnitten von der unteren Bildkante. Der Schädel des Mannes ist kahl, doch hinter seinen Ohren, einmal um den Kopf herum, verläuft ein buschiger Kranz aus weißem Haar. Und er trägt einen imposanten Vollbart, zerrupft und eisfarben wie die Gesichtshaare des Yeti auf den gefälschten Fotografien.

Soweit zum äußeren Erscheinungsbild.

Doch was mich ergriff, war eine Bewegung, die Andri Pol eingefangen hatte (einer dieser Momente, von denen alle Fotografen träumen). Eine Geste des Mannes, beide Arme weg vom Körper gerichtet, die Handflächen nach oben gewandt, die Daumen abgespreizt. Die wohlbekannte Haltung, die in etwa ausdrückt:

Was soll das?

Kann mir jemand das erklären?

What the fuck – ?

Oder, in deutschen Krimiserien sehr beliebt: Was zum Teufel ...?

Der Blick des Mannes, winzige Brillen mit Drahtgestell durchdringend, richtet sich auf einen Gegenstand, der als einer der wenigen auf diesem Tableau klar zu erkennen ist.

Eine Espressomaschine.

Der Mann ist Richard Kellogg, einer der wichtigsten Physiker am CMS-Projekt, das an der Entdeckung des Higgs-Teilchens beteiligt war.

Der hochdekorierte Wissenschaftler, der vor den Tücken seiner Kaffeemaschine kapituliert. Selten hat für mich ein Bild auf so verschmitzte Weise ein Phänomen zum Ausdruck gebracht, das mich mein Leben lang beschäftigt: Der Charme des Scheiterns großer Geister an kleinen Dingen. Da ich selbst keiner war, konnte ich mich diesem Zauber uneingeschränkt hingeben.

Keine halbe Stunde später entdeckte ich jedoch das gesamte Foto der Szene. Pol hatte für den Umschlag die linke Hälfte weggeschnitten, im Buch befand sich das Bild in voller Breite. Und mit einem Mal sah es aus, als betreffe Kelloggs Unmut nicht die Maschine, sondern die Tatsache, dass sich daneben ungewaschene Tassen stapeln. (Das Chaos auf den Regalen stört ihn offensichtlich nicht.) War also meine kleine Geschichte falsch und der Professor ärgert sich nur darüber, dass niemand das Geschirr gespült hat? Wie immer konnte es entscheidend sein, das vollständige Bild zu betrachten. Jedenfalls bestellte ich sofort das Buch.

Gegen Mittag rief Eva an. Ich konnte mich nicht erinnern, ihr meine Handynummer gegeben zu haben. Ihre Stimme klang aufgewühlt.

„Herr Hollaus, wir haben es geschafft! Jelena Karpova hat dem Gespräch zugestimmt."

„Das kann ich fast nicht glauben."

Ich freute mich, und ich freute mich nicht. Ambivalenz, wie immer.

„Doch, es ist wahr! Anfangs dachte ich, es gäbe keine Chance. Sie war abweisend, sehr in sich versunken. Ich habe ihr von Ihnen erzählt, aber sie hat nicht reagiert."

„Kein Wunder."

„Ich hab alles versucht. Ihr vorgeschwärmt, was für ein toller Wissenschaftsjournalist Sie sind."

„Das wird sie Ihnen nicht abgenommen haben. Sie ist sehr intelligent."

Ich hörte ein Lachen. „Sagen wir so: Sie war nicht sehr beeindruckt. Da hab ich es mit der kleinen Lüge probiert, dass Sie einen großen Artikel über das CERN in einer bedeutenden Zeitung planen. Und sehr an den neuesten Entdeckungen interessiert sind."

„Aha."

„Sie hat mich mit ihrem müden Blick angeschaut und gesagt: ‚Heutzutage interessiert sich jeder Idiot für das CERN. Und wer es nicht tut, ist erst recht einer.'"

„Nicht schlecht. Aber Sie haben nicht aufgegeben, vermute ich."

„Mir ist erst nichts mehr eingefallen. Dann hab ich gedacht, wenn die Notlüge nicht funktioniert, geben wir der Wahrheit eine Chance."

„Das ist gut. Dann weiß Frau Karpova jetzt, dass ich keine Ahnung habe, worüber ich mit ihr sprechen soll. Und erleichtert bin, wenn sie ablehnt."

In ernstem Tonfall sagte Eva: „Ich dachte, über diesen Punkt sind wir hinaus."

„Sie haben recht. Das war nur ein kleiner Panikanfall."

„Panik wovor? Ihnen kann doch nichts passieren."

Ich ging in die kleine Redaktionsküche und holte mir ein Dosenbier aus dem Kühlschrank.

„Sind Sie noch da?", fragte Eva.

„Ja."

„Womit, glauben Sie, hab ich sie neugierig gemacht?"

„Keine Ahnung."

„Ach, kommen Sie. Raten Sie doch einfach."

„Mit meiner aufregenden Biografie? *Geboren in Wien, lebt in Wien, stirbt bald in Wien*?"

„Falsch", sagte Eva übermütig. „Nächster Versuch!"

Wir schwiegen. Ich wollte etwas Leichtfüßiges, Geistreiches sagen, doch mir fiel nichts ein.

„Gut, dann verrate ich es Ihnen." Evas Stimme hörte sich an wie die eines Kindes, das einem fantasielosen Erwachsenen die Welt erklären muss.

„Sind Sie bereit?"
„Bin ich."
„Ich habe Jelena erzählt, dass Sie an einem Buch über Tunguska arbeiten."
„Haben Sie nicht."
„Hab ich doch." Jetzt saßen wir beide in der Sandkiste. Eva verließ sie zuerst.
„Diese Frau", sagte sie ruhig, „die mir nie etwas anderes als ein tieftrauriges Gesicht gezeigt hatte, bekam plötzlich funkelnde Augen."
„Aber warum?"
„Das weiß ich nicht. Sie hat nicht mehr viel gesagt. Nur, dass sie einem Treffen mit Ihnen zustimmt."

Zu meiner eigenen Überraschung dachte ich darüber nach, was ich anziehen sollte. Diese Frage hatte ich, bevor ich Helga kennenlernte, für belanglos, ja für frevelhaft oberflächlich gehalten. Man greift in den Kleiderkasten und nimmt sich blind heraus, was sauber ist. Mehr Aufwand ist Zeitverschwendung. Als Helga in mein Leben trat und mein *schlampiges Äußeres* kritisierte, löste ich das Problem auf meine Weise. Ich zog an, was ihr gefiel; sie suchte die Sachen für mich aus, hängte sie in den Schrank an die Stelle, an die ich morgens immer hingriff, für mich änderte sich wenig und sie war zufrieden. Ich könnte heute nicht mehr mit Gewissheit sagen, was genau sie beanstandet hatte und warum die Anzüge, die sie mir für *wichtige Anlässe* verordnet hatte, mich nicht störten, doch an etwas erinnere ich mich: Meine Lederjacke, die mich durch mein Leben begleitet hatte und die sie *abgefuckt* nannte, zog ich so lange weiterhin an, bis Helga eines Tages ein Verdikt aussprach. *Männer über fünfzig in schwarzen*

Lederjacken sind lächerlich. Das klang unwiderlegbar wie Newtons Gravitationsgesetz und verbannte die Jacke in den Nebenschrank (ich konnte gerade noch verhindern, dass sie sie in den Kleidercontainer der Volkshilfe warf). Das Seltsame war: Auch nach der Trennung habe ich sie nie wieder angezogen.

Und nun hob ich sie behutsam vom Haken, wischte den Staub vom Kragen und schlüpfte hinein. Weshalb? Für wen? Für eine Anwältin, die über meinen Anzug gelacht hatte? Für eine verdächtige Physikerin, deren Augen Tunguska zum Leuchten gebracht hatte? Nein, ich glaube nicht. Etwas hatte aufgehört und etwas anderes begonnen.

Am Bahnhof Linz holte mich Eva mit dem Auto ab. Sie hatte ihren kleinen roten Flitzer (keine Ahnung, welche Marke) direkt vor dem Haupteingang geparkt und winkte mir zu. Diesmal trug sie einen eleganten Hosenanzug und hochhackige Schuhe. Es war wohl für sie ein *wichtiger Anlass.* Sie musterte mich kurz, schmunzelte und legte ihre Hand auf meinen Oberarm. Die Jacke knisterte, wie es sein musste.

„Das mit dem goldenen Mittelweg ist nicht so Ihr Spezialgebiet, stimmt's?"

„Aber Sie haben doch beim letzten Mal –"

„Vergessen Sie's. War nur ein Witz. Steht Ihnen gut, die Jacke. Sie sollten sie bei Gelegenheit reinigen lassen."

Ich roch am Innenfutter. Angenehm herber Duft, fand ich.

Auf dem Weg zum Landesgericht spürte ich ihre Nervosität. Sie fuhr unkonzentriert, rammte einmal beinahe einen Radfahrer, der uns Flüche nachschickte. Sie schien nichts davon mitzubekommen.

Vor dem Haupteingang blieb sie stehen und schaute mich von der Seite an.

„Herr Hollaus, ich wünsche Ihnen und Jelena viel Glück."

„Danke."

„Sie kennen die Regeln?"

„Ich denke schon. Kein Wort über die Tat. Keine Erwähnung des Opfers."

Eva nickte. „Wenn sie nur vage spürt, dass Sie etwas über diese Nacht herausbekommen wollen, bricht sie auf der Stelle ab."

Wir stiegen aus und betraten das Gebäude. Eva ging voraus und lotste mich durch die Gänge. Wir stiegen die Treppe in den ersten Stock hinauf bis zu einem Schild mit der Aufschrift „Besucher".

„Hier beginnt die Justizanstalt", erklärte Eva. „Nur Insassen in U-Haft und Verurteilte mit Reststrafen bis zu achtzehn Monaten."

Sie öffnete die Tür und begrüßte die beiden Justizwachebeamten, die in einem hölzernen Verschlag saßen. Gab es im Gefängnis eine Rezeption?

„Das ist Georg Hollaus. Wir haben uns angekündigt."

Einer der Beamten winkte uns durch, der andere stand auf und kam auf mich zu. Er nahm mir meine Umhängetasche ab und zeigte auf meine Jacke.

„Die auch, bitte."

Er betrat einen Seitengang, öffnete eine Art Spind, legte meine Sachen hinein und sperrte zu.

„Hinter der Besucherzone beginnt das Halbgesperre", sagte Eva. „Das ist für Besucher tabu." Mein Blick fiel auf winzige, vergitterte Zellen, aus denen Arme ragten und wild gestikulierten.

„Die heißen Handzellen“, flüsterte mir Eva ins Ohr. „Wer sich solche Namen wohl ausdenkt?“

Sie fasste mich am Arm und zog mich weiter.

„Wir müssen hier entlang.“

Sie führte mich in einen Raum, in dem sechs Menschen in Kojen mit gläsernen Seitenwänden saßen. Es gab acht solche Kojen, in zwei davon standen leere Stühle.

„Der in der Mitte ist für Sie“, sagte Eva. „Nehmen Sie bitte Platz, Jelena wird gleich kommen.“ Damit schlüpfte sie aus der Tür und ließ mich allein.

Ich nickte den anderen Besuchern zu und murmelte Begrüßungsworte, doch niemand nahm Notiz von mir. Der Raum war in Längsrichtung durch eine bis zur Decke reichende Glaswand geteilt. Auf der einen Seite saßen die Besucher, ihnen gegenüber die Insassen. Alle hielten Telefonhörer in der Hand. Ich bewegte mich nicht und starrte aus dem Fenster, sah die furchteinflößende Stacheldrahtumzäunung. Ich kämpfte gegen einen Fluchtreflex, versuchte, mich zu beruhigen, und setzte mich auf den Platz in der Mitte des Raumes. Vor mir die Glaswand und ein leerer Stuhl. In der Ecke des Bereichs für die Häftlinge saß ein Beamter und löste ein Kreuzworträtsel. Ich hatte das Gefühl, mich in einer singulären Zone zu befinden, in der die Zeit nicht mehr voranschritt.

Da öffnete sich die Tür und eine Frau schwebte herein. Ja, *schweben* ist der richtige Ausdruck. Ich erkannte sie nicht sofort, sie trug ihre weißblonden Haare jetzt kurzgeschnitten. Sie war geschminkt, hatte die Augenbrauen und die Lider mit einem Kajalstift nachgezogen. Die Wimperntusche ließ ihre grünen Augen riesig erscheinen. Sie sah, dachte ich in diesem Moment, exakt aus wie Jean Seberg in *Außer Atem*. Bis auf die Augenfarbe vielleicht, das vermochte ich nicht mit Sicherheit zu sagen, schließlich war *Außer Atem* ein Schwarzweißfilm und ich konnte mich nicht entsinnen, je ein Farbfoto von Jean Seberg gesehen zu haben. Wobei *grün* ja auch so eine Allerweltsbezeichnung ist. Sagen wir so: Vor Jahrzehnten unternahm ich eine Reise in die Türkei und verbrachte viele Stunden im Topkapi-Museum. Angeregt vom Film mit Melina Mercouri suchte ich zuerst den berühmten Dolch. Er lag in einer Glasvitrine im hinteren Teil der Schatzkammer. Sein Griff wird von drei riesigen Smaragden gebildet. Im künstlichen Licht schienen sie ihre Farbe ständig zu verändern, von hell zu dunkel und wieder zurück. Es sah aus, als würden die Steine atmen. *Dieses* Grün meine ich. Der Dolch wäre zudem als Mordwaffe für diese Frau viel passender gewesen als ein Brieföffner.

Jelena bewegte sich auf den Stuhl zu, der meinem gegenüberstand, nahm aber nicht Platz. Trotz des Overalls, den sie trug, erahnte ich die Feingliedrigkeit ihres Körpers. Die Unterarme wirkten dünn und fragil, auch die Schlüsselbeine. Nur ihre Stirn erweckte den Anschein von Sturheit und Durchsetzungsvermögen. Ich stellte mir vor, wie sie damit Bretter durchstieß, die ihr uralte Shaolin-Mönche vors Gesicht hielten.

Sie stand noch immer. Erst jetzt bemerkte ich, dass sie auf eine Geste von mir wartete. Damit hatte ich nicht gerechnet. Ich zeigte auf ihren Stuhl und murmelte etwas wie „bitte, setzen Sie sich doch". Sie konnte mich nicht hören, trotzdem setzte sie sich und nahm den Telefonhörer auf.

Der Hörer, natürlich. Es war mir gar nicht bewusst gewesen, dass es solche Gegenstände noch gab. Schwarz und altmodisch lag er vor mir, wie in einem Gerichtsfilm aus den Fünfzigerjahren.

„Danke“ war das erste Wort, das ich von ihr hörte.

Es löste einen Impuls aus, den ich nur unter großer Kraftanstrengung zu unterdrücken vermochte. Es drängte mich, ihr zu sagen: Bitte erzählen Sie mir, was in jener Nacht wirklich geschehen ist, Sie können keine Mörderin sein, Sie dürfen Ihr Leben nicht durch ein falsches Geständnis wegwerfen, ich persönlich werde Sie hier herausholen, etc.

Doch ich sagte nur:

„Ich danke *Ihnen*. Dass Sie mir erlauben, mit Ihnen zu sprechen.“

Jelena Karpova ließ sich Zeit mit ihren nächsten Worten.

„Warum sind Sie wirklich hier?“

„Nun, ich habe einige Ihrer Veröffentlichungen über Ihre Arbeit ...“

Sie erhob sich.

„Das stimmt, bitte glauben Sie mir. Aber Sie haben recht, es gibt noch einen wichtigeren Grund.“

„Und der wäre?“

„Sibirien.“

„Aha. Inwiefern?“

„Sie ... Sie stammen aus Krasnojarsk, und ich arbeite an einem Buch über Tunguska. Hat Ihnen Frau Dr. Mattusch nichts davon erzählt?“

Sie setzte sich wieder.

„Doch, hat sie. Ich wollte es nur aus Ihrem eigenen Mund hören.“

Sie beugte sich weit nach vorne, bis ihre Stirn fast das Glas berührte.

„Und ich weiß, dass das auch eine Lüge ist. Aber wenigstens eine interessante.“

Sie kam mir ganz nahe, doch ich wich nicht zurück.

„In diesem Fall", sagte ich, „muss ich Sie enttäuschen. Das Buch gibt es tatsächlich. Das heißt, nicht das Buch, aber die Idee. Alles schon in meinem Kopf."

„Noch keine einzige Seite geschrieben, richtig?"

Schuldbewusst senkte ich den Blick.

„Tausende Zettel, der Laptop voller Daten, Regale, in denen sich Bücher und DVDs stapeln, überall verstreute USB-Sticks – so ungefähr?" Es klang belustigt, aber nicht geringschätzig.

„Das trifft es ziemlich genau", sagte ich leise.

„Machen Sie sich keine Sorgen, das kommt schon. Wenn ich an mein erstes Buch denke, da war es auch so. Beinahe hätte ich das gesamte Material vernichtet, bevor ich den ersten Satz formuliert habe. Trösten Sie sich: Beim zweiten Buch wird's besser."

„Ich habe es gelesen", sagte ich.

„Was?"

„Ihr erstes Buch. *Worauf wir hoffen. Über die Entdeckungen der Zukunft.*"

„Ach, wirklich?" In diesem Augenblick sah ich zum ersten Mal, wie sie mit Eleganz ihre rechte Braue hochzog. Man kennt das ja, in den Gesichtern von Menschen, die Zweifel, Verwunderung und Überlegenheit zum Ausdruck bringen wollen. David Niven, wenn ihn etwas belustigte, zum Beispiel. Bei Jelena war es anders. Zwar strahlte diese Bewegung der Braue auch eine gewisse Dosis Spott aus, doch ohne jede Spur von Verachtung oder Selbstgewissheit. Ihr Gesicht war dabei offen und neugierig. Es kam mir vor, als würde ich in das Antlitz eines Mädchens blicken, das die Wunder der Erde bestaunt.

„Und?", fragte sie.

„Ich muss gestehen, ich habe nur Teile verstanden. Es hat mir deutlich gemacht, wie wenig ich weiß.“

„Dann haben Sie es doch verstanden“, sagte sie. „Es ist ein Buch darüber, wie wenig wir wissen. Viele Theorien, wenig Beweise.“

„Wie bei Tunguska“, sagte ich ohne nachzudenken.

Sie klemmte sich den Hörer zwischen Schulter und Kinn, schob ihre feinen, weißglatten Hände auf der Tischplatte ineinander.

„Da ist es noch schlimmer. Hundert Hypothesen, kein einziger Beleg.“

„Sie haben sich mit dem Ereignis beschäftigt?“, fragte ich vorsichtig.

Ihr erstes Lachen.

„Ich habe den unstillbaren Drang, mich mit *allem* zu beschäftigen, was unser Fachgebiet betrifft. Das wird mir noch einmal zum Verhängnis werden.“

Ihr Lachen erstarb, etwas wie ein Schleier legte sich über ihre Augen.

„Oder ist es schon geworden.“

„Wie meinen Sie das?“ – Fragen wie diese durfte ich jetzt nicht stellen. Es fiel mir nicht leicht. Sie wandte sich ab, ich sah den Flaum ihrer Nackenhaare. Für Bruchteile von Sekunden fühlte ich etwas Weiches auf meinen Fingerkuppen. Gibt es Halluzinationen des Tastsinns?

Sie wartete. Vielleicht schon wieder eine Prüfung. Von mir kam kein Wort.

Da bewegte sich ihr Kopf, sackte kurz nach unten, der Hörer fiel auf den Tisch, sie schreckte hoch, wie aus dem Schlaf gerissen, rieb sich die Augen und hielt sich die Sprechmuschel wieder vor den Mund.

„Wo waren wir?“

Bei Ihrem Verhängnis, wollte ich antworten. Ich hatte Glück, meine Vernunft war stärker.

„Im Jahr 1908", sagte ich stattdessen.

„Ja, das Ereignis!" Sie lächelte, wieder ganz bei sich selbst. „Was ist Ihre Lieblingserklärung?"

„Wie meinen Sie das?" Nun passte der Satz.

Jelena strich mit der Spitze des Zeigefingers über ihre Nasenflügel, erst links, dann rechts, eine Geste, die ich noch nicht deuten konnte.

„Ganz einfach: Es geht um eine Naturkatastrophe, geschehen vor mehr als hundert Jahren, es gibt über hundert Thesen, und keine lässt sich beweisen. Wenn Sie sich damit beschäftigen, müssen Sie einen Favoriten haben."

„Na ja, wichtig ist doch, welche Hypothese die wahrscheinlichste –"

„Langweilen Sie mich nicht!" Das kam scharf, unvermittelt. Eine Sentenz, in Marmor gemeißelt. Das Motto ihres Lebens. Der Spruch auf ihrem Grabstein, nach vielen elenden Jahren im –

„Ich warte."

„Sie verachten die Wahrscheinlichkeit?"

„Nein. Sie macht mich nur müde."

„Was weckt Sie auf?"

„Leidenschaft vielleicht. Obwohl das ein zu großes Wort ist. *Besessenheit* gefällt mir besser."

„Damit kann ich, fürchte ich, nicht dienen. Es ist mehr ein Hob–"

Erschrocken hielt ich mir die Hand vor den Mund.

„Sie sehen nicht aus wie jemand, der Steckenpferde reitet."

„Sie haben recht", sagte ich. „Die wahrscheinlichste Lösung ist langweilig. Ein Meteorit oder Komet, der in fünf bis zehn Kilometern Höhe über der Taiga explodiert. Na ja."

„Und ebenso unbeweisbar", sagte sie feurig. „Mein Urgroßvater –" Sie brach ab.

Ich richtete mich auf, jetzt war ich hellwach.

„Wollen Sie damit andeuten, Ihr Urgroßvater war ein … ein Augenzeuge?"

Jelena seufzte.

„Ich rede zu viel. Noch so eine gefährliche Eigenschaft. Aber ja, er hat es gesehen. Und gehört. Er war Rentierhirte, unweit von Wanawara."

„Das ist ja unglaublich", rief ich. „Was hat er erzählt?"

„Das, was die meisten Zeugen berichten: ein Feuerball, der über den Himmel zieht, ein Donnergrollen in der Luft, zersplitternde Fensterscheiben, plötzliche Hitze. So hab ich es von seinem Sohn gehört. Aber da war noch etwas."

„Was?"

Sie schwieg kurz und genoss meine Ungeduld.

„Mein Urgroßvater hat gesagt, er habe ohne Zweifel einen Aufprall gehört. Etwas unerhört Großes und Schweres sei auf der Erde aufgeschlagen. Der Boden habe minutenlang gebebt. Und dann sei eine Rauchsäule in den Himmel gestiegen."

„Also doch ein Impakt!" Das war eindeutig zu laut für einen Steckenpferdreiter.

Die anderen Insassen und Besucher drehten mir ihre Köpfe zu, der Wachebeamte blickte von seinem Rätsel hoch.

Jelenas Handbewegung deutete an, dass es besser wäre, meine Stimme zu dämpfen.

Leise sagte ich: „Das klingt nicht nach einer Explosion in großer Höhe, oder?"

„Eher nicht.“ Da war ein ganz feines, kaum merkbares Lächeln auf ihren Lippen.

„Verraten Sie mir jetzt Ihre Lieblingstheorie?“

„Grundsätzlich schätze ich jene Thesen am meisten, die den Tatsachen am ehesten entsprechen. Aber wenn Sie die Wahrheit langweilt, muss ich wohl andere Prioritäten setzen –“

„Moment!“ Ihr erstes lautes Wort. „Sie werden doch nicht Wahrheit und Wahrscheinlichkeit verwechseln? Da hab ich Sie wohl überschätzt.“

Das traf mich. Ich ließ den Hörer sinken, nahm ihn in die andere Hand und hielt ihn mir ans andere Ohr, als würden mich dort freundlichere Sätze erreichen. Jelena beobachtete mich aufmerksam, ihre nächsten Worte formulierte sie sehr behutsam:

„Wahrscheinlichkeit ist der Feind der Wahrheit, finden Sie nicht? Wir werden uns andere Kategorien überlegen müssen.“

Einer plötzlichen Eingebung folgend, sagte ich kühn: „Wie wäre es mit Schönheit?“

Sie lachte hell auf, ihr Unmut war verflogen.

„*Beauty is truth, truth beauty* – meinen Sie das?“

„Shakespeare?“, riet ich.

Mit einem gespielt strengen Blick sah sie mich an, wie eine liebevolle Lehrerin.

„John Keats“, sagte sie nachsichtig. „Eine romantische Verszeile, doch die Wirklichkeit hält sich nicht daran. In der Wissenschaft ist schon so manche schöne Theorie von einer hässlichen Tatsache zu Fall gebracht worden.“

„Aber wie soll ich Ihnen meine liebste These nennen, wenn Sie alle Kriterien ablehnen?“

„Nicht alle! Bisher haben wir nur über zwei gesprochen.“

„Gut, dann machen Sie mir bitte einen Vorschlag."

Jelena trommelte mit den Fingern einen Rhythmus auf den Hörer.

„Was halten Sie davon: *Die lächerlichsten Lösungen sind oft die wahren*?"

Ich musste lachen. „Lächerliche Vorschläge gibt es bei Tunguska mehr als genug."

„Sehen Sie! Und über welchen haben Sie am lautesten gelacht?"

„Ein riesiger Komet ist auf die Erde zugerast. Glücklicherweise war ein außerirdisches Raumschiff mit besonders edlen Aliens in der Nähe. Um die Menschheit zu retten, steuerten sie ihr Schiff auf Kollisionskurs mit dem Eindringling. In einer gewaltigen Explosion wurden sowohl der Komet als auch das UFO zerstört. Eine fremde Macht hat sich für uns geopfert."

Jelena legte den Telefonhörer ab und klatschte zweimal in die Hände. Dann nahm sie den Hörer wieder auf.

„Der gute Juri", sagte Jelena. „Er hat so viel Fantasie."

Erst nach ein paar Sekunden verstand ich.

„Sie kennen Juri Lawbin?"

„Natürlich. Er stammt aus Krasnojarsk, wie ich. Wir mailen hin und wieder. Ein äußerst liebenswerter Mann. Leider völlig verrückt."

Der Beamte schaute auf die Uhr, legte sein Heft beiseite und erhob sich. Die Besuchszeit war vorüber.

„Vertrauen Sie Ihren Obsessionen", sagte Jelena zum Abschied.

ACHT

Bevor ich die Justizanstalt verlassen durfte, hielt mich ein Beamter sanft, aber bestimmt zurück. Hatte ich etwas falsch gemacht, wollte man mich hierbehalten? Nein, ich musste nur samt meiner Tasche die Sicherheitsschleuse passieren. Nichts piepste, ich war ein freier Mann.

Eva saß wie vereinbart auf einer Bank im Museumspark. Sie hatte ihre Jacke ausgezogen und säuberlich gefaltet neben sich gelegt. Das Gelb ihrer Bluse leuchtete mit den Teerosen im Park um die Wette. Sie zog hastig an einer Zigarette. Zu ihren Füßen sah man die Löcher, die ihre Stöckelschuhe in den Kiesweg gebohrt hatten. Als sie mich kommen sah, sprang sie auf und lief auf mich zu.

„Wie war's?“, rief sie.

Wir setzten uns auf die Bank und ich strengte mich an, ihr alles so genau wie möglich zu berichten. Manchmal nickte sie, manchmal lachte sie, am Ende war sie sichtlich unzufrieden.

„Das klingt ja alles sehr unterhaltsam“, sagte Eva, „bringt uns aber keinen Schritt weiter.“

Das kränkte mich ein wenig. „Aber *Sie* haben doch das Tunguska-Ereignis ins Spiel gebracht, und nur deswegen hat sich Jelena Karpova bereit erklärt, das Gespräch zu führen.“

„Ja, das ist schon richtig“, antwortete sie, ohne überzeugt zu klingen. Mit ihren Stöckeln zeichnete sie Muster in den Kies: Kreise, Dreiecke, Zahlen, Integralzeichen. Es sah bedeutungsvoll aus.

Ich zeigte auf den Boden. „Ist das eine Formel?“

Jetzt lachte sie ihr Eva-Lachen, mit halb zurückgeworfenem Kopf.

„Das ist Bewegungstherapie“, sagte sie. „Wie kommt es, dass ein Wissenschaftsjournalist Gekritzel nicht von Mathematik unterscheiden kann?“

„Ich habe heute wohl nicht meinen besten Tag“, murmelte ich.

„Kopf hoch“, sagte sie, immer noch erheitert. „Wer weiß, vielleicht kommen diese Zeichen ja aus den Tiefen meines Unbewussten und bilden die Weltformel ab, nur mein beschränktes Ich erkennt sie nicht.“

„Sagen Sie bloß, Sie haben auch Psychologie studiert.“

„Nicht dass ich wüsste. Sollte ich?“

Darauf ging ich nicht ein. Eine Biene setzte sich auf meine Hand, mit zwei Fingern schnippte ich sie weg. Sie taumelte ein wenig in der Luft, dann flog sie unbeeindruckt zu den Blumen zurück.

„Gut“, sagte Eva, „fassen wir zusammen. Tunguska war vielleicht ein guter Einstieg, Sie haben immerhin ihr Vertrauen gewonnen.“

„Das würde ich nicht sagen. Nein, auf keinen Fall.“

„Doch. So viel geredet hat sie mit mir nie.“

„Wenn Sie meinen.“ Ich betrachtete die Bronzeskulptur einer Frau, zwei Meter von unserer Bank entfernt. *Kleine Knieende* stand da, *Ludwig Kasper 1941*.

Eva folgte meinem Blick. „Schön“, sagte sie.

Dann schwiegen wir. Eva dachte angestrengt nach, man sah es an den Falten oberhalb der Nase.

„Fangen wir doch“, begann sie langsam, „mit der Seltsamkeit der Todeszeitpunkte an.“

„Welche Zeitpunkte?“

„Vater und Tochter.“

Ich verstand gar nichts.

„Stand das nicht in Ihren Unterlagen? Wie nachlässig!"

„Ich habe nur ein Dossier von Herbert –"

„Aber dass Nikolai Karpov, Jelenas Vater, gestorben ist, wissen Sie schon."

„Natürlich! An einem Herzinfarkt, vor knapp zwei Wochen."

„Am 27. April, um genau zu sein. Dämmert Ihnen da etwas?"

„Na ja, das Datum kommt mir bekannt vor, aber woher genau –"

Wieder unterbrach sie mich.

„Sie haben wirklich nicht Ihren besten Tag heute. Am 27. April hat Jelena Karpova Jan Koller erstochen. Behauptet sie jedenfalls."

„O mein Gott", rief ich.

„Sind Sie gläubig?"

„Nein, das sagt man doch nur so –"

„Ich sage das nie." Eva stand auf und streichelte das Knie der Skulptur, dann drehte sie sich zu mir um.

„Ist jetzt alles klar?"

Ich nickte. „Der Tod des Vaters. Der Mord an Koller. Dieselbe Nacht."

„Sehr gut! Und was schließen wir daraus?"

„Dass das kein Zufall sein kann."

„Ausgezeichnet!" Eva klopfte mir anerkennend auf die Schulter. Es war ironisch gemeint, fürchtete ich.

„Zumindest wäre es ein äußerst ungewöhnlicher Zufall."

Vor uns brummten die Hummeln im Strauch. Es war schön zu sehen, wie sie ihre Körper in die Blütenkelche schoben und mit gelben Pollenpaketen an den Beinen wieder herauskamen.

„Haben Sie mit Jelena über ihren Vater gesprochen?“, fragte ich.

„Ich hab es versucht. Sie ist mir auch bei diesem Thema ausgewichen. Aber es gab einen kleinen Unterschied.“

„Inwiefern?“

„Wenn ihr Vater aufs Tapet kam, reagierte sie sehr emotional. Tränen, kippende Stimme und so weiter. Während sie über die Tat kategorisch schweigt, dabei aber, wie es scheint, völlig kalt und teilnahmslos bleibt.“

Eva setzte sich wieder an meine Seite. Erst jetzt sah ich, dass wir auf der Bank mit der Aufschrift *Nur für Alleinerzogene* saßen.

„Die Frage ist“, sagte sie, „ob wir aus diesem Unterschied etwas herauslesen können. Ob wir imstande sind, ihn zu nutzen. Oder besser: ob *Sie* dazu in der Lage sind.“

„Ich? Wieso ich?“

„Das liegt doch auf der Hand. Mit Ihnen redet sie. Wenn auch bis jetzt nur über unnütze Dinge.“

„Ich muss schon sehr bitten –“

„Oh, entschuldigen Sie. Ich wollte Sie nicht kränken.“

„Schon in Ordnung.“ War es nicht, aber ich wollte nicht darauf herumreiten. Auf meinem Steckenpferd.

„Zweifellos“, begann Eva erneut, „vertraut sie Ihnen mehr als mir. Wenn Sie mit ihr auf ihren Vater zu sprechen kommen, wer weiß, was wir dann alles erfahren. Möglicherweise hat sie sogar den Drang, über den Verlust zu reden, aber eben nicht mit mir.“

Ich schloss kurz die Augen, und sofort war sie da: Die Teilchenphysikerin Jean Seberg, in der erhobenen Hand hielt sie den Dolch der Osmanen. Mit der flachen Hand wischte ich das Bild beiseite.

„Könnte sein“, sagte ich.

„Sehen Sie!“, rief Eva begeistert. „Doch zuerst müssen Sie sein Buch lesen.“

„Welches Buch?“

„Ein Werk von Nikolai Karpov hat in der Wissenschaftswelt großes Aufsehen erregt. *Phantome im Teilchenzoo*, nie gehört?“

„Doch, jetzt wo Sie den Titel nennen ...“

„Na also. Ich hab mich sehr angestrengt, es zu verstehen, bin aber gescheitert. Ist einfach nicht mein Fachgebiet. Aber nun sind ja Sie im Spiel.“

„Wenn Sie glauben, dass uns das weiterbringt ...“

„Ja, das glaube ich.“

Eva zog ihre Schuhe aus, stellte sie neben sich und zog die Beine an. Ihre Zehennägel waren gelb lackiert, passend zur Bluse.

„Wissen Sie, was ich denke? Diese Frau muss eine äußerst ungewöhnliche Beziehung zu ihrem Vater gehabt haben. Irgendetwas Ungesundes, eine Art Hassliebe, eine Mischung aus Verehrung und Verachtung. Vielleicht geht es sogar um Missbrauch.“

„Ich sehe eher eine junge, hochbegabte Frau, die ihren berühmten Vater nicht enttäuschen will. Sie hat immer darauf bestanden, dass sie alles allein erreicht, ohne seinen Einfluss. Jegliche Patronanz oder Protektion war ihr zuwider. Eigentlich eine redliche Haltung.“

„Das schon. Doch es muss einen Zusammenhang geben zwischen dem Mord und dem Infarkt. Eine gar nicht redliche Verbindung.“

Ich hängte meine Lederjacke über die Lehne der Bank, es war heiß geworden.

„Jan Koller hat gedroht, den Missbrauch öffentlich zu machen, und Jelena hat ihn zum Schweigen gebracht.

Etwas in dieser Richtung?“

Eva nickte. „Das würde erklären, warum sie über ihr Motiv nicht sprechen will. Jedoch nicht, weshalb der Vater in derselben Nacht stirbt.“

„War sie bei ihm und hat die Tat angekündigt? Und Nikolai war so außer sich, dass sein Herz versagt hat?“

Eva verzog das Gesicht. „Erst erschreckt sie ihren Vater in Wien zu Tode, dann fährt sie nach Linz und ersticht den Erpresser? Das klingt ein bisschen weit hergeholt, finden Sie nicht?“

„Schon.“

In einem sanften Windhauch schaukelten die Blumen im Park hin und her. Rote und blaue Wellen aus Blüten.

„Wann genau hat Nikolai Karpov eigentlich das CERN verlassen?“

„Voriges Jahr, im Alter von fünfundsechzig. Ein paar Wochen später wurde ein Herzfehler bei ihm diagnostiziert.“

Eva beobachtete eine Weile ein vorbeischlenderndes Pärchen, dann wandte sie sich wieder mir zu.

„Dennoch vermute ich, dass er sie erpresst hat.“

„Nikolai?“

„Nein, natürlich nicht! Dieser Koller.“

„Woraus schließen Sie das?“

Eva zuckte mit den Achseln.

„Ist nur so ein Gefühl. Aber ich habe die Erfahrung gemacht, dass mich meine Gefühle selten täuschen.“

Auf der *Großen Weltlochwand* landete eine Amsel und zerstückelte mit dem Schnabel den Regenwurm, den sie erbeutet hatte. Da fiel mir die Frage ein, die ich zu stellen vergessen hatte.

„Stimmt es, dass Frau Karpova behauptet hat, Koller durch den Rücken erstochen zu haben, die Waffe hingegen in seinem Hals steckte?“

„Das ist korrekt. Noch so ein Rätsel.“

„Hat sie je mit Ihnen darüber gesprochen?“

„Nur einmal, ganz kurz. Sie sagte, dass ihr die Erinnerung wegen des Aufruhrs der Emotionen vielleicht einen Streich gespielt habe.“

„Und glauben Sie ihr das? Dass einen die Erinnerung so täuschen kann? Man nicht mehr weiß, ob man jemanden von vorne oder von hinten getötet hat?“

„Ich bin keine Psychologin, schon vergessen?“

„Mich würde es trotzdem interessieren.“

Eva schaute durch mich hindurch in die Ferne.

„Wer begreift schon, was in der Seele eines Menschen vorgeht, wenn es zum Äußersten kommt?“

„Bedeutet das, Sie denken doch, dass sie es getan hat?“

„Nein. Ja. Um ehrlich zu sein: Ich habe keine Ahnung. Nur eben dieses Gefühl. Und selbst das ändert sich von Minute zu Minute.“

„Klingt kompliziert.“

„Ist es auch. Noch dazu, wo es noch eine weitere Seltsamkeit in Karpovas Aussage gibt.“

„Sie meinen die falsche Tatzeit?“

Eva nickte. Sie nahm einen Schuh in die Hand und visierte eine Wespe an, die von ihrem Duft angelockt worden war und ihr ums Gesicht schwirrte. Sie traf sie mit dem ersten Schlag.

„Alle Achtung“, sagte ich.

„Wie bitte?“

„Na, Ihre Vorhand.“

„Ach das.“ Sie legte den Schuh wieder beiseite.

„Kommt vom Tischtennisspielen."

„Tatsächlich? Sieht aus, als würden Sie Ihre Gegner von der Platte fegen."

Sie lächelte, nicht ohne Stolz.

„Ich war sogar einmal Jugendlandesmeisterin. Ist lange her."

„So lange kann das nicht ...", begann ich, aber Eva schickte mir einen Blick, der in etwa bedeutete: Verplempern wir unsere Zeit nicht mit kindischen Komplimenten.

Kurzes Schweigen. Ich nahm mir ihre Botschaft zu Herzen und überlegte mir eine sachliche Frage.

„Was wissen wir eigentlich über das Opfer?"

„Nicht viel. Wikipedia-Eintrag, Artikel, beruflicher Werdegang. Ich habe viele Telefonate geführt, doch seine Kollegen und Mitarbeiterinnen gaben sich wortkarg. Ich habe stapelweise Akten durchgearbeitet, doch ich fand nichts Außergewöhnliches oder Anrüchiges. Jan Koller arbeitete knapp vier Jahre lang am CERN und galt als vielversprechender junger Forscher. Dann verließ er das Institut und ich habe noch nicht herausgefunden, warum."

„Und er sollte einen Vortrag auf dem Kongress halten. Worüber eigentlich?"

„Das weiß niemand so genau. Nachdem er Genf verlassen hatte, wurde er zum Einzelkämpfer. Im Hotelzimmer haben die Beamten nichts gefunden, keine Skripten, nicht einmal einen Laptop. Wenn man von einem spitzen Gegenstand in der Halsschlagader des Opfers absieht."

„Und in –" Ich zögerte. Die Vorstellung war mir unangenehm. „– im Zimmer von Frau Karpova?"

Eva musterte mich, ihre Mundwinkel zuckten.

„Sie mögen sie, hab ich recht?"
„Wie kommen Sie denn darauf?"
„Intuition. Aber nein, in ihrem Zimmer wurde nichts entdeckt, das auf Jan Koller hingewiesen hätte."
Ich gab mir Mühe, meine Erleichterung zu verbergen.
„Ich habe gehört, es gab einen Zeugen."
„Eine Zeugin. Eine Kollegin von Frau Karpova. Sie hat sie aus Kollers Zimmer kommen sehen und angegeben, dass sie sehr aufgebracht gewirkt hätte. An den genauen Zeitpunkt kann sie sich aber partout nicht mehr erinnern."
„Nicht einmal grob? Ich meine, zwischen 21 Uhr und 23 Uhr 30 liegt eine Menge Zeit."
„Sie sagt nein."
„Sehr ungewöhnlich. Ist sie glaubwürdig?"
„Ich denke schon. Elisabeth Borgmann, eine Wissenschaftlerin mit sehr gutem Ruf."
„Als Kollegin war sie vielleicht nicht so integer, diese Frau Borgmann."
„Warum denn das?"
„Würden Sie eine Mitarbeiterin bei der Polizei verpfeifen?"
„*Verpfeifen* ist da wohl nicht das passende Wort."
„Dann nennen wir es *melden*. Also: würden Sie?"
Eva nahm die Beine wieder von der Bank und grub ihre Zehen in den Kies.
„Wenn es um Mord geht: ja."
In diesem Punkt gab ich mich geschlagen.
„Was könnten unsere nächsten Schritte sein?"
Kiesel flogen durch die Luft, hochgeworfen von Evas Füßen.
„Das Problem ist ja, dass wir nicht nur beweisen müssen, dass sie lügt – und das gegen ihren Willen –,

sondern auch, dass sie es gar nicht gewesen sein kann."

„Oder wir weisen nach, dass es jemand anderer war."

„Exakt", sagte Eva und schlüpfte wieder in ihre Schuhe.

„Ich würde sagen, Sie lesen jetzt erst einmal Nikolai Karpovs Buch."

„Mach ich."

„Aber nicht so, wie ihr Journalisten es gewohnt seid: im Internet überfliegen."

„*Wir* Journalisten? Was für eine unzulässige Ver–"

Eva fiel mir ins Wort. „Gehen Sie in eine Bibliothek."

Zurück in Wien, befolgte ich den Befehl, ging in meine Institutsbibliothek, lieh mir die *Phantome im Teilchenzoo* aus und las die ganze Nacht durch. Je müder ich wurde, desto häufiger blitzten zwischen den Sätzen die Augen von Jelena Karpova auf. Spätestens da war mir klar: Es gab kein Zurück.

NEUN

Ich gab mir Mühe, mich durch das Werk zu arbeiten. Mein Studium war schon einige Jahre her, und mehrere Passagen erschlossen sich mir nicht. Karpov bezieht sich immer wieder auf Peter Woit, einen amerikanischen Forscher, dessen Buch *Not even wrong* in der Wissenschaft zu heftigen Kontroversen geführt hatte. Hinter den Kulissen wurde es torpediert – es konnte in der Folge nicht wie beabsichtigt bei *Cambridge University Press* erscheinen. Woit attackiert darin die diversen Spielarten der Stringtheorie. Bei diesem Thema fallen mir immer die Standardsätze eines meiner alten Professoren an der Uni Wien ein: „Die Stringtheorie verstehen weltweit gerade einmal ein Dutzend Personen. Beschäftigen wir uns lieber mit der Wirklichkeit."

Da ich ebenfalls kein Mitglied der erleuchteten Zwölf bin, nur so viel: Die verschiedenen Variationen dieser Theorie postulieren, dass die kleinsten Bausteine des Universums, die Elementarteilchen, nicht punktförmig und nulldimensional sind, sondern aus winzigen Fäden, den Strings, bestehen, vibrierenden eindimensionalen Objekten, die wie die Saiten einer Geige unterschiedlich schwingen. Stark vereinfacht gesagt, hat diese Hypothese einen großen Vorteil und einen nicht minder gewichtigen Nachteil. Was Teilchenphysiker seit Jahrzehnten zu entdecken versuchen, ist eine große vereinheitlichende Theorie, die in der Lage ist, Einsteins Allgemeine Relativitätstheorie und die Quantenmechanik unter einen Hut zu bringen. Die Stringtheorie wäre ein Kandidat für diese *Theory of Everything* (TOE). Das ist ihr großes Plus. Ihr Manko: Damit sich ihre Hypothesen rein rechnerisch ausgehen, muss der Raum zusätzliche Dimensionen besitzen. Also nicht nur Länge, Breite und Höhe, sondern zumindest eine weitere. Mindestens. Die kühnsten Stringtheoretiker rechnen mit neun Raumdimensionen. Das übersteigt jedoch nicht nur unser Vorstellungsvermögen, sondern ist auch experimentell nicht beweisbar. Woit und Karpov sagen nun, dass eine Theorie überprüfbare Voraussagen machen muss, um überhaupt als Theorie gelten zu dürfen, was die Verfechter der Strings aber nicht können. Daher sei die Stringtheorie *nicht einmal falsch*, denn auch falsifizierbare Vorhersagen könne sie nicht treffen.

Woit publizierte sein Buch 2006, zwei Jahre bevor der Large Hadron Collider am CERN in Betrieb genommen wurde. Mit der Einschaltung des Beschleunigers wuchsen die Hoffnungen der Vertreter einer Variante der Stringtheorie: Die sogenannte Supersymmetrie (gerne salopp *Susy* genannt) behauptet, jedes Teilchen im Standardmodell besitze einen unsichtbaren Partner, ein sogenanntes Susy-Teilchen. Würden Spuren dieser Partikel bei den Kollisionen im LHC entdeckt werden, wären die Stringtheoretiker wieder im Rennen.

Nikolai Karpov kann im Herbst 2012 auf die gewonnenen Datenmengen von mehreren Jahren zurückblicken. Und die Lage ist eindeutig: keine Susy weit und breit. Er wettert nun gegen all die *Hirngespinste*, die Millionen von Forschungsgeldern verschlingen würden, gegen die *mafiösen Netzwerke* der Stringtheoretiker, gegen den wissenschaftlichen Unfug, eine höhere Anzahl von Raumdimensionen vorauszusetzen, die sich niemals überprüfen lassen würden. Der Ton des Buches ist bemerkenswert: Hochkomplexe Analysen, mit Formeln gespickt, die ich nicht einmal ansatzweise verstand, wechseln sich ab mit groben Anwürfen und scharfen Polemiken. Das entscheidende Kriterium für eine überzeugende These sei, dass sie sich im Experiment entweder bestätigen oder widerlegen ließe. Allein die Entdeckung des Higgs-Teilchens, so argumentiert Karpov, sei ein stichhaltiger Beweis gegen alle *supersymmetrischen Planspiele und den Humbug des Multiversums.* Seine Schlussfolgerung daraus: Man müsse derartige Theoriegebilde dort ansiedeln, wo sie hingehörten: *in eine Wüste voller Luftspiegelungen, ins Reich von Religion, Metaphysik und Esoterik.*

Populärwissenschaftliche Bücher, die suggerierten, dass es nur noch eine Frage der Zeit sei, bis man Extradimensionen entdecken würde, überzieht er mit Spott und Hohn. *Einem Werk, das sich allen Ernstes* Knocking on Heaven's Door *nennt, muss man leider entgegenhalten: auf dieses Geklopfe hin wird der Alte die Tür sicher nicht öffnen.*

Was Karpov besonders erregt, ist das *neue Phänomen der Hollywood-Physiker.* Ausgestattet mit obszönen Produktionsetats von TV-Sendern, gaukelten sie dem Publikum einen Fantasy-Kosmos voller Parallelwelten vor, die nichts mit der Wirklichkeit zu tun hätten. Sie verwechselten Glamour mit dem Glanz echter Physik, Einschaltquoten mit der Qualität seriöser Forschung. *Diese Leute,* schreibt er, *erwecken mit ihren hübschen Gesichtern und schick gestylten Frisuren den Eindruck, die Geschichte des Universums ließe sich aus Abenteuermärchen zusammenstückeln wie die Produktionen der Traumfabrik.*

In den letzten Kapiteln werden die Angriffe seltener; Karpov besinnt sich wieder auf seine Formeln – und ich stieg aus, schmerzhaft daran erinnert, dass ich während meines Physikstudiums in den Mathematik-Lehrveranstaltungen nie über ein Genügend hinausgekommen war.

Nach dieser durchwachten Nacht war ich morgens etwas wackelig auf den Beinen. Im Büro braute ich mir, noch ehe ich mich an den Schreibtisch setzte, einen starken schwarzen Kaffee. Nikolai Karpovs Buch hatte ich mitgenommen, ich blätterte es durch, las die eine oder andere Passage noch einmal, klappte es endgültig zu. Eine seltsame Ungeduld erfasste mich, und so rief ich schon am frühen Vormittag Eva an.

„Das ging aber schnell“, sagte sie statt einer Begrüßung.

„Oh, entschuldigen Sie, ich wollte Ihnen –“

„Ich meine das Buch“, unterbrach sie mich. „Deshalb rufen Sie doch an, oder? Sie haben es also schon gelesen?“

„Ja.“

„Dann haben Sie nicht viel Schlaf bekommen letzte Nacht.“

„Eher weniger. Ich versuche gerade, mich mit Kaffee wachzuhalten.“

„Und?“

„Er wirkt ganz gut –“

„Nicht der Kaffee. Das Buch. Wie fanden Sie es, haben Sie etwas darin entdeckt?“

Jetzt waren meine Beine eingeschlafen. Ich mühte mich ab, mit meiner freien Hand mittels kurzer Schläge die Durchblutung wieder anzuregen. Vergeblich.

„Das Auffälligste", sagte ich, „stand ganz am Anfang."

Eva wartete am anderen Ende der Verbindung darauf, dass ich weitersprach. Doch ein bisschen Spannungsaufbau musste sein, das hatte ich in den Redaktionssitzungen gelernt.

„Nun sagen Sie schon!"

„Die Widmung."

„Lassen Sie mich raten! Er hat sein Buch natürlich Jelena gewidmet."

„So ist es. Die Formulierung finde ich aufschlussreich: *Für meine über alles geliebte Tochter Jelena, die mein Werk dereinst fortführen wird.*"

„Was finden Sie daran ungewöhnlich?"

„Vielleicht irre ich mich", sagte ich. „Doch der Ton ist schon sehr pathetisch, oder? Eher unüblich für einen trockenen Naturwissenschaftler."

„Ich finde das schön", entgegnete Eva. „Er liebt sie eben und verleiht dem Ausdruck."

„Spüren Sie nicht noch etwas anderes?"

„Manche Worte sind ein wenig altmodisch und gespreizt, *dereinst* zum Beispiel."

„Auch das. Aber ich lese noch etwas heraus: einen großen Anspruch, der wohl auch Druck erzeugt. Möglicherweise hat sie gar nicht den Wunsch, das Werk ihres Vaters fortzuführen."

„Ich denke, das tut sie doch schon? Sie ist Physikerin wie er, sie arbeitet am CERN wie er, und sie gilt als besonders begabt – ebenfalls wie er."

„Vielleicht forscht sie aber in eine ganz andere Richtung. Favorisiert andere Theorien."

„Das kann natürlich sein. Wie beurteilen Sie denn das Buch als Ganzes?"

Ich streckte die Beine unter dem Schreibtisch durch und zog sie wieder an. Langsam wich das lästige Kribbeln.

„Ich finde es erstaunlich. Die mathematischen Abschnitte sind mir leider zu hoch, doch in den anderen Kapiteln wütet er richtig los. Mir kommt es eher wie eine Schmähschrift vor, nicht wie eine sachliche Darstellung."

„Gegen wen?"

„Gegen alle Theorien, die sich nicht überprüfen lassen. Stringtheoretiker, die Adepten der Supersymmetrie, Forscher, die ein Multiversum –"

„Schon gut", unterbrach mich Eva. „Das können Sie mir morgen langsam und in kleinen Dosen erklären."

„Morgen?"

„Ja, morgen", sagte Eva mit Begeisterung in der Stimme. „Es gibt nämlich tolle Neuigkeiten!"

„Und die wären?"

„Jelena Karpova hat einem weiteren Gespräch mit Ihnen zugestimmt. Es wird morgen stattfinden. Und ich habe darüber hinaus erwirkt, dass es ein Tischbesuch werden darf."

„Was bedeutet das?"

„Kein Glas zwischen Ihnen. Keine Telefonhörer. Körperkontakt möglich."

„Körperkontakt?" Das musste zu schrill geklungen haben, denn Eva begann zu lachen.

„Ist nicht verpflichtend", gluckste sie. „Nur eine Option."

Am nächsten Tag begleitete mich Eva nicht mehr ins Justizgebäude. „Die Kollegen sind alle informiert", verkündete sie und spazierte in den Museumspark.

Und das waren sie, die Kollegen. Mehr als informiert. Ich wurde herumgereicht und musste viele mir unbekannte Menschen freundlich grüßen. Alle schienen erfreut, mich zu sehen. Keine Ahnung, was Eva ihnen erzählt hatte.

Der Raum, in dem das zweite Gespräch stattfinden sollte, war zwar auch durch eine Glaswand in zwei Bereiche geteilt, doch stand in unserer Zone tatsächlich nur ein Tisch mit zwei Stühlen, es gab keine weitere Barriere. Nur der Beamte saß regungslos in einem Eck und löste seine Rätsel. Ich war viel zu früh dort, wie immer, wenn mich ein Termin nervös machte. Meine Gefühle waren in den letzten Tagen gehörig durcheinandergeraten, und sie irgendwie einzuordnen erschien mir ein Ding der Unmöglichkeit. Waren meine Absichten tatsächlich lauter und ehrenhaft, wollte ich dieser Frau helfen? Vermochte ich das überhaupt? Oder hatten mich mein Chef und mein Kollege angesteckt mit ihrem Aufdeckungswahn und ich strebte nur nach einer spektakulären Reportage? War gar aus den Untiefen meiner Seele ein unbotmäßiges Begehren aufgestiegen, das mich hinzog zu dieser um siebzehn Jahre jüngeren Frau?

„Guten Morgen, Herr Hollaus!“ Ich schrak zusammen, sie stand schon hinter mir.

„Heute können wir uns die Hände reichen“, sagte sie feierlich, und so geschah es. Sie hatte den Overall vom letzten Mal gegen schwarze Jeans und einen grauen Rollkragenpullover getauscht. Dieses Kleidungsstück erweckte zwei Eindrücke gleichzeitig: Es konnte ebenso ein billiges Stück sein, das sie bei C&A gekauft hatte, um zu signalisieren, wie töricht ihr aller Tand und Firlefanz der eitlen Welt vorkam – aber genauso das

Meisterstück eines Schneiders, so perfekt umschmeichelte es ihren Oberkörper, so präzise war jeder Zentimeter Stoff auf ihre Formen abgestimmt. Der Pullover war gleichzeitig beliebige Ausschussware und teure Maßanfertigung, er stand für Nachlässigkeit ebenso wie für Extravaganz. Man konnte nicht eindeutig feststellen, was der Wirklichkeit entsprach. Ein Pullover als Spielart von Schrödingers Katze.

Jelena setzte sich seitlich auf den Stuhl mir gegenüber und schlug die Beine übereinander. Bei ihr sah das wie die alltäglichste Bewegung aus, sie enthielt keine Spur von Koketterie.

„Haben Sie mir eine schöne neue Tunguska-These mitgebracht?"

„Das auch", sagte ich. „Aber zuvor muss ich Ihnen etwas gestehen."

„Ah ja? Ich liebe Geständnisse."

„Ich weiß", entfuhr es mir. Sofort hielt ich mir in einer hilflosen Geste den Mund zu.

Jelena nahm keine Notiz davon. Sie schaute auf meine Brust, nicht in mein Gesicht. Ihre Augen wirkten auf mich mit einem Mal gespenstisch. Auf besorgniserregende Weise unnatürlich. Dieses Grün schien nicht nur in ihrer Iris zu lodern, sondern setzte sich in Blickrichtung fort. Zwei Laserstrahlen, dachte ich. Was für eine idiotische Vorstellung, das wusste ich. Trotzdem blickte ich unwillkürlich an mir herunter, um festzustellen, ob sich auf meinem Hemd grüne Leuchtkreise gebildet hatten.

„Ich warte", sagte Jelena.

„Wie bitte?" Ich war mit meinen Gedanken nicht ganz bei der Sache.

„Gestehen Sie!", rief sie und lachte.

Ich musste mich konzentrieren.

„Ich habe die *Phantome im Teilchenzoo* gelesen."

Damit hatte sie nicht gerechnet, das spürte ich. Sie atmete schneller, blieb aber stumm.

„Ihr Vater muss Sie sehr geliebt haben."

Sie nahm sich zusammen. Bekämpfte etwas wie ein Aufschluchzen. So sachlich wie möglich fragte sie:

„Woraus schließen Sie das?"

„Aus der Widmung."

„Schreiben so etwas nicht alle Väter in ihre Bücher?"

„Nein", antwortete ich. „Nicht auf diese Weise."

Jetzt füllten sich ihre Augen mit Tränen. Einen ketzerischen Moment lang fragte ich mich, ob all das nur eine exakt einstudierte Show sein könnte. Ich erinnerte mich an eine mit Helga befreundete Schauspielerin, die imstande war, in jeder Situation auf Befehl herzzerreißend zu weinen.

„Ich will Sie nicht traurig machen", sagte ich.

„Das können Sie nicht. Das bin ich schon."

Jelena wischte sich mit dem Ärmel des Schrödinger-Pullovers die Augen trocken. Auch das eine perfekte Bewegung.

„Kennen Sie eigentlich meine Lieblingswidmung?" Ihre Stimme wurde wieder leichter, luftiger.

Ich verneinte.

„Dieses Buch widme ich meiner Frau und meiner Tochter, ohne die meine Arbeit drei Jahre früher fertig geworden wäre."

Ich musste lachen. „Von wem?"

„Auch von einem Naturwissenschaftler. Seinen Namen habe ich vergessen. Das Werk löste nicht ein, was die Zueignung versprach."

„Den Satz muss ich mir merken", sagte ich. „Aber zurück zu Ihrem Vater –"

„Hat es Ihnen gefallen?", unterbrach sie mich.

„Was?"

„Das Buch natürlich."

„Der Teil, den ich verstanden habe, hat mich schwer beeindruckt. Nur ..."

„Nur?"

„Es ist ein sehr wütendes Buch. Die Stimme, die da spricht, ist manchmal furchterregend. Wäre ich Stringtheoretiker, hätte ich um Nikolai Karpov immer einen großen Bogen gemacht."

„Da täuschen Sie sich. Die haben stets die Nähe zu meinem Vater gesucht, weil er so brillant diskutieren konnte. Kennen Sie die berühmte Cafeteria am CERN?"

„Noch nicht."

„Dort saßen sie stundenlang und stritten mit Begeisterung. Und dabei wurde viel gelacht."

„Doch das Urteil, Verfechter bestimmter Theorien dürften sich eigentlich nicht einmal Wissenschaftler nennen, ist schon hart, finden Sie nicht?"

„Sie dürfen nicht vergessen, wie viele Mittel in diese Art von Forschung fließen. Für meinen Vater war das eine immense Verschwendung, und er hat sich verpflichtet gefühlt, das klar zu sagen."

„Und niemand war gekränkt?"

„Einige wenige haben ihm das schon übelgenommen. Für die meisten ist es aber mehr ein Spiel, ein Florettkampf mit Worten und Zahlen. Wir Physiker nehmen uns oft selbst nicht so ernst."

Mir war klar, dass ich sie aus der Reserve locken musste. Aber wie?

„War Ihr Vater ein zorniger Mensch?"

„Was soll diese Frage?" Das übergeschlagene Bein begann zu wippen.

„Ich meine ... wie war Ihr Verhältnis zu ihm?"

„Mein Verhältnis?“ Ihre Stimme wurde kurz lauter, doch sofort hatte sie sich wieder unter Kontrolle.

„Ah, ich verstehe“, sagte sie, „Sie wollen hier den Analytiker spielen und herausfinden, ob mein Vater ein Haustyrann war. Ob er im Jähzorn seine Tochter geschlagen hat. Oder Schlimmeres, hab ich recht?“

„Nein, so war das natürlich –“

„Gut, ich erzähle es Ihnen. Nein, war er nicht. Nein, hat er nicht. Er war der liebevollste Vater, den Sie sich vorstellen können. Ich habe ihn angebetet. Und sein Verlust war der größte Schmerz, den ich je erlebt habe. Reicht Ihnen das, Professor Freud?“

„Ich bitte um Vergebung, wenn ich Ihnen zu nahe getreten bin. Das war dumm von mir.“

„Ja, das war es.“

Ich senkte den Kopf ein wenig als Zeichen der Demut. Doch ein wichtiges Puzzlestück fehlte mir noch, um ein Bild ihrer Familie zusammensetzen zu können. So unterwürfig wie möglich begann ich:

„Darf ich Ihnen eine letzte Frage stellen?“

Jelena setzte beide Beine fest auf den Boden, es klang, als trüge sie genagelte Schuhe.

„Hören Sie, Herr Hollaus, ich bin nicht Ihr Auskunftsbüro. Was immer Sie vorhaben, denken Sie nicht einen Augenblick daran, mich für blöd verkaufen zu können.“

„Das wäre wirklich das Letzte, was mir einfiele. Es ist nur –“

Sie seufzte laut auf.

„Allerletzte Frage.“

„Danke. Was ist mit Ihrer Mutter?“

Sie lachte spöttisch. „Da hätte ich wirklich selbst darauf kommen können, dass Sie das wissen möchten. Nun: Sie hat uns betrogen und dann verlassen.“

„Haben Sie noch Kontakt zu ihr?"

„Es gibt keine weitere Frage nach der allerletzten."

„Gut. Auf jeden Fall danke für alles." Ich stand auf und wollte ihr die Hand geben.

„Moment!", rief sie. „So kommen Sie mir nicht davon. Setzen Sie sich wieder hin."

Ich tat, wie mir geheißen.

„Sie haben mir eine neue Tunguska-Erklärung versprochen." Die Schwere war wieder verschwunden, in ihrer Stimme schwang Fröhlichkeit mit, fast Übermut.

„Ja, natürlich, wie konnte ich das vergessen? Also: Kennen Sie Paul und Attila Hörbiger?"

„Zwei Schauspieler, Brüder. Berüchtigt dafür, keine Berührungsängste mit den Nazis gehabt zu haben. In Wien nach dem Krieg gefeiert."

„Exakt. Was Sie vielleicht noch nicht gehört haben: Sie hatten einen erstaunlichen Vater."

„Auch ein Schauspieler?"

„Nein. Eine Art spekulativer Physiker. Hanns Hörbiger. Seine Jünger bezeichneten ihn als den *Kopernikus des 20. Jahrhunderts*. Eine eindrucksvolle Erscheinung: wallender langer Bart, buschige Brauen, dunkle Augen."

„Und weiter?" Jelena schien die Geschichte tatsächlich zu interessieren.

„Er war der Erfinder der Welteislehre, auch *Hörbigers Glacial-Kosmogonie* genannt. Sie geht davon aus, dass alles im Weltall aus Eis besteht. Die gesamte Milchstraße werde von Eisbrocken gebildet, Hagel und Regen seien nichts anderes als geschmolzene Sternschnuppen. Die äußeren Planeten seien von Eis umschlossene Wasserkugeln. Selbst der Mond besteht – Sie werden es erraten – ausschließlich aus Eis."

„Sehr hübsch“, sagte Jelena. „Hat irgendjemand das ernst genommen?“

„Oh ja! Er hatte viele Anhänger. Sogar Gottfried Benn glaubte vorübergehend an die Welteislehre. Hörbigers bekanntester Fan war aber Heinrich Himmler.“

Jelena verzog das Gesicht.

„Und was hat das alles mit Tunguska zu tun?“

„H. S. Bellamy, ein Schüler Hörbigers, behauptete, das Rätsel gelöst zu haben. Seiner Ansicht nach kann aus der Tatsache, dass im Einschlaggebiet keine Meteoritenreste gefunden wurden, nur eines geschlossen werden: Ein kleiner Eismond oder Eisplanetoid war in den Anziehungsbereich der Erde gelangt. Während seines Niedergangs habe sich der Körper aufgelöst und ein gewaltiger Hagelschlag habe die Zerstörungen angerichtet.“

„Also ein schlichter Hagelsturm, entfesselt von der Explosion eines Eismonds. Sehr poetisch.“ Jelena lächelte, der Beamte stand auf.

Bei der Verabschiedung hielt meine Hand die ihre eine Spur zu lange fest.

„Darf ich Sie wiedersehen?“, fragte ich.

„Ich werde es Sie wissen lassen.“

ZEHN

„Besser als beim letzten Mal“, sagte Eva, nachdem ich ihr von der Unterhaltung mit Jelena berichtet hatte. Wir saßen im Gastgarten eines friulanischen Restaurants namens Bigoli. „Ich hab Hunger“, hatte Eva verkündet, als ich sie im Park abgeholt hatte, ein Satz wie ein Befehl, und ich war ihm gefolgt. Der OK-Platz, an dem das Lokal lag, verströmte urbanen Flair. Junge Leute saßen auf Campingstühlen an winzigen Tischen und tranken Bier, eine Gruppe Pensionisten spielte daneben Boule. Überall standen Fahrräder herum. Zu unserer Linken begrenzte ein hässliches Beispiel von falsch verstandenem Brutalismus den Platz, auf der gegenüberliegenden Seite erhob sich das etwas eleganter gestaltete Offene Kulturhaus. Vor dem Eingang hatte sich eine lange Schlange gebildet. Alle wollten auf das Dach, denn dort gab es eine Art Ausstellung mit dem verlockenden Namen *Höhenrausch*.

„Meinen Sie wirklich? Im Grunde haben wir doch nichts Neues erfahren.“

„Ich schon.“

„Tatsächlich? Und was wäre das?“

Mit viel Geschick wickelte Eva ihre Spaghetti auf die Gabel. Auf den angebotenen Löffel hatte sie reagiert, als hätte der Kellner sie persönlich beleidigt.

„Die Geschichte mit ihrem Vater. Ich glaube, ich habe mich geirrt.“

„Also keine ungesunde Beziehung? Kein Missbrauch?“

„Eine symbiotische Vaterbindung ist immer ungesund. Aber ich bin ja ...“

„... keine Psychologin", setzte ich fort.

Sie lachte auf, doch rasch wurde sie wieder ernst.

„Hat sie das wirklich über ihre Mutter gesagt? *Sie hat uns betrogen und dann verlassen*?"

„Wortwörtlich."

„Ein wenig unheimlich, dieses *uns*. Dennoch: Ich glaube nicht, dass Nikolai Karpov seiner Tochter etwas angetan hat."

„Hoffen wir, dass Sie recht haben."

Eine silberne Boule-Kugel flog in hohem Bogen durch die Luft, schlug auf dem Sand auf und hinterließ einen kleinen Krater. Vielleicht bestand sie ja aus reinem Eis.

Eva schaute zu, trank einen Schluck von ihrem Weißwein.

„Damit ist unser nächster Schritt logisch, nicht wahr?"

Ich sah eine Art Lichtblitz in ihren Pupillen. Sicher nur Einbildung.

„Ist er das?" Kaum hatte ich die Frage ausgesprochen, wusste ich die Antwort.

„Wir müssen nach Genf. Jelena Karpovas Kollegen am CERN persönlich befragen."

„Natürlich!", rief ich viel zu laut. Am Nebentisch drehte sich ein kleines Mädchen zu mir um und begann, mit ihrem Bruder zu tuscheln.

„Freut mich, dass Sie das auch so sehen." Eva mit leicht spöttischem Lächeln.

„Was fasziniert Sie eigentlich so an diesem Beschleuniger?"

„Wie kann man davon nicht fasziniert sein? Hundert Meter unter der Erde, in einem siebenundzwanzig Kilometer langen Tunnel, werden Protonen mit annähernder Lichtgeschwindigkeit aufeinandergeschossen. Wissen Sie, was das bedeutet?“

„Sie werden es mir gleich erklären.“

„Man reist zurück in die Zeit! An den Ursprung der Zeit, um genau zu sein. Die großen Teleskope, auch die im Weltraum, haben alle dasselbe Problem: Weiter als bis 380.000 Jahre nach dem Anbeginn der Welt können sie nicht schauen. Erst dann wird das Weltall lichtdurchlässig. Was davor war, ist verborgen.“

Eva spießte mit einem Zinken ihrer Gabel eine Muschel auf und hielt sie in die Luft, mit aufgestütztem Ellbogen.

„Also liegt der Ursprung des Kosmos hinter einer Nebelwand?“

„So könnte man es formulieren. Das war der Grundgedanke beim Bau des Large Hadron Colliders: Wenn man die früheren Phasen des Universums nicht beobachten kann, dann muss man sie eben noch einmal *erschaffen*.“

Eva vergaß, die Muschel zu essen, und ließ die Gabel auf den Teller sinken.

„Das kommt mir bekannt vor.“

„Was genau?“

„Ich habe Ihnen ja schon verraten, dass ich auch eine kleine Leidenschaft pflege. Mein eigenes Tunguska, wenn Sie so wollen.“

„Bitte erzählen Sie!“

„Alles zu seiner Zeit.“ Eva und ihr Sandkistenlächeln. „Ich kann Ihnen einen Hinweis geben: Ich war schon sehr oft in Genf. Aber nie am CERN. Das heißt, nicht leibhaftig. Nur virtuell.“

„Was meinen Sie damit?“

„Eine Videokonferenz. Nein, das klingt zu hochtrabend. Sagen wir so: Ich habe mehrere Personen aus dem Umfeld von Karpova und Koller via Skype befragt."

„Tatsächlich?" Mit einem Ruck richtete ich mich auf. „Und was haben Sie in Erfahrung gebracht?"

Eva schürzte die Lippen und legte die Handflächen aneinander.

„Nichts Konkretes. Leider."

Sie schwieg. Offenbar war das Thema für sie abgeschlossen. Nach einer Weile neigte sie den Kopf und schaute mich von der Seite an.

„Interessiert es Sie gar nicht mehr, warum ich privat so häufig in Genf gewesen bin?"

Also gut. Neues Spiel.

„Ich sehe es an Ihrem Blick: Sie möchten wieder, dass ich rate."

Mehrmaliges Kopfnicken, das nicht sehr erwachsen aussah. Doch irgendwie mochte ich es und so spielte ich mit.

„Sie haben mit Ihren Scheidungen so viel Geld verdient, dass Sie sich am Genfer See ein Haus gekauft haben. Dort ziehen Sie bald mit Ihrem Mann ein und lassen die Gerichte hinter sich. Neues Leben, sich selbst noch einmal erschaffen."

Eva lachte so laut, dass der Kellner sich nach ihr umdrehte.

„Falsch, alles falsch! Kein Geld, kein Haus, kein Mann."

„Ich verstehe. Dann vielleicht so: Sie arbeiten mittlerweile bei der UNO oder beim UNHCR und entwerfen mit Ihrem Lebensgefährten ein neues Gesetzeswerk, das das Völkerrecht revolutionieren wird. Um nicht zu sagen, neu erschaffen."

Diesmal lachte sie nicht. Sie schaute mich an, ihre Mundwinkel zuckten.

„Das wäre ein schönes Projekt. Aber leider nicht meines. Und ich habe auch keinen Lebensgefährten."

Ich spürte etwas Warmes meine Kehle hinunterrinnen, als hätte ich gerade einen Schluck Cognac genommen. Irrational, völlig irrational. Sicher nur die Vorfreude auf das CERN.

„Wenn wir in Genf sind", sagte Eva, „zeige ich Ihnen alles. Einverstanden?"

„Gut. Eine dritte Variante wäre mir ohnehin nicht eingefallen."

Eva beugte sich zu mir und strich mir kurz über die Hand. Ich spürte, wie Röte meine Wangen hochstieg. Meine Augen brannten. Was war heute nur los mit mir? Ich musste reagieren.

„Verzeihen Sie meine Gefühlsaufwallungen. Zum ersten Mal werde ich den LHC sehen. Ich bin aufgeregt wie ein Zwölfjähriger."

„Warum waren Sie denn bisher noch nie dort?"

Jetzt musste ich tief durchatmen. Diese Frage hatte ich mir selbst oft gestellt. Nie in Genf, nie in Sibirien.

„Wissen Sie", begann ich, „es gibt da eine gewisse Scheu. Oder Ehrfurcht. Ich war nicht gerade ein hochbegabter Student. Und dort am CERN – eine Physik-Legende neben der anderen. Was sollte ich mit denen reden? Ich kann mich doch nur blamieren."

„Ihre Bescheidenheit ehrt Sie. Aber das ist trotzdem Unfug. Sie können ja einfach staunen, sich von dem Ort, der für Sie so magisch ist, verzaubern lassen. Und zuhören, statt große Reden zu schwingen."

„Da haben Sie wohl recht. Ich muss nur noch meinen Chef dazu bringen, mir die Dienstreise zu genehmigen."

„Das hat Herbert schon erledigt."

„Herbert“, rief ich und stieß mein Glas um, „wieso Herbert?“

Eva wischte seelenruhig mit einer Serviette den verschütteten Wein auf.

„Er sagt, er habe ein besseres Verhältnis zum Chefredakteur als Sie.“

„Das kann man wohl sagen!“ Ich hatte mich immer noch nicht beruhigt. „Gerade deswegen kann er nicht einfach zum Chef laufen, ohne mich zu informieren.“

„Er hat es nur gut gemeint.“

„Das kann man immer behaupten. Woher wissen Sie eigentlich davon?“

„Wir sind in gutem Kontakt und telefonieren viel.“

„Ich kenne nicht viele Leute, die mit ihrer Scheidungsanwältin befreundet sind.“

„Sie kennen generell nicht viel vom Leben, wie mir scheint“, sagte Eva und schob sich genüsslich das Tentakel eines Oktopus in den Mund.

Da man nicht ohne Weiteres ins Innere des CERN vorgelassen wurde, rief ich während der Rückfahrt nach Wien meinen alten Studienfreund Max an, der weit begabter war als ich, das Physikstudium mit Bravour gemeistert und ein paar Jahre die Ehre gehabt hatte, am CERN zu arbeiten.

Er war erfreut, mich zu hören.

„Georg“, rief er fröhlich, „seit wann weilst du denn wieder unter den Lebenden?“

„Das erkläre ich dir ein anderes Mal, Max. Wenn wir gemütlich bei einem Bier sitzen.“

„Das haben wir schon seit fünfzehn Jahren nicht mehr gemacht.“

„Stimmt. Tut mir auch leid. Aber hör zu, ich brauche deine Hilfe.“

„Hab ich’s mir doch fast gedacht. Worum geht’s?“

„Könntest du mir einen Zugang zum CERN verschaffen? Kein Besucherticket, eher eine Art Sondergenehmigung, mit der ich mich überall umschauen kann.“

„Hast du in fortgeschrittenem Alter wieder höhere Ambitionen oder arbeitest du jetzt als Privatdetektiv?“

„Weder noch. Es handelt sich um eine brisante Recherche für eine Geschichte in der Zeitung. Ich berichte dir alles später, versprochen. Genauer gesagt, brauche ich eigentlich zwei solcher Genehmigungen.“

„Ah, Sherlock und Watson, wie schön! Welcher von beiden bist du? Lass mich raten: nicht der Geiger.“

„Lass das bitte, Max. Es ist wirklich wichtig.“

Eine Weile blieb es still am anderen Ende der Verbindung. Dann begann Max:

„Ich selbst kann dir keine große Hilfe mehr sein. Aber ich kenne jemanden, den ich fragen könnte.“

„Das wäre ja großartig! Wer ist es?“

„Du hast es wirklich eilig, nicht wahr? Er heißt Martin Renner und ist momentan Leiter des Departments für Experimentelle Physik am CMS. Die Detektoren sind gerade nicht in Betrieb. Ein Glück für dich. Wenn Renner Lust hat, kann er dir wirklich alles zeigen. Bis auf den ATLAS. Da darf leider gerade niemand hinunter.“

Jetzt merkte ich, wie sich Enttäuschung auf meine Zunge legte wie ein weißer Belag.

„Heißt das, ich werde den ATLAS selbst nie sehen können?“

Max lachte.

„Sehr gut informiert bist du nicht, kann das sein? Es wird nur gerade der Aufzug repariert. In vier Wochen kannst du dann hinunter und deinen Titanen streicheln."

„Und was könnte ich jetzt schon besichtigen?"

„Frag Professor Renner. Er ist sehr verlässlich. Ich tue mein Bestes, dass er sich bald bei dir meldet."

„Vielen Dank, Max, das ist wirklich sehr nett von dir."

„Was tut man nicht alles für alte Freunde." In diesen Satz hatte sich, wenn ich mich nicht täuschte, ein Quantum Ironie eingeschlichen.

„Max ..."

„Ja?"

„Ich wollte dich noch etwas fragen."

„Nur zu!"

„Warum hast du eigentlich damals aufgehört, am CERN zu arbeiten?"

Max überlegte ein paar Sekunden.

„Um ehrlich zu sein, es ist mir zu viel geworden. Wobei dieses *zu viel* aus verschiedenen Komponenten besteht. Grundsätzlich war es erhebend, dort beschäftigt zu sein, die hellsten Köpfe der Physikwelt beim Frühstück zu treffen, über waghalsige Theorien zu spekulieren und gebannt auf die Monitore zu starren, auf denen sich in jedem Moment eine Sensation zeigen könnte. Aber ..."

„Aber?"

„Du bist voll gefordert, ohne Unterbrechung. Fehler darfst du dir keine leisten. Das funktioniert nur, wenn alle sich in freundlicher Komplizenschaft dem gemeinsamen Ziel verschreiben."

„Und das geschieht nicht? Ich dachte immer, das CERN sei ein Musterbeispiel für kollektives Forschen?"

„Ist es ja auch. In fünfundneunzig Prozent der Fälle. Doch du brauchst nur ein, zwei kompetitive und egomanische Charaktere und der ganze schöne Team-Spirit ist beim Teufel. Intrigen beginnen, Ellbogen werden ausgefahren, und bei dem Wort *Nobelpreis* sieht man bei einigen buchstäblich, wie ihnen der Speichel von den Lippen tropft." Er lachte ein wenig bitter.

„Kanntest du Jan Koller?", fragte ich.

„Wer kannte den nicht? Persönlich habe ich ihn aber nie getroffen. Ist der nicht ermordet worden? Ah, jetzt dämmert es mir langsam: Das ist der Fall, an dem du arbeitest."

„Arbeiten ist zu viel gesagt. Ich versuche, jemanden zu unterstützen. Mehr darf ich im Moment nicht sagen."

„Ich verstehe. Also dann ..."

„Auf Wiedersehen, Max. Und tausend Dank."

„Ciao, Watson."

Weniger als zwei Stunden später rief Professor Martin Renner an. Er wirkte überaus entgegenkommend, fast als freute er sich, uns zu treffen. Und zwar bald. Er schlug vor: in drei Tagen. Und fügte noch hinzu, ich möge mir keine Sorgen wegen ATLAS machen, es gäbe genug anderes zu sehen.

Nach dem Telefonat legte ich mich auf die Couch und blätterte im CERN-Bildband von Andri Pol, der heute Morgen in meinem Postfach war. Da entdeckte ich ein Bild, das mich laut auflachen ließ.

Zwei Männer sitzen in einem kleinen Büro nebeneinander, beide vertieft in Papiere, die sie auf ihren Knien ausgebreitet haben. Einer von ihnen ist der berühmte Teilchenphysiker John Ellis, Erfinder des Begriffs *Theo-*

ry of Everything, unverwechselbar mit seinen langen weißen Haaren. Er trägt ein T-Shirt mit der Aufschrift *World Wide Web born in CERN.* Seinen Kollegen erkannte ich nicht. Hinter den beiden hängt eine große Kreidetafel an der Wand, beschriftet mit Zeichen, die ich nicht einmal im Ansatz begriff. Rechts daneben ein Metallregal, bis auf den letzten Zentimeter vollgestopft mit Büchern. Das Bild strahlt Seriosität aus, Genies bei der Arbeit, tief konzentriert, möglicherweise kurz vor einem Heureka!-Erlebnis.

Doch von der oberen Kante des Regals hängt ein Skelett. Keines mit echten Knochen, es ist aus Pappe und Plastik gefertigt. Um den Hals trägt es ein Schild.

Darauf steht: *I spoke bad about SUSY.*

ZWEITER TEIL

DIE WELTMASCHINE

Wenn es um Atome geht, kann Sprache
nur wie in der Poesie verwendet werden.

Nils Bohr

EINS

Als wir auf dem Flug nach Genf nebeneinander in der Maschine saßen, bemerkte ich, dass die unverschämten Platzsparmaßnahmen der Fluggesellschaften dazu geführt hatten, dass es nicht wie früher einen kleinen Spielraum zwischen meinen Knien und dem Vordersitz gab. Daraus folgte, dass ich mit meinen zu langen Beinen keine Sitzposition einnehmen konnte, ohne meiner Nachbarin zu nahe zu rücken. Ich stellte einen Fuß in den Gang, doch die Flugbegleiterin zeigte kein Verständnis für meine missliche Lage und stieß mit ihrem Servierwagen gleich mehrmals gegen meinen Knöchel.

Wenn ich das linke Bein vom Gang hereinzog, musste ich allerdings das rechte so weit in Evas Territorium verlagern, dass mein Knie das ihre berührte, was mir nicht unangenehm, aber peinlich war. Versuchte ich, beide Oberschenkel parallel nach vorne zu richten, hob es den Vordermann aus dem Sitz und ich erntete unschöne Kommentare.

Eva schienen meine Turnübungen eher zu amüsieren. Einmal fiel mir die Lesebrille auf den Boden und ich unternahm einen Tauchgang, in dessen Verlauf meine Stirn auf die Rückseite des Vordersitzes krachte und meine Hände sich im Gepäcknetz verhedderten. Mit eleganten Bewegungen stieg Eva lachend über mich hinweg, hob die Brille auf und reichte sie mir. Dann öffnete sie das Gepäckfach und zog aus ihrer Tasche ein rotes Buch heraus, Format A4, in Leder gebunden, dick wie *Ulysses.* Sie warf es auf ihren Sitz, kletterte wieder über mich, öffnete das Buch und begann zu lesen. Sie hielt es so, dass ich keine Sicht auf die Seiten hatte. Ich tat uninteressiert, versuchte aber, meinen Kopf ganz unauffällig an die Nackenstütze zu lehnen und hinüberzublinzeln, um zumindest einen Satz zu erspähen. Eva durchschaute das Manöver sofort und drehte das Buch so, dass ich nur den Einband sehen konnte.

„Noch nicht“, sagte sie streng, dabei glühten ihre Wangen.

Auf dem Umschlag standen nur zwei Buchstaben in goldener Prägung: M. S.

Ich rätselte ein wenig herum, still für mich. Multiple Sklerose? Würde nicht passen, weder zu Eva noch zur Farbe des Umschlags, und wer hat schon eine Krankheit als Hobby? Meine Scheidungen? Eine Art Arbeits-Autobiografie, mit ihren Erfolgen und Enttäuschungen, die schließlich dazu führten, dass sie ihre Tätigkeit eingestellt hatte? Dann würde ihr Gesicht wohl nicht so leuchten. Ich ließ das Raten bleiben und versuchte, trotz der unbequemen Lage ein paar Minuten Schlaf zu bekommen.

Vom Aéroport International de Genève fuhren wir mit dem Taxi zum Hotel, das Herbert in seiner Güte zusammen mit dem Flug für uns gebucht hatte. Beim Bezahlen machte ich zum ersten Mal Bekanntschaft mit den berüchtigten Genfer Preisen. Ich wollte schon etwas sagen, doch Eva hieß mich mit einer Handbewegung schweigen und überreichte dem Fahrer mit spitzen Fingern eine Summe, mit der man in einer anderen Stadt zwei Stunden durch die Gegend hätte fahren können.

Das Hotel trug den vielversprechenden Namen Bel'Esperance. Es verfügte über keinen Lift, also trugen wir unsere Koffer zu Fuß in den dritten Stock. Wir belegten zwei Einzelzimmer direkt nebeneinander, und ich hoffte, dass die Wände nicht zu schalldurchlässig waren. Helga hatte sich immer darüber beschwert, dass ich nachts furchteinflößende Geräusche von mir gäbe, die nur entfernt an menschliches Schnarchen erinnerten. Eva hatte an der Rezeption ein Schild entdeckt, das die Dachterrasse des Hauses pries, und so stellten wir unser Gepäck in den Zimmern ab und stiegen die Wendeltreppe hinauf.

Der erste Blick auf Genf! Rote Ziegeldächer schachtelten sich ineinander, immer wieder durchbrochen von futuristisch anmutenden Gebäuden, breitflächigen Lofts, Fernsehantennen und bizarren Kunstwerken. Kaum Kirchtürme, dafür zahllose Schornsteine in allen möglichen Formen, von Backsteinquadern bis hin zu Chrom- und Stahlkonstruktionen, die aussahen, als hätte Ridley Scott sie entworfen. Überall wurde gebaut: Dutzende Kräne schwenkten ihre Arme über die Betonskelette der Rohbauten, am Horizont drängte sich ein Hochhaus an das andere. Dahinter der See, wie eine Verheißung, in einem dunstigen Blau, das mit dem Himmel verschmolz. An seinem Ufer wehten an dünnen Masten die schweizerische und die europäische Fahne. Der Jet d'eau, das Wahrzeichen Genfs, ein Wasserstrahl, der über hundert Meter in die Höhe schoss, sah aus wie ein Turm aus Zuckerwatte. Dort, wo die Sonnenstrahlen auf die Fontäne trafen, fächerte sich das Licht wie bei einem Prisma auf, in allen Farben des Regenbogens.

Auf der Hotelterrasse gab es eine Espressomaschine. Einige Minuten saßen wir nur da, schauten auf die Stadt und tranken Kaffee. Eva wirkte glücklich, es lag ein Glanz in ihren Augen, auch Stolz meinte ich zu erkennen. Sie ließ den Blick über das Häusermeer schweifen wie ein zufriedener Plantagenbesitzer über seine Ländereien. Das war also der Ort ihrer Leidenschaft, über die sie erst sprechen wollte, wenn der Zeitpunkt für sie der richtige war.

Unvermittelt stand sie auf, stellte die Tasse ab und reichte mir die Hand.

„Kommen Sie“, sagte sie, „gehen wir spazieren.“

Im Eingangsbereich des Hotels stand ein Topf mit Hyazinthen. Eva bückte sich hinunter, um an ihnen zu riechen.

„Eine alte Gewohnheit“, erklärte sie. „In dieser Stadt muss ich meine Nase ständig in Blumen stecken. Ist wie ein Zwang. Keine Ahnung, was das zu bedeuten hat.“

Wir folgten der steil nach unten führenden Rue de la Vallée bis zum Kreuzungspunkt mit der Rue Verdaine. Dort lotste mich Eva nach rechts.

„Hier entlang“, sagte sie. „Ich zeige Ihnen die Place du Molard.“

Schon nach den ersten Schritten eröffnete sich mir der Zauber von Genf. Zuerst akustisch: Sprachteilchen aus allen möglichen Herkunftsländern flogen im Kreis, schossen aufeinander zu, kollidierten und zerstrahlten. An jeder Ecke spielten Straßenmusikanten, sangen zu Oud, Gitarre, Sitar oder Cello, im Vorbeigehen durchmischten sich die Lieder in meiner Wahrnehmung zu einer einzigen polyglotten Hymne auf die Vielfalt der Welt und ihrer Bewohner.

Dann die Gerüche: Aus den Restaurants und Bars strömten die Düfte von Gewürzen aus mehreren Kontinenten, Thymian, Curry, Oregano, Kümmel. An den Parfums der vorüberdefilierenden Frauen konnte man unschwer erkennen, dass wir keine arme Stadt als Reiseziel gewählt hatten.

Die Place du Molard sog uns in sich hinein, als gebe es in ihrem Inneren eine höhere Konzentration an Schwerkraft als an ihren Rändern. Lachen drang an unsere Ohren, zwei arabische Frauen ohne Kopftuch stritten lauthals, ehe sie Momente später zu kichern begannen und sich umarmten. Auf der breiten Fläche des Platzes, der auf seiner Nordseite von einem mittelalterlichen Turm begrenzt wurde, saßen Hunderte Menschen unter den nahtlos aneinander anschließenden Sonnenschirmen, genossen die Wärme und ihre Getränke. Wenn jemand aufstand, setzte er sich meistens ein paar Meter weiter in ein anderes Lokal. Die einzigen Lebewesen, die sich schnell bewegten, waren die Tauben und die Banker, die in ihren Berufsuniformen über den Platz eilten, auf der Suche nach etwas, das nur sie glücklich machte. Zwei gewaltige Bäume spendeten Schatten, ein Springbrunnen in der Form eines Obelisken war an seinem unteren Teil von Blumentöpfen gesäumt, aus denen rote und violette Hortensien hervorquollen. Mit einem Satz war Eva dort, beugte sich über die Betonbegrenzung und roch an den Blüten. Beim Lord Nelson Pub, das auf einer Kreidetafel mit Guinness warb, blieb ich stehen und wollte für uns zwei Plätze suchen, doch Eva schleppte mich weiter, vorbei am Tour du Molard, eine Straße entlang, die die Rue du Rhône querte und in die Place du Lac mündete. Kurz wendeten wir uns noch nach links in den Quai du Général Guisan, liefen über einen Zebrastreifen – dann standen wir am Ufer. Es roch intensiv und unwiderstehlich nach Meer.

Eva setzte sich auf die Quaimauer und lud mich mit einer Geste ein, neben ihr Platz zu nehmen. Im Hintergrund hörten wir wilde Rhythmen, ich drehte mich um und sah eine Gruppe junger Männer. Sie bearbeiteten Trommeln und Djembés aller denkbaren Größen mit einer Geschwindigkeit, die Arme und Hände ihre Konturen verlieren ließ. Der Jet d'eau war jetzt näher und noch imposanter, doch wegen des veränderten Einfallswinkels der Sonnenstrahlen hatten sich die Regenbogenfarben verflüchtigt. Nur auf dem Scheitel dieser Kreatur aus Wasser zeigte sich eine violette Strähne wie bei einem alt gewordenen Punk. Neben uns stand eine nobel gekleidete alte Dame; sie fütterte Schwäne und Haubentaucher, die in Scharen herbeigeschwommen kamen. Hin und wieder warf sie ein Stück Brot hoch in die Luft und die Möwen holten es sich im Flug.

Eva ließ vergnügt ihre Füße baumeln, der Wind zerzauste ihre Haare. Schon nach kurzer Zeit sprang sie wieder auf und stellte sich vor mich hin.

„Lust auf eine Bootsfahrt?"

„Warum nicht."

Wir folgten der Promenade du Lac bis zum Anlegeplatz der Boote unterhalb der Pont du Mont-Blanc. Ein kleines, aber schnittiges Boot in leuchtendem Gelb hielt am Pier und wir kletterten an Deck. „*Mouettes*", erklärte Eva, „das bedeutet *Möwen*. Der schnellste und schönste Weg, sich in dieser Stadt zu bewegen."

Wir schipperten unter der Pont du Mont-Blanc durch und nahmen Kurs auf das gegenüberliegende Ufer. Mitten auf dem See war der Geruch nach Meer, Sand und Fisch noch intensiver als am Quai. Über uns flogen Heerscharen von Möwen halsbrecherische Manöver. Kurz bevor wir an Land gingen, zeigte Eva auf einen langgezogenen Badesteg, der bis in die Mitte des Sees führte.

„Ein Freibad?", fragte ich.

„Mehr als das. Ein Denkmal für die wichtigste Sache der Welt."

„Schwimmen?"

Sie lachte.

„Ich denke, Sie brauchen eine Brille. Sehen Sie nicht das Transparent, das sich am Bad entlangspannt?"

Das Stoffband sah ich jetzt auch. Doch die Buchstaben konnte ich nicht entziffern.

„Hier steht", verkündete Eva, *„la poésie sauve le monde*, die Poesie rettet die Welt. Und oben, auf der Spitze des Zehn-Meter-Turms, prangt ein weiteres Banner mit dem Wort *Poésie*. Also: ohne Wagemut keine Imagination."

„Ich kenne nicht viele Dichter, die gern von solchen Türmen gesprungen sind."

„Als Physiker können Sie ja nicht wissen, was eine Metapher ist."

Wir gingen von Bord und Eva geleitete mich zur Badeanlage. Über dem Eingang, halb verdeckt von einem Kastanienbaum, befand sich der halbkreisförmige Schriftzug *Bains du Paquis*. Dahinter tollten Kinder und Jugendliche umher, ich sah Schwimmreifen in Form rosafarbener Einhörner, durch die Luft geworfene Schnorchel und Taucherbrillen, es roch nach Sonnenöl und gebratenem Fisch. Wir kämpften uns auf der Mole durch die ausgelassenen jungen Menschen, Eva schien ihrer Nase zu folgen, und tatsächlich, mit einem Mal blieb sie stehen, sog die Luft ein und lächelte.

„Hier ist ein guter Platz, um eine Kleinigkeit zu sich zu nehmen."

Wir stiegen die Holztreppe zum Restaurant La Buvette des Bains hinunter, Eva entdeckte einen Tisch direkt am Wasser und steuerte darauf zu. „Einer der schönsten Plätze in Genf", befand sie.

Ich bestellte ein kleines Bier und ein Sandwich. Evas Kleinigkeit entpuppte sich als riesiger Kochtopf voll geschmolzenem Käse. Dazu wurden Weißbrot und Spieße gereicht.

„Mein erstes Käsefondue nach so langer Zeit!", frohlockte Eva.

Sie überredete mich zu kosten. Ich steckte ein Stück Brot in den Topf, ließ den flüssigen Käse abtropfen und steckte mir die gelbliche Masse in den Mund. Augenblicklich schlug meine Speiseröhre Alarm, doch es war zu spät. Das Ding rutschte nach unten und mein Magen versetzte seine Abwehrkämpfer in Bereitschaft. Sie bohrten mir mit winzigen Hellebarden Löcher in die Schleimhaut. Es folgten ein Hustenanfall und kurze Atemnot. Binnen Sekunden war mein Bierglas leer, doch die kleinen Wunden hörten nur langsam auf zu schmerzen.

„Offensichtlich nichts für Sie." Eva nahm mir den Spieß aus der Hand und legte ihn neben ihren Teller. Das spitze Gerät schien ihre Gedanken in eine andere Richtung zu lenken.

„Sie haben sich doch die Fotos von diesem Jan Koller im Netz angesehen, oder?"

Ich nickte.

„Ist Ihnen an ihm irgendetwas aufgefallen?"

„Nein, nichts Besonderes."

„Wirklich nicht?"

„Nun ja, er wirkt einnehmend, schneidig ..."

„Haben Sie nicht gesehen, dass er eine echte Schönheit war?"

Ich zögerte. „Bei Männern achte ich nicht so ..."

„Auf das Äußere?“ Eva seufzte. „Ich hätte nicht gedacht, dass Sie so verzopft sind.“

„Verzopft? Ich? Wieso denn?“

Eva ahmte meine Stimme nach. *„Bei Männern achte ich nicht so darauf, ob sie hübsch sind, ich bin da mehr an Frauen orientiert.* Solche Sätze hab ich zuletzt von meinem Großvater gehört.“

„Sie sind aber streng heute.“

„Nicht nur heute. Aber im Ernst: Jan Koller und Jelena Karpova – was für ein glamouröses Paar hätten sie abgegeben, finden Sie nicht?“

„Vielleicht waren sie ja eines.“

Eva ließ den flüssigen Käse vom Brot in ihren Mund tropfen, ehe sie sich das ganze Stück zwischen die Lippen schob.

„Und dann hat er sie verlassen“, sagte sie kauend, „oder sie ihn. Der Rest ist Verzweiflung, Eifersucht, Rache.“

„Klingt nach einer Telenovela“, sagte ich.

Ein großer Raddampfer, den man eher am Mississippi als am Genfer See vermutet hätte, pflügte durchs Wasser. Ein Schwarm kreischender Möwen folgte ihm. Am Ufer, vor den monumentalen Bauten der Hotels Beau Rivage und D’Angleterre, tanzten Jachten und Motorboote auf den Wellen.

„Vielleicht ging es einfach um Geld.“

„Wie kommen Sie darauf?“

„Hier dreht sich doch alles ums Geld“, sagte ich.

„Nein, das ist mir zu einfach. Zu banal.“

„Aber oft nahe an der Wirklichkeit. Die Banalität des Bösen – davon gibt es doch viele Beispiele im vergangenen Jahrhundert.“

„Sie werden philosophisch? Ich entdecke ganz neue Züge an Ihnen.“

Mit zwei Fingern schnippte ich den Rest von meinem Sandwich ins Wasser. Drei Blässhühner stritten sich lautstark darum.

Eva kratzte mit einem Löffel die letzte, halbverbrannte Käseschicht vom Boden des Topfes.

„Wissen wir eigentlich, warum Jan Koller das CERN verlassen hat?"

„Es hieß, er wollte sich neu orientieren."

„Klingt nicht sehr überzeugend", sagte Eva.

„Morgen erfahren wir sicher mehr."

„Wollen wir es hoffen. Und bis dahin: Genießen wir die Stadt. Es ist Zeit, etwas Ordentliches zu essen."

Fassungslos starrte ich sie an.

„Essen? Wir haben doch gerade ..."

„Das?" Eva zeigte auf den leeren Topf. „Das war höchstens ein Appetitanreger. Sie sind doch hoffentlich nicht auf Diät, Herr Hollaus?"

„Ich denke nicht."

Wir zwängten uns zwischen den Gästen des mittlerweile berstend vollen Restaurants hindurch auf den Steg. Ich ließ sie ein paar Schritte vorausgehen und betrachtete sie. Ihr rotes Leinenkleid war zwar weit geschnitten, doch konnte man unter dem Stoff eine schmale Taille erahnen. Wie war das möglich, wenn sie ihrem Körper unentwegt Kalorien zuführte? Hatte sie womöglich eine Essstörung?

Als sie sich zu mir umdrehte und mir mit strahlendem Gesicht „Beeilen Sie sich, sonst bekomme ich einen Hungerast" zurief, verwarf ich den Gedanken. Wahrscheinlich einfach schlechte Nahrungsverwertung, ein vom Himmel geworfenes Geschenk eines Gottes, der in sie verliebt war.

Eva wollte mir ein Restaurant auf der anderen Uferseite zeigen. Diesmal nahmen wir nicht das Boot, sondern spazierten den Quai du Mont-Blanc entlang, vorbei am Grand Hotel Kempinski, wo gerade Aufregung herrschte, zwei schwarze Limousinen mit diplomatischen Kennzeichen standen vor dem Eingang, Securitys in strammen Uniformen schwirrten herum und zeigten uns die schmale Passage auf dem Gehsteig, die normalen Sterblichen zu beschreiten gestattet war. Jetzt konnten wir die vertäuten Boote aus der Nähe betrachten, alle auf Hochglanz poliert, perfekte Statussymbole ihrer Besitzer. Wir überquerten die Pont du Mont-Blanc und genossen den Blick, der sich von ihrer Mitte aus in alle Richtungen bot.

Die Grand Hotels der Jahrhundertwende standen Schulter an Schulter mit modernen Konstruktionen aus Glas und Stahl. Auf der gegenüberliegenden Seite erhoben sich die prunkvollen Firmengebäude, stolze Manifestationen des Reichtums. Auf den Dächern die Markennamen: Louis Vuitton, Prada, Piaget, Hublot – Verlockung und Bedrohung zugleich. Zu unserer Rechten lag die Île de Rousseau, ein kleiner Wald mitten im See, Trauerweiden ließen ihre Äste ins Wasser hängen, zwischen all dem Grün hindurch konnte man Teile der Statue von Jean-Jaques Rousseau erkennen.

Weit hinter den Betonquadern wölbten sich die mächtigen Rücken des Juragebirges: eine Herde ruhender Tiere mit blauschwarzem Fell. Der Mont Blanc hingegen hielt sich bedeckt.

Vom Ende der Brücke nahmen wir den Weg in den Jardin Anglais. Hier blühte alles in flammenden Farben. Eva entdeckte einen Rosenstrauch und lief darauf zu. So tief steckte sie ihren Kopf zwischen die Zweige, um den innersten Geruch der Pflanze einzuatmen, dass ich mir Sorgen machte, sie könnte sich verletzen. Als sie ihn wieder herauszog und lachend auf mich zukam, sah ich, dass sich eine Blüte in ihrem Haar verfangen hatte. Ich unterließ es, sie darauf hinzuweisen. Dieser gelbe Farbtupfer in ihrer aufgelösten Frisur sah zu hinreißend aus. Eva führte mich raschen Schritts über die Place du Port in die Rue du Rhône. Sie hatte es jetzt eilig, das Restaurant zu erreichen, bevor sie vor Hunger zu entkräftet war, um weiterzugehen.

„Ich kann es schon riechen", rief sie, obwohl wir noch eine Viertelstunde Fußmarsch vor uns hatten. Auf der Place du Bourg-de-Four hatten die Restaurants und Bars ihr gesamtes Mobiliar nach draußen gestellt, Gesprächsfetzen und das laute Lachen der Gäste flatterten durch die Luft, unsichtbare Fahnen zu Ehren des Frühlings. Die Mitte des Platzes markierte ein Springbrunnen mit üppigem Blumenschmuck, den Eva zu meiner Überraschung ignorierte. Vor dem Café La Clémence flitzten offensichtlich gut gelaunte Kellner zwischen den Tischen und Stühlen herum. Wenige Meter entfernt lockte ein Restaurant mit dem Namen Au Carnivore, ich steuerte schon darauf zu, doch Eva zog mich weiter, auch bei der Brasserie de l'Hôtel-de-Ville mit ihrer einladenden Terrasse blieben wir nicht stehen. Zweimal bogen wir noch um ein Straßeneck, dann hielt Eva an und verkündete mit ausgebreiteten Armen: „Et voilà."

Café Papon hieß ihr kulinarischer Sehnsuchtsort. Bevor wir uns dort niederließen, musste ich allerdings noch, wie Eva es nannte, die Aussicht bewundern. Wir überquerten eine schmale Straße und hielten vor einem Schutzgitter. Zu unseren Füßen erstreckte sich eine weitläufige Anlage mit gewaltigen Laubbäumen, eher ein Wald als ein Park; die Wipfel bildeten eine engmaschige Decke, die sich bis zu den Abhängen des Mont Salève ausbreitete. Direkt über dessen Gipfel schwebte eine rot durchglühte Wolkenformation, die den Anschein erweckte, der Berg hätte Fontänen von Lava in den Himmel gespuckt. Eva setzte sich auf eine Bank vor dem Gitter, klopfte mit der flachen Hand neben sich auf das Holz und ich gehorchte. Sie zeigte auf eine Kastanie, deren Stamm in einem Winkel von 45 Grad aus der Erde wuchs und von einer Konstruktion aus mehreren Stangen gestützt werden musste.

„Das ist die Kastanie von la Treille", erzählte Eva. „Erst wenn der Parlamentssekretär an den Zweigen des Baumes die erste geöffnete Knospe entdeckt, beginnt in Genf offiziell der Frühling."

Ich reagierte nicht begeistert genug, so versuchte es Eva noch einmal.

„Außerdem sitzen wir auf der längsten Parkbank der Welt. Hundertzwanzig Meter ohne Zwischenraum."

Ich sagte etwas wie „Tatsächlich?" und Eva gab auf.

„Sie sind ein miserabler Tourist. Ich hoffe, Sie können wenigstens gutem Essen etwas abgewinnen."

Wir nahmen am letzten freien Tisch Platz. Eva wurde vom Patron überschwänglich begrüßt. Es erstaunte mich, wie gut sie Französisch sprach.

Wie zwei Evangelien wurden die Speisekarten vor uns hingelegt. Fehlte nur noch, dass sich jemand bekreuzigte.

Noch bevor sie ihre Bibel aufschlug, hob Eva unvermittelt den Blick und fragte:

„Warum waren Sie eigentlich in Linz so neugierig, was mein Privatleben betrifft?"

Darauf war ich nicht vorbereitet. Wieder dieses lästige Rotwerden. Ich musste bei Gelegenheit meinen Arzt fragen, ob das mit dem Blutfluss zu tun hatte. Vielleicht gab es ja durchblutungshemmende Tabletten, die ich in Notfällen schlucken konnte.

„Das war nicht meine Absicht“, sagte ich.

„Schade“, entgegnete Eva mit spitzbübischem Lächeln. „Ich hätte es Ihnen schon erzählt.“

„Gut, ich gebe es zu.“

„Was genau?“

„Dass es mich interessiert, wie Sie, ich meine, weswegen Sie …“

„Danke, das genügt“, unterbrach sie mich. „Ich nehme an, Sie wollen nicht wieder raten?“

Kopfschütteln meinerseits.

„Ich bin geschieden“, sagte sie fröhlich. „Ist das nicht ein Witz des Schicksals?“

„War es wenigstens ein guter Witz?“

Eva holte eine Packung Zigaretten aus ihrer Tasche und legte sie vor sich auf den Tisch.

„Wenn ich darüber rede, brauche ich eine. Stört es Sie?“

„Keine Spur.“

Das Feuerzeug flammte auf, es konnte losgehen.

„Mein Mann Thomas“, begann Eva, „war prinzipiell ein, wie man so sagt, angesehenes Mitglied unserer Gesellschaft. Ein gefragter Architekt mit vielen sympathischen Freunden. Er war großzügig, hatte Humor und sah – wenn ich mich recht erinnere – dazu noch sehr gut aus.“

„Also ein Glücksgriff“, sagte ich, doch Eva gab mir mit einer Handbewegung zu verstehen, dass ich sie nicht unterbrechen solle.

„Wir haben geheiratet, nachdem wir zwei Jahre zusammengelebt hatten. Es war eine schöne Hochzeit. Sehr romantisch. Genau das war das Problem.“

Etwas lag mir auf der Zunge, ich schluckte es hinunter.

Eva schaute mich an.

„Ich weiß, was Sie jetzt denken. Zu viel Romantik für eine nüchterne Juristin. Zu ... kitschig, zu lebensfremd. Aber nein.“

Meine Gesichtsmuskulatur zuckte, doch ich hielt tapfer den Mund.

„Thomas und ich, wir liebten beide die Romantik. Er las sogar Novalis oder Friedrich Schlegel, wenn er nicht gerade Pläne zeichnete oder ein Bauvorhaben beaufsichtigte. Die Crux war: Er hat meine Form des Romantischen nicht verstanden. Zugegeben eine altmodische Form, aber eben meine. Zwei Menschen gehen durch Dick und Dünn, fördern einander und bleiben sich treu. Sie können das auch hinterwäldlerisch nennen, wenn Sie wollen.“

Wollte ich gar nicht. Aber noch war der Schweigebann über mich nicht aufgehoben.

„Eines Tages kam er anders als sonst nach Hause. Er war aufgewühlt, hatte rote Flecken im Gesicht und wollte auf der Stelle mit mir sprechen. Augenblicklich erkannte ich den Beichtzwang, dem manche Männer unterliegen, wenn sie nicht komplette Betrüger sind. Natürlich hatte er eine Affäre. Tränenreich gestand er sie mir, verbunden mit Schwüren, die andere Frau nie wiederzusehen. Er bat mich inständig um Verzeihung. Es fehlten auch die üblichen Floskeln nicht, die Frau habe ihm nie etwas bedeutet, es sei rein körperlich gewesen, mit unserer Liebe habe es nichts zu tun und so weiter. Aufmerksam hörte ich ihm zu.“

Noch eine Zigarette.

„Irgendwann war er mit seiner Geschichte fertig und blickte mich flehentlich an. Langsam stand ich vom Küchentisch auf, holte mir schweigend einen Zettel und einen Kugelschreiber und setzte mich wieder hin. Auf das Blatt Papier schrieb ich ein Datum – in zwei Tagen – und eine Uhrzeit und schob es ihm hinüber. Er starrte darauf, dann wirkte er plötzlich erleichtert. Er glaubte verstanden zu haben, natürlich, ich hätte besonderen Stress momentan, es war falsch, mich so mit seinem Bekenntnis zu überfallen. Ich weiß noch den genauen Wortlaut seines Satzes: Ist das der Zeitpunkt, zu dem wir in Ruhe darüber sprechen können? Und an meine Antwort erinnere ich mich auch noch: Nein, das ist die Frist, bis zu der du deine Sachen aus meiner Wohnung geräumt haben musst."

Jetzt brauchte ich auch eine Zigarette. Und einen Cognac.

„Und, hat er?", fragte ich aus reiner Höflichkeit. Ich kannte die Antwort.

Der Kellner servierte Evas Vorspeise und ihr glücklicher Gesichtsausdruck verleitete mich dazu, noch einen Vorstoß zu wagen.

„Wollen Sie mir nicht erzählen, was es mit Ihrem roten Buch auf sich hat?"

„Nur noch einmal schlafen, dann wissen Sie's", antwortete Eva. Dabei grinste sie breit wie ein angesäuselter Weihnachtsengel.

Ich konnte mir nicht erklären, warum ich Evas kindische Anfälle so reizend fand.

ZWEI

In der folgenden Nacht saß ich stundenlang aufrecht im Bett. In meinem Kopf fuhren die Gedanken im Kreis wie Holzpferde eines alten Karussells. Manches schien mir im Rückblick sonderbar, je länger ich grübelte, desto mehr Ungereimtheiten entdeckte ich. Allein, wenn ich mir vorzustellen versuchte, wie Jelena Karpova ihre filigranen Finger um den Griff eines Brieföffners schloss, um mit einem einzigen Stich diesen jungen Mann zu töten, versagte meine Fantasie. Wie hatte ein Wesen mit Armen so dünn wie Fahrradschläuche die Energie aufgebracht, einen Menschen ohne Skrupel abzustechen? Der schiere physische Vorgang setzte doch schon enorme Muskelkräfte und Zielsicherheit voraus. Sollte ein normaler Mensch wie ich das versuchen (und bei Manfred war ich manchmal kurz davor gewesen), so würde ich dem Gegner höchstens eine harmlose Stichwunde zufügen. Das Mordgerät musste zuerst die Haut durchstoßen, dann Muskeln und Fettgewebe und wer weiß welche Knorpelschichten. Und das alles mit einem Brieföffner! Als einzige Lösung fiel mir ein, dass Jelena irgendein japanisches Martial-Art-Training absolviert haben könnte wie Uma Thurman in diesem Tarantino-Film. Nur dass Jelena ihre Ausbildung nicht mit einem Hattori-Hanzo-Schwert durchlaufen hatte, sondern auf sibirische Art: als Schülerin einer Technik, die Feuergott Ogdy höchstselbst in die Welt gebracht hatte. Von Schamane zu Schamane wurde sie weitergegeben, bis hin zu Jelenas Lehrmeister. So mancher Inhaftierte eines Gulags hatte damit schon einen Wärter Stalins ausgeschaltet.

Als Waffe diente dabei ein besonders scharfer und gefährlicher Kampfbrieföffner, auf dessen Griff zur Tarnung auch noch der Name eines Hotels eingraviert werden konnte.

Schneller, immer schneller rotierte das Ringelspiel.

Auch Eva saß auf einem der Pferde. Diese Frau arbeitete mit unorthodoxen Methoden, das war offensichtlich. Doch wenn sie eine so gefragte Anwältin war, warum hatte sie dann so viel Zeit, sich derart intensiv mit einem einzigen Fall zu beschäftigen? Nie hatte ihr Handy geläutet. Hatte sie es einfach abgestellt, für mehrere Tage? Und warum verheimlichte sie mir manche Fakten? Ich war überzeugt davon, dass sie mehr über Jan Koller herausgefunden hatte als *Wikipedia-Eintrag, Artikel, beruflicher Werdegang.* Wie mit einer Partnerin umgehen, die mir immer voraus war, die stets mehr wusste, als sie mir verriet? Aufgewühlt beschloss ich, sie gleich am nächsten Morgen danach zu fragen. Erst als ich diesen Gedanken wieder verwarf, kamen die Rösser zum Stillstand und ich konnte endlich einschlafen.

Um 7 Uhr quälte ich mich aus dem Bett, so erschöpft, dass es mich Mühe kostete, in den Tag hineinzufinden. Nur verschwommen nahm ich alles wahr, die Gegenstände drifteten durch eine zähflüssige Luft. An der Aufzugstür lud ich eine Dame im roten Minikleid ein, mit mir zu fahren. Sie regte sich nicht, sie war nur ein Feuerlöscher.

Eva und ich hatten vereinbart, nicht gemeinsam zu frühstücken, da sie gerne länger schlief. So ging ich allein über die steil ansteigende Rue Verdaine hinauf zur Place du Bourg-de-Four. Es hatte in der Nacht ein wenig geregnet, das nasse Kopfsteinpflaster schimmerte im Morgenlicht. Im Café La Clemence setzte ich mich an einen der runden Alutische, winkte der Kellnerin und bestellte mir ein französisches Omelett.

Ich breitete meine Notizzettel vor mir aus und versuchte, Verbindungen zwischen ihnen herzustellen. Was hatte die Tatsache, dass Jan das CERN verlassen hatte, mit seinem Charakter zu tun? Würden wir heute mit Ex-Kollegen sprechen können, die sich kein Blatt vor den Mund nahmen, oder eher auf höfliches Schweigen stoßen? Ich schrieb noch den Satz *Wurde Koller gekündigt?* auf einen der Zettel, dann kam mein Omelett.

Und die große Show begann.

Die ersten Spatzen landeten auf der Lehne des Stuhls, der meinem gegenüber stand. Als ich nicht reagierte und weiteraß, ließ einer der Vögel ein aufgeregtes Tschilpen ertönen und im Nu saßen zehn von ihnen auf der Lehne. Es dauerte nicht lange, bis der erste auf der Tischfläche landete. Da ich außer Insekten kaum einem Tier widerstehen konnte, knetete ich aus dem Omelett Kügelchen und schob sie in Richtung der Spatzen. Jetzt waren es zehn von ihnen, die sich mit Gezeter um die kleinen gelben Bälle stritten. Spätestens zu diesem Zeitpunkt hätte ein vernünftiger Mensch mit der Fütterung aufgehört, aber ich dachte nicht daran. Im Gegenteil: Das nächste Bröckchen meines Frühstücks nahm ich zwischen Daumen und Zeigefinger und hielt es meinen gefiederten Gästen hin. Augenblicklich zerrten gleich drei Vögel an dem Köder, während ein vierter auf meine Hand sprang, um von oben an die Beute heranzukommen. Gleichzeitig hatten sich einige besonders fürwitzige Spatzen am Rand meines Tellers niedergelassen und bearbeiteten mit ihren Schnäbeln die weiche Masse. Ich ließ ab von meinem Vorhaben, die Köstlichkeit selbst zu verzehren, und beschränkte mich darauf, das Spektakel zu beobachten. Nachdem ich mich zurückgelehnt hatte, teilten sich die Vögel geschwisterlich das Festmahl. Es waren wunderschöne Tiere, oft zu Unrecht verschmäht wegen der Häufigkeit ihres Vorkommens. Die Weibchen waren auf den ersten Blick unscheinbarer, bei genauer Betrachtung entdeckte man aber die schöne Maserung der Flügel und den schwungvollen hellen Streifen, der vom Auge bis zum Hals verlief. Der dunkelbraune Schopf und die schwarz geriffelte Kehle schmückten die Männchen, und –

In diesem Augenblick griff ein Arm über meine Schulter und wischte mit einer schnellen Bewegung alles vom Tisch: Spatzen und Omelett, Teller und Besteck.

„Sind Sie verrückt geworden?“, rief Eva. „Das sind Ratten der Lüfte, sie stecken voller Ungeziefer und übertragen Krankheiten!“

Sie schnappte sich den anderen Stuhl, von dem die Vögel geflohen waren. Ich schwieg lange. Für mich war Genf seit diesem artenverbindenden *petit déjeuner* unwiderruflich die Stadt der Spatzen.

Ein paar Momente schmollte ich noch vor mich hin, schließlich setzte ich zu einem Plädoyer für meine Tischgenossen an.

„Liebe Frau Professor Mattusch, ich muss Sie korrigieren. Der Spatz, auch gemeiner Haussperling genannt, kann so gut wie keine Krankheiten übertragen, nur in sehr seltenen Fällen wurde beobachtet, dass Spatzen, die am Futtertrog von Hühnern naschten, Salmonellen aufgenommen haben. Aber um diesen Erreger weiter auf den Menschen zu übertragen, wäre ein sehr intensiver Kontakt über längere Zeit hinweg erforderlich.“

„Sie haben einen von ihnen geküsst.“ In Evas Stimme mischte sich Ekel.

„Nicht übertreiben! Ich habe den Kopf eines Männchens kurz mit den Lippen berührt, als es auf meiner Hand saß. Völlig ungefährlich. Bei Tauben oder Papageien ist das anders, da ist es durchaus vernünftig, auf der Hut zu sein. Spatzen hingegen zählen zu den saubersten Vögeln, das wusste schon Darwin.“

Mich beschlich das Gefühl, dass all meine Sätze ohne Resonanz verhallten. Meine Luft blies ins Leere und pumpte einen rosaroten Luftballon auf, der meinen Kopf umschloss.

Ich wagte nicht, Eva zu fragen, ob sie meine kleine Halluzination ebenfalls wahrnehmen konnte. Verwundert schien sie nicht zu sein. Erst blies sie sich eine Haarsträhne aus der Stirn, dann schickte sie mir pfeilspitze Blicke – und das rosa Gebilde zerplatzte mit einem Knall. Ich könnte heute noch schwören, dass ein kleines Gummifetzchen direkt in meinem Cappuccino gelandet war.

„Seit wann haben Sie denn schon diese Vogelneurose?“

„Nicht jedes Interesse abseits der Norm ist gleich eine Neurose.“

„Sie verbringen zu viel Zeit allein. Da werden Männer wunderlich.“

„Ich wollte schon mit sechzehn Zoologie studieren. Da war ich noch nicht einsam.“

Eva bezahlte und ignorierte aufs Neue meine Proteste. Sie musste annehmen, dass Journalisten heutzutage ein erbärmliches Dasein fristeten. Von der Uni direkt ins Prekariat. Ich suchte ein Gegenargument, doch ich fand keines.

Wir standen auf, ich blieb ein, zwei Schritte hinter Eva und verteilte die Scheibe Weißbrot, die ich mir zuvor unauffällig in die Hosentasche gesteckt hatte, unter den Spatzen, damit sie mich nicht vergaßen.

Von der Place du Bourg-de-Four erreichten wir in zehn Minuten Fußmarsch die Tramhaltestelle Rive. Hier begann die nächste Etappe unserer Reise. Mit zunehmendem Herzklopfen stieg ich in die Tram Nr. 18, die uns zuerst in den Stadtteil Meyrin und sodann direkt zum CERN bringen würde.

Wir saßen uns gegenüber, manchmal berührten sich versehentlich unsere Knie. Viel sprachen wir nicht, nur hin und wieder fiel ein Satz über die vorbeiziehende Landschaft. Wir passierten ärmliche Gegenden, die man in dieser Stadt nicht vermutet hätte. Plattenbauten, verfallene Balkone, von Rost zerfressene Kinderschaukeln. Einmal musste ich kurz auflachen, da das indische Restaurant an der Straße ausgerechnet *Nirvana* hieß.

Bei der Haltestelle CERN stiegen wir aus und sahen als erstes eine riesige Halbkugel, die von waagrechten Metallringen ummantelt war. Als hätte jemand über der Erde die Jalousien heruntergelassen. Vor dem Eingangsbereich hüpften und kreischten ein paar Jugendliche, die eine ältere Dame zu disziplinieren versuchte. Klassischer unfreiwilliger Schulausflug. Ich bemühte mich, an der zappelnden Schar vorbeizukommen und einen anderen Weg in den Globus zu finden, als Eva mich rief und mit dem Finger auf eine Stahlskulptur zeigte, die sich rechts von der Kuppel erhob. Eine Möbiusschleife, wollte ich schon verkünden, doch im nächsten Augenblick war ich mir nicht mehr so sicher und hielt den Mund.

„Das ist was für Sie!“, sagte Eva.

Auf einer Bodenplatte vor dem Kunstwerk war sein Titel eingraviert: *Wandering the Immeasurable*. Ich kannte es nur von Bildern, *Auf den Spuren des Unermesslichen*, geschaffen von der Künstlerin Gayle Hermick. Jetzt stand ich davor und berührte seine Oberfläche. Entlang der Außenseite des Bandes konnte man der Geschichte der Physik folgen, von den ersten Entdeckungen in Mesopotamien vor 3500 Jahren bis hin zum Higgs-Boson; die nach innen gewandte Seite zeigte die entsprechenden Gleichungen. Zugegeben, die meisten Schriftzeichen waren für mich ebenso unverständlich wie die in den Stahl geritzten Formeln, und doch erfasste mich eine Art Ehrfurcht. Ich wäre wohl noch minutenlang versunken vor der Schleife stehen geblieben, hätte Eva mich nicht ungeduldig am Ärmel gezupft. Sie zeigte auf einen Betonblock auf der gegenüberliegenden Straßenseite. Ein großer Mann stand davor und winkte.

„Dort drüben ist unser Vergil“, sagte Eva.

Woher wissen Sie das?, wollte ich fragen, doch dann sagte ich nur: „Halten Sie das CERN für die Hölle?“

„Wer weiß? Sie kennen doch sicher die Geschichten von den schwarzen Löchern, die hier erzeugt werden und die Gefahr mit sich bringen, die Erde zu verschlingen.“

„Das ist doch Humbug.“

Eva zwinkerte mir zu.

„Immerhin gab es eine Anklage. Eine Frau aus Deutschland wollte die Experimente per Gerichtsbeschluss verbieten lassen. Erst das Oberlandesgericht Münster hat die Klage abgewiesen.“

„Jaja, ich weiß. Ein Tübinger Chaosforscher ist sogar bis zum Europäischen Gerichtshof für Menschenrechte gezogen. Wir haben damals darüber berichtet. Nicht ganz ohne Häme, muss ich zugeben."

Eva wischte mit der Hand ein Haar von meiner Jacke, mit der Selbstverständlichkeit einer jahrelangen Freundin.

„Was macht Sie so sicher, dass das Unsinn ist? Sie sagen doch selbst, dass hier Bedingungen herrschen wie kurz nach dem Urknall. Da kann niemand genau voraussagen, was tatsächlich passieren wird."

Sie hängte sich bei mir ein, wir überquerten die Straße. Der Boden vor dem Gebäude war ganz in Himmelblau gehalten. Über dem Eingang prangte auf einem Schild die Zahl 33. Der Mann winkte Eva zu, sie beschleunigte ihren Schritt. Sie begrüßten sich mit drei Wangenküssen. Interessant. Ich trat hinzu, Eva stellte mich vor.

„Martin, das ist Georg Hollaus. Ein Journalist."

Per du waren sie auch.

„Herzlich willkommen", sagte Professor Renner. „Wir haben ja bereits telefoniert."

Ich musterte ihn. Vorgestellt hatte ich ihn mir ganz anders. Eher so wie John Ellis, mit langem Bart und einer Jacke, der man ansah, dass er auf Äußeres keinen Wert legte. Doch Renner trug einen tadellosen anthrazitfarbenen Dreiteiler. Er hätte wie ein Bankangestellter gewirkt, wären da nicht seine Haare gewesen. Silbergrau an den Schläfen, aber mit bunten Einsprengseln versehen und in der Mitte des Kopfes mit Gel hochdrapiert zu einer Art sanftem Irokesenschnitt. Für Bruchteile von Sekunden stellte ich mir einen Mittagstisch vor, die mahnenden Worte des Vaters, das unterdrückte, aber hörbare Wimmern der Mutter. Traurig der Blick des Jungen auf die Eltern, nur wenige Worte, es muss sein, Papa, verzeih mir, Mama. Doch vielleicht kamen ja diese Bilder aus dem Fundus meiner eigenen Erziehung und Renners realer Vater war stolz auf die kühne Skulptur auf seines Sohnes Haupt, und die Mutter blickte kurz von ihrem Vivienne-Westwood-Katalog hoch und sagte nur: „An den oberen Spitzen ein bisschen mehr Purpur hätte nicht geschadet."

Kein Schal, keine Krawatte, der Hemdkragen offen. Einen Knopf zu weit offen für meinen Geschmack. Dreitagebart, blitzende blaue Augen. Halb Punk, halb Gentleman. Sicher ein Frauentyp.

Er reichte mir seine Hand, groß wie eine Tellermine. Als ich sie stumm schüttelte, fügte er noch hinzu: „Ich habe einige Ihrer Artikel gelesen. Spannend, sehr spannend."

Das war natürlich gelogen, doch ich blieb höflich und murmelte ein „Vielen Dank".

„Wir haben noch etwas Zeit, ich habe euch für das erste Gespräch erst in einer halben Stunde angekündigt. Wenn es von Interesse ist, gebe ich dir und Herrn Hollaus noch eine kleine Führung."

„Es ist", rief ich, „von großem Interesse!"

Renner schmunzelte.

„In Ordnung." Er hielt seine Hand unter einen Sensor, die Glastüren schnurrten auseinander. Wir folgten ihm ins Innere.

„Der Empfangsbereich für Besucher", erklärte Renner. Er reichte mir einen Zettel.

„Sie müssen bitte noch dieses Formular ausfüllen. Eva hat das ja schon von Österreich aus erledigt."

Während ich folgsam die abgefragten Daten auf das Papier kritzelte, flüsterte Renner Eva etwas ins Ohr und sie kicherte. Ich blickte hoch, da hielt sie sich wie ertappt den Mund zu. Renner nahm den Fragebogen entgegen und setzte sich hinter einen Bildschirm. Ein paar Handgriffe, und er war fertig. Zufrieden überreichte er uns je ein Stück Pappe an einem Band.

VISITOR/VISITEUR stand da, und darüber *Georg Hollaus*. Ich hängte mir den Ausweis um den Hals wie eine Medaille.

Wir verließen die Rezeption, Renner führte uns um den Block herum zu einem Parkplatz. Ich erwartete einen Angeberwagen, SUV oder Alfa Romeo, aber nein. Renner hielt Eva die Vordertür eines alten Volvo auf und ließ mich auf dem Rücksitz Platz nehmen. Nach einer Fahrt über schmale Straßen, die sämtlich Namen von Physikern trugen, erreichten wir unser Ziel. Ein niedriges Bauwerk, dessen Außenwand von Eisenlamellen gebildet wurde. Über dem Tor hing eines der berühmtesten Schilder der Wissenschaftswelt. Weiße Schrift auf blauem Grund:

ANTIMATTER FACTORY.

DREI

Es gab sie also wirklich. Ich meine, ich wusste, dass es sie gab, aber es war etwas anderes, einen Bildband durchzublättern, als eine Hand ausstrecken zu können, um das A zu berühren. Renner schien sich über meine Ergriffenheit zu amüsieren, er zwinkerte Eva zu und sie lächelte kaum merklich zurück. Er öffnete die schwere Eisentür und wandte sich wieder an mich.

„Sie kennen sicher die Anekdote von den Dreharbeiten zu *Illuminati*?"

Das war nunmehr das zweite Mal, dass mich jemand auf dieses Machwerk ansprach. Schaute ich aus, als würde ich meine Zeit mit Hollywood-Schmonzetten vergeuden? Bevor ich etwas Herablassendes äußern konnte, sprang mir schon Eva zur Seite. „Genau, hier beginnt doch alles? In der Antimaterie-Fabrik, oder?"

„Eben nicht", frohlockte Renner. „Das glauben nur jene, die die echte Fabrik niemals betreten haben."

Er schwieg, um die Spannung zu steigern. Bei mir funktionierte das nicht. Ich hoffte, dass Eva –

„Das verstehe ich nicht. Erzähl!"

Renner strahlte. Evas Neugier schmeichelte ihm offensichtlich.

„Kommt mit. Ich zeige euch alles."

Er schob uns durch die Tür. Wir blickten von oben auf ein weitläufiges Gelände, das mit zahlreichen Apparaten vollgestellt war. Gelbe und rote Pfeile waren auf den Boden gemalt, Schilder hingen an Drahtgestellen, merkwürdige Fahrzeuge zogen ihre Bahnen. Man konnte sich des Eindrucks nicht erwehren, in eine Fahrschule für Physiker geraten zu sein. Dicht an dicht standen schlanke Kästen, überall surrte und piepste es. Silberne Röhren schlängelten sich durchs Gelände.

Renner näherte sich Eva, breitete die Arme aus und sagte: „Enttäuschend, nicht? Vor allem, wenn man nicht weiß, wozu das alles gut sein soll."

„Na ja", begann Eva, doch Renner ließ sie nicht ausreden.

„Jedenfalls dachte das Ron Howard."

„Wer?"

„Der Regisseur. *Langweilig* war, glaube ich, das Wort, das er verwendete. Er spazierte hier durch, gemeinsam mit seinem Second Unit Team, und konnte seine Ernüchterung nicht verbergen. Dann wandte er sich an Rolf-Dieter Heuer, den damaligen Chef. ‚Ist das alles?', soll er ihn gefragt haben."

Eva lachte auf. „Und Heuer hat ihn belehrt? Oder auf den Arm genommen?"

Renner versuchte offenbar, Heuers bedächtigen Tonfall zu imitieren. „Junger Mann, mehr Aufwand benötigen wir hier nicht, um Antimaterie herzustellen. Wenn Ihnen das Bild zu wenig spektakulär ist, könnten ja einige unserer Kollegen ein paar Stammestänze aus ihrem jeweiligen Kulturkreis zur Aufführung bringen und dabei furchteinflößende Geräusche ausstoßen."

Eva musste sich beherrschen, um nicht loszuprusten. „Und weiter?", brachte sie gerade noch heraus.

„Nun", sagte Renner, „wir zeigten ihnen den ATLAS. Der wiegt fast so viel wie der Eiffelturm. Hat aber noch nie auch nur ein Mikrogramm Antimaterie erzeugt."

„Und damit war Howard zufrieden?", fragte Eva.

„Natürlich. Doch die Welt ist gerecht. Es gibt nicht nur Regisseure." Bedeutsame Pause. „Nein, es gibt auch Wesen, die in der Lage sind zu verstehen, was wir hier machen."

„Autoren!", rief Eva.

„Aber nein, wo denkst du hin. Die wahre, angemessene Wertschätzung erfahren wir nur von Schauspielern."

Eva überlegte kurz. „Tom Hanks?"

„Nein, der war gar nicht dabei. Es handelte sich um eine Mimin, deren Name mir entfallen ist. Im Gegensatz zu ihrer Frage."

Renner'sche Pause, abgekürzt durch Evas Ungeduld.

„Nun sag schon!"

„Es war eine Brünette, hochgewachsen, mit durchaus klugen Augen. Und sie war bei Weitem faszinierter als ihr Regisseur."

„Und?"

„Lange ließ sie ihren Blick über die gewaltigen Ausmaße der Maschine wandern, über die Spulen und Magnete, Kabel und Kalorimeter. Dann schaute sie Rolf-Dieter Heuer an und sagte voller Bewunderung, Dankbarkeit und Staunen: ‚Das haben Sie alles für uns gebaut?'"

Eva hatte gerade aus einem Becher einen Schluck Wasser getrunken; der ergoss sich jetzt in Fontänen über meine Jacke. Ganz Gentleman, ignorierte ich den Vorfall, zupfte nur mit einem Papiertaschentuch am Kragen herum.

„Siehst du die schlanken Zylinder, dort unten auf der rechten Seite, in denen gerade Blitze aufzucken, als würde ein Unwetter sie heimsuchen? Das sind unsere ausgeklügelten Systeme, mittels derer wir versuchen, Antimaterie festzuhalten."

„Eine Art Antimaterie-Falle?", fragte Eva.

Renner lächelte sie an. Schon wieder.

„Doch ich muss dich enttäuschen. Die Lebensdauer der Antimaterie in unseren Behältern beträgt nicht einmal Bruchteile von Sekunden. Sobald sie mit herkömmlicher Materie in Berührung kommt, zerstrahlt sie und der Spuk ist vorbei."

An der hinteren Wand des Labors prangte ein riesiges, unregelmäßiges Sechseck. Darunter stand in eleganten Lettern ELENA. Dafür, dass ich übersinnliche Zeichen im besten Fall belächelte, konnte ich mich von dem Schriftzug erstaunlich lange nicht losreißen.

Renner deutete meine Verwirrung falsch und beugte sich näher an mein Ohr.

„Und wissen Sie, was die unglaublichste neue Entwicklung ist?"

Wusste ich natürlich nicht.

Jetzt begann Renner zu flüstern. „Wir sehen uns an, wie kosmische Strahlen die Wolkenbildung auf der Erde beeinflussen und damit auch einen Einfluss auf das Klima haben."

„Wie weiland Wilhelm Reich", rief ich, „mit seinem Cloudbuster! Nur dass er dafür ins Gefängnis musste."

„Weiland Wilhelm wer?" Renner wusste nicht, wovon ich sprach, und wirkte verlegen.

Just in diesem Moment tauchte hinter seinem Rücken eine Frau auf, die ihren Kollegen fest umarmte und sich dann mit ungewöhnlicher Freundlichkeit auf Eva und mich stürzte. Ich erschrak, als ich das Gesicht der Frau erkannte.

„Er hat keine Ahnung von Psychoanalyse", sagte sie, auf Renner deutend.

„Sehr sympathisch!", brachte ich heraus. Kurz dachte ich an Manfred.

„Das ist Frau Professor Maria Tiefenbacher“, sagte Renner.

Ich konnte meine Blicke nicht von ihr lösen. *Die* Maria Tiefenbacher. Mit-Entdeckerin der W- und Z-Teilchen hier am CERN. Nur aufgrund überalteter Vergaberichtlinien waren ihr die allerhöchsten Weihen versagt geblieben.

Als hätte er meine Gedanken gelesen, sagte Renner: „Vor ein paar Jahren ist sie nur um Nanometer am Nobelpreis vorbeigeschrammt.“

„Glauben Sie ihm kein Wort. Er übertreibt maßlos. Keine Ahnung, warum er es trotzdem so weit gebracht hat.“ Sie boxte ihn gegen die Schulter, dann wandte sie sich an uns.

„Und Sie sind also tatsächlich daran interessiert, was wir hier so treiben?“

„Ja“, rief ich rasch, obwohl das nur für einen Teil von uns der Wahrheit entsprach.

„Endlich einmal keine Studenten“, jubilierte Tiefenbacher, „keine Bewerber, keine Dissertanten und keine Redakteure von Science-Fiction-Magazinen.“

Sie erweckte den Eindruck, als gäbe es für sie nichts Schöneres, als ahnungslose Laien durch ihre heiligen Stätten zu führen. Sie war gekleidet wie eine Lehrerin bei einem Schulausflug im Juni, ihr Rock war voller Orchideen, die bei jedem Schritt ihre Beine umflossen. Was nicht zu ihrer verspielten Anmutung passte, waren ihre kurzgeschorenen schwarzen Haare und der scharfe Nasenrücken, der aussah, als könnte man damit Papier schneiden. Die großen Augen hingegen ließen an zwei Honigtöpfe denken, hell und beinah cremig die Iris, der Ausdruck der pure Lockruf ans Leben.

Es war an Eva, die Begeisterung der Physikerin zu dämpfen.

„Mein Kollege“, sagte sie und zeigte auf mich, „wollte immer schon in die geheimnisvolle Welt des Beschleunigers eintauchen. Was mich betrifft: Professor Renner wird Ihnen schon berichtet haben, dass ich ein ganz irdisches Rätsel lösen möchte.“

Frau Professor Tiefenbacher entwand sich ein Seufzer.

„Ja, ich weiß. Es beschäftigt uns alle hier. Wissen Sie, wir haben nicht viele Forscher, die gleichermaßen talentiert wie uneitel sind.“

Sie schaute Eva lange an.

„Wollen Sie ihr helfen?“

„Das allein ist mein Ziel“, antwortete Eva feierlich.

„Dann haben Sie unsere Unterstützung.“

„Diese Frau Karpova“, sagte ich vorsichtig, „muss ja eine Art Heilige sein.“

Maria Tiefenbacher schenkte mir einen spöttischen Blick.

„Männer und ihre Kategorien“, sagte sie bloß und schüttelte den Kopf, dann war der Disput beendet.

„Nun gut.“ Renner wollte die Zügel wieder in die Hand bekommen.

„Ich schlage vor, wir trinken etwas in der Cafeteria. Ihr müsst durstig sein.“

Die Cafeteria. Ein Schauer lief mir über den Rücken. Ich vermutete, dass es anderen Wissenschaftlern in anderen Forschungsgebieten ähnlich ergehen musste wie mir in diesem Moment. Es ist Zeit, die Grabkammer zu öffnen, würde dann vielleicht jemand flüstern, oder: Kommen Sie, legen Sie ruhig Ihre Hand auf den Codex Hammurabi.

Äußerlich unterschied sich die Cafeteria nur wenig von einer typischen Uni-Mensa. Nur dass die Personen, die sich ein kleines Bier zapften oder einen Orangensaft bestellten, vielleicht die moderne Physik um einen Schritt vorangebracht hatten. Die Maisonne wärmte uns, wir suchten uns einen Tisch im Freien, ich verrenkte mir den Hals, um vielleicht einen Blick auf einen der Granden zu erhaschen. Renner brachte ein Tablett mit vier großen Tassen Kaffee und einer Karaffe Wasser samt Gläsern.

„Also, liebe Eva", begann Renner, „du bist ja schon informiert, was wir hier treiben."

„Soweit ich weiß", sagte Eva mit gespieltem Ernst, „erzeugt ihr hier derartig hohe Energien, dass eines Tages diese Röhre die Erde in die Tiefe reißen und uns alle verschlucken wird."

Renner lehnte sich zurück und trank einen Schluck von seinem Kaffee.

„Ich hätte es selbst nicht besser formulieren können."

Alle lachten, außer Frau Tiefenbacher. Für sie schien dieses Geplänkel nur vergeudete Zeit zu sein. Ihr Gesichtsausdruck war eine einzige Rüge für Renner.

„Gut, gut, also zuerst die Daten. Unser Large Hadron Collider befindet sich hundert Meter unter der Erde und hat einen Umfang von siebenundzwanzig Kilometern. Es ist das größte je für die Wissenschaft konstruierte Bauwerk. Durch die Röhren werden Protonen in entgegengesetzter Richtung fast auf Lichtgeschwindigkeit beschleunigt und an bestimmten Punkten aufeinandergeschossen."

„Und diese Kollisionen", ergänzte Maria Tiefenbacher, „werden von den vier großen Detektoren ATLAS,

ALICE, CMS und LHCb dann ausgewertet. Fotografiert, wenn Sie so wollen. Das war's schon."

„Wie viele Zusammenstöße erzeugen Sie auf diese Weise?", wollte ich wissen.

„Eine Milliarde", sagte Renner stolz. „Pro Sekunde."

„Und jeden einzelnen davon analysieren Sie?"

„Nein, das wäre unmöglich. Wir haben ein Triggersystem, das diese Kollegin hier" – er zeigte auf Frau Tiefenbacher – „maßgeblich mitentwickelt hat. So können wir die Ereignisse herausfiltern, die mit neuer Physik zu tun haben. Also nur noch etwa hundert pro Sekunde."

Frau Professor Tiefenbacher nahm das Lob stoisch entgegen, drehte sich aber plötzlich um und rief „Ciao, Fabiola" und winkte einer Frau zu, die die Cafeteria verließ. „Ciao, Maria", kam es zurück, auch das Winken wurde erwidert.

Maria Tiefenbacher wandte sich wieder uns zu und sagte so lakonisch wie möglich:

„Die Chefin."

Das traf mich wie ein Stich in den Rücken. Ich wirbelte herum, doch die Frau war schon verschwunden.

„Das …", begann ich, „das war Fabiola …?"

„Fabiola Gianotti", bestätigte Frau Tiefenbacher, „Leiterin des CERN und Verkünderin des Higgs."

Wie oft hatte ich diese Bilder gesehen, in denen die elegante Frau das Ergebnis verkündete und der alte Herr im Auditorium sich die Tränen aus den Augen wischte, Peter Higgs, dessen Vorhersage fünfzig Jahre nach ihrer Veröffentlichung bewiesen werden konnte.

Ich war so ergriffen, dass ich noch ein paar Silben von mir gab, bis Eva in etwas spitzem Ton sagte: „Frau Professor Tiefenbacher kann Ihnen sicher eine Autogrammkarte besorgen, wenn Sie das glücklich macht."

Mein Lächeln geriet etwas schief, meine aufwallende Verehrung war mir peinlich. Ich versuchte, so nüchtern wie möglich über das Thema hinwegzugehen.

„Was mich interessieren würde: Wonach suchen Sie in der momentanen Phase besonders intensiv?“

Die beiden Physiker warfen sich einen kurzen Blick zu, Frau Tiefenbacher begann.

„Wie schon seit Langem und noch immer: nach Supersymmetrie ...“

Ich bildete mir ein, Renner die Augen verdrehen zu sehen, nur ganz wenig, aber doch so, dass Frau Tiefenbacher kurz stockte. Dann fuhr sie in alter Souveränität fort.

„Weiters nach dunkler Materie, einem ganzen dunklen Sektor. Sie wissen, dass die Materie, die wir wahrnehmen können, nur etwa fünf Prozent des Universums ausmacht?“

Ich nickte brav.

„Ein großes Thema sind auch Extradimensionen, neue Teilchengenerationen, und Leptoquarks. Letztere hängen mit der Grand Unified Theory zusammen, die Relativitätstheorie und Quantenmechanik verbinden soll.“

„Und das wird dauern“, sagte Renner.

Maria Tiefenbacher ließ sich diesmal nicht aus dem Konzept bringen.

„Es wird aber auch Ausschau nach komplett neuen Signalen gehalten. Parallel dazu werden immer präzisere Messungen bekannter Prozesse gemacht, um eventuelle Abweichungen vom Standardmodell aufzuzeigen, die auf Neues hindeuten würden.“

„Aber“, meldete sich Renner leise zu Wort, „man muss auch zugeben, dass die Chance, ein supersymmetrisches Teilchen zu finden, in den letzten Jahren drastisch gesunken ist."

Das wollte Frau Tiefenbacher nicht so stehen lassen.

„Nur weil sie ursprünglich zu leicht berechnet wurden", sagte sie scharf. „Schwerere supersymmetrische Teilchen kann der LHC immer noch finden!"

„Ja, schon, aber dann passen sie nicht mehr in das schöne Konstrukt der Stringtheorie!"

„Wow", machte Eva. „Mein erster Streit zwischen Physikern. Ich hab zwar höchstens ein Zehntel verstanden, aber ich bin beeindruckt."

Frau Tiefenbacher lachte, dass es ihren ganzen Körper schüttelte und die Orchideen tanzten.

„Bei uns geht es immer so zu", sagte sie. „Schließlich streiten wir um nichts Geringeres als die Weltformel."

„Na dann", sagte Eva.

Renner trank seinen Kaffee aus und erhob sich.

„Zeit, unsere kleine Reise in die Tiefe zu beginnen."

Wir verließen die Cafeteria, Frau Tiefenbacher winkte noch mehreren Mitstreiterinnen zu, während Renner die Hände in seine Sakkotaschen steckte und zu Boden blickte. Auf dem Weg zum Parkplatz konnte ich einen kurzen Blick in einen Bürotrakt werfen, einen schmalen Gang, der bis zum Horizont zu reichen schien, auf beiden Seiten eine Türe neben der anderen. Mir kamen Kubrick'sche Hotelkorridore in den Sinn, U-Bahn-Schächte in Alpträumen, Legebatterien. Sicher alles unangebracht, meinem romantischen Bild des CERN geschuldet oder meinem Unwissen über die Bedürfnislosigkeit wirklich großer Geister.

Frau Tiefenbacher öffnete uns die Türen ihres winzigen Autos, wir bemühten uns, unsere Gliedmaßen so zu schlichten, dass wir niemanden verletzten. Ich saß im Fond und meine Aufregung wuchs. Die Fahrt vom Parkplatz bei der Cafeteria bis zum Eingangsbereich des CMS-Detektors dauerte etwa zwanzig Minuten, wäre jemand anderer als Frau Tiefenbacher hinter dem Volant gesessen, würde ich eine halbe Stunde veranschlagen. Mit durchgedrücktem Gaspedal schien sie ein Individuum zu verfolgen, von dessen Ergreifung ihr Leben abhing. Das hinderte sie aber nicht daran, angeregt mit uns zu plaudern und dabei hin und wieder ihren Kopf nach hinten zu wenden, was mir jedes Mal Schweißperlen auf die Stirn trieb.

„Ich muss Martin leider ein kleines bisschen korrigieren“, sagte sie. „So eindeutig vom Tisch ist die Supersymmetrie bei Weitem nicht. Es wurde erst ein sehr kleiner Parameterraum für die Susy-Teilchen ausgeschlossen. Mehr Daten und höhere Beschleunigerenergie werden dazu beitragen, schwerere Partikel aufzuspüren.“

„Aber frühestens in zwei Jahren“, lästerte Renner, „und selbst dann bräuchte es dazu ein Wunder.“

Frau Tiefenbacher seufzte. „Wir sollten Wetten abschließen.“

Ich wagte es, mich ins Gespräch zu mischen.

„Was ich nicht verstehe – eines von sehr vielen Dingen, die ich nicht verstehe – ist der Zusammenhang zwischen der Supersymmetrie und der Stringtheorie. Sind das jetzt konkurrierende Modelle?“

„Nein.“ Frau Tiefenbacher drehte sich zu mir um, bei ungefähr hundert Stundenkilometern. „Die Supersymmetrie wurde in den Siebzigerjahren in die Stringtheorie inkorporiert und das Ganze als Superstringtheorie bezeichnet. Supersymmetrie hätte den Vorteil, dass sich durch sie die Mathematik der Stringtheorie wesentlich vereinfacht.“

„Oje“, sagte ich, „bei Mathematik steige ich immer aus.“

„Als Journalist dürfen Sie das“, kommentierte Renner.

„Ich hätte auch noch eine Frage, bevor wir ankommen oder an einer Mauer zerschellen.“

Diese kleine Spitze von Eva hatte keinerlei Auswirkungen auf den Fahrstil von Frau Tiefenbacher. Sie brauste über die französische Grenze nach Cessy, in meiner aufgewühlten Fantasie würde gleich eine Horde von Flics über uns herfallen.

„Bitte!“, sagte sie nur und beschleunigte in eine langgezogene Kurve.

„Ich hatte manchmal den Eindruck, dass manche Physiker geradezu enttäuscht waren von der Entdeckung des Higgs-Bosons. Warum denn, wenn es doch so ein großer Triumph war?“

Auf meiner inneren Liste stand ganz oben ein Satz, den ich jetzt im Geiste noch einmal unterstrich: Unterschätze niemals Eva Mattusch.

Auch Maria Tiefenbacher reagierte mit Respekt. „Ich sehe, Sie sind mit der Materie vertraut. Wissen Sie, auch hier bei uns gibt es bestimmte Lager. Verfechter der einen oder eben einer anderen Theorie. Während es für die experimentelle Abteilung, die dem Standardmodell huldigt, der letzte Baustein eines nun kompletten Theoriegebäudes war, gab es andere, die gehofft hatten, wir würden etwas ganz Anderes finden, nicht ein vorhergesagtes Partikel, sondern etwas völlig Neues, das uns helfen würde, der Grand Unified Theory näherzukommen.“

Sie bremste so abrupt ab, dass es unsere Oberkörper in die Gurte drückte. Der Boden unter meinen Füßen zitterte anfangs ein wenig.

„Haben Sie eigentlich das Buch von Nikolai Karpov gelesen?“, fragte Eva.

Wieder so ein Blick zwischen den Wissenschaftlern.

„Die *Phantome im Teilchenzoo*? Jeder hier hat es gelesen.“

„Und?“

„Sie können sich vorstellen, dass ein solches Werk nicht nur Anhänger findet. Die Vertreter der Stringtheorie kommen ja nicht gerade gut weg. Andererseits teilen viele seine Argumente, dass eine Theorie, sei sie mathematisch auch noch so elegant, irgendwann Beweise liefern muss. Das ist bisher nicht geschehen.“

„Das heißt“, erwiderte Eva, „vom heutigen Wissensstand aus betrachtet hat er recht.“

„So ist es. Sollten wir aber ein supersymmetrisches Teilchen finden oder Beweise für Extradimensionen, würde sein Buch sofort beim Altpapier landen.“

Diese Antwort schien Eva zu gefallen.

Vor dem Eingangsgebäude aus Stahl und Glas erblühte ein schmaler Streifen voller Stiefmütterchen, Vergissmeinnicht und vieler anderer Blumen, die ich nicht kannte. Das ganze Erscheinungsbild passte eher zu einem Hobbygärtnerverein als zu einer der geheimnisvollsten Maschinen der Welt. Bescheiden nahm sich auch das Schild aus. Schlichte Viertelkreise, die die verschiedenen Ebenen des Detektors symbolisierten, rote Striche als Bild für die Bahnen der rasenden Teilchen. CMS stand darüber.

„Was heißt das eigentlich“, fragte mich Eva. Mich, nicht etwa eine der beiden Koryphäen.

„Compact Muon Solenoid“, antwortete ich nicht ohne Stolz. „Muon, auf Deutsch Myon, ist ein dem Elektron ähnliches Teilchen, nur zweihundert Mal schwerer.“

„Und Solenoid“, unterbrach mich Renner, „steht für den größten Solenoidmagneten der Welt, der ein Feld von vier Tesla erzeugt.“

„100.000-mal größer als das Magnetfeld der Erde,“ ergänzte Frau Tiefenbacher.

Vier Menschen standen vor einer unscheinbaren Fassade und waren wohl aus vier unterschiedlichen Gründen gleichzeitig stolz.

Renner ging voran, gleiche Prozedur wie bei Nummer 33. Ich kam als Letzter durch die Schiebetür, und was ich zuerst wahrnahm, war ein Plakat. Ein in Marineblau leuchtendes Gehirn, im Kontrast dazu der lakonische Satz darunter: *If you wanna be the next Einstein, wear a helmet.* Frau Tiefenbacher zeigte mir einen großen Raum, wahrscheinlich spürte sie, dass sie ihn mir nicht vorenthalten konnte, obwohl dort seit einem Monat nichts Aktuelles zu sehen war. Sie schob mich hinein, fragte nach meinem Handy und drückte ab. Seitdem besitze ich ein Foto, das mich unter einem Schild zeigt: CMS Control Room. Ein Raum voller Computer, in denen alle Daten zusammenflossen, wenn der LHC in Betrieb war. Frau Tiefenbacher hatte offenbar einen Seismografen für infantile Männer. Der Mann mit der Glatze, der hinter einem der Monitore saß, musste die Szene intuitiv richtig erfasst haben. Er drehte sich nicht einmal um, ich war ihm keinen Gruß wert.

Frau Tiefenbacher schmunzelte, ich konnte den Grund dafür nur erahnen.

Ein paar Schritte, und wir standen vor einer grünlackierten Schleuse. Ein Mitarbeiter sprang herbei und brachte eine Plastikschachtel mit vier Helmen. Eva und die beiden Wissenschaftler hatten sie binnen Sekunden aufgesetzt und richtig justiert. Allein ich war wieder zu ungeschickt, zuerst stellte ich den Riemen so lang ein, dass mir der Helm bei der kleinsten Bewegung seitlich vom Kopf rutschte. Dann zog ich das Band stärker an und bekam zu wenig Luft.

Eva betrachtete mich eine Weile; ihre Mimik war nicht leicht einzuordnen. War sie genervt? Machte sie sich lustig? Oder sah ich da einen kleinen Funken Zärtlichkeit in ihren Augen blitzen – so wie eine patente Mutter ihr ungeschicktes Kind anschaut?

Jedenfalls hob sie ihre Hände, stellte den Riemen auf Anhieb richtig ein und klopfte zum Abschluss mit den Knöcheln auf den Helm.

„Fertig", sagte sie. Ich bedankte mich leise.

„Alle bereit?", fragte Frau Tiefenbacher. Allgemeines Nicken.

Sie drückte auf einen Knopf, die Schleuse öffnete sich. Sie stellte sich seitlich zu einer Art Spiegel.

„Was jetzt kommt, ist Ihnen sicher aus dem Film bekannt. Nur leider gibt es gerade an dieser Stelle einen peinlichen Fehler."

Sie schaute uns an wie eine Lehrerin ihre Klasse. Ich erinnerte mich vage an das Buch, das ich nicht gelesen, und an den Film, den ich nicht gesehen hatte.

„Der Augen-Scan", begann ich.

„Ausgezeichnet", sagte Renner. „Und was ist falsch an der Szene?"

Ich zuckte die Achseln.

„Unser Retina-Scanner", erklärte Frau Tiefenbacher, „ist ein biometrischer Reader. Das bedeutet, er reagiert nur auf lebende Substanzen. Das herausgerissene Auge aus *Illuminati* hätte den Täter zur Verzweiflung gebracht."

Sie hielt ihr Gesicht jetzt dicht an das Gerät und drückte wieder einen Knopf.

Mit einem Surren öffnete sich die hintere Wand der Schleuse. Dahinter befand sich ein Lift. Der berühmteste Aufzug der Welt? Wohl schon, neben dem des ATLAS. Vorsichtig stiegen wir ein. Renner führte seinen Finger zu einem runden Lämpchen mit der Zahl -2.

Wir schossen in die Tiefe, ich kann es nicht anders ausdrücken. Nichts rumpelte oder schepperte, das Gehäuse raste nach unten wie ein senkrechter ICE.

Erstaunlich sanft war die Ankunft. An der Liftwand leuchteten Ziffern auf: -87,9 m. So tief befanden wir uns unter dem Juragestein.

Vorsichtig setzte ich einen Fuß vor den anderen, als könnte ein falscher Schritt irgendetwas Filigranes, Teures zerstören, etwas, das nicht ersetzbar war. Zuerst war unser Weg wenig spektakulär, an den Wänden hingen Schautafeln, die die Funktionsweise des CMS erklärten. Daten, die wir zum Teil schon kannten: Dreizehn Meter maß die Spule, 20.000 Ampere wurden durch sie gejagt, der gesamte Detektor wog 14.000 Tonnen und war einundzwanzig Meter lang. Ich spürte einen Anflug von Enttäuschung.

Über eine Treppe geleiteten uns die beiden Physiker nach unten.

„Eine Hand immer am Geländer", rief Renner.

Hinter den Metallstufen tauchten Röhren auf, die wohl bis zur Oberfläche führten. Frau Tiefenbacher zeigte uns stolz den Global Trigger, den sie mit ihrem Team entworfen hatte.

Ein schlichter Zettel mit der Aufschrift CAVERN wies uns den Weg. Die Ausstellungsobjekte an den Wänden beachtete ich nicht mehr.

Noch ein paar Schritte nach unten. Dann ging es nach rechts. Ein engmaschiges Gitter versperrte uns noch die Sicht.

Ein Schwenk nach links. Renner blieb stehen. Wir waren am Ziel.

Ich kann schwer beschreiben, was in diesem Moment mit mir geschah. Vor meinen Augen erhob sich die gewaltigste Maschine, die ich je bestaunen durfte. Ich sah etwas wie zwei Kreisel von Riesen, die ihr Spiel unterbrochen hatten. War der CMS in Betrieb, verbanden sich die Spitzen dieser Kreisel, es schloss sich jener Ring, in dem Protonen mit annähernder Lichtgeschwindigkeit miteinander kollidierten. Der große Fotoapparat glänzte in unterschiedlichen Farben, das Kupfer der äußeren Myonkammern verwandelte sich in Richtung Zentrum zu aufgefächerten Streifen aus Rot und Silber, die Spule sah aus, als wäre sie in Alufolie gewickelt, und rund um das schmale Rohr reihten sich Kalorimeter in allen Schattierungen von Blau aneinander. Fünfzehn Meter war der CMS hoch, doch seine wichtigsten Instrumente, die Röhren, durch die die Partikel schossen, waren nicht dicker als ein menschlicher Arm. Die Abertausenden Kabel, die die Teilchenkamera umwanden, erinnerten mich an Riesenschlangen, die nie ein Mensch zuvor gesehen hatte. Außer vielleicht in einem unheimlichen Traum nach der Lektüre von *Tausendundeiner Nacht*. Frau Professor Tiefenbachers Orchideen fielen mir ein. Vielleicht musste man solche Röcke tragen, wenn man hier arbeitete. Um nicht zu verschwinden.

Fast hätte ich etwas übersehen: Hoch über dem äußersten Ring bewegte sich etwas. Eine Art Kran oder Stapler. An seiner obersten Stelle war eine Tragfläche mit senkrechten Metallstreben montiert, ein nach oben offener Käfig, der zwei Menschen Platz bot.

Und zwei Menschen standen auch darin. Ungefähr zwanzig bis dreißig Meter über uns. Sie waren winzig, das war aus dieser Entfernung normal. Daher weiß ich nicht, warum meine Knie in diesem Moment nachgaben. Beim Blick in die Höhe, bei der Betrachtung dieser Menschen, war es, als öffnete sich eine Bodenklappe, die mich in wenigen Augenblicken in den Abgrund reißen würde. Ich stieß einen Schrei aus, Renner zog mich fort von der Falltür, die es nicht gab.

Schon saß ich auf dem Gitter, das uns als Aussichtsplattform diente. Atmete ein wenig langsamer. Von Weitem hörte ich eine Stimme: „Übertriebene Ehrfurcht und schwache Nerven. Eine unglückliche Kombination. Da kann man eigentlich nur Journalist werden."

Ich blieb sitzen, noch eine geraume Weile.

Dabei dachte ich über Evas Satz nach. Er war nicht bösartig gewesen, nicht höhnisch. Vom Inhalt her schon, doch wie sie ihn ausgesprochen hatte, war er ... mir fiel kein angemessenes Wort ein. Nur eins: nett. Sie hatte das nett gesagt.

Was mich in Anspruch nahm, war da oben. Das Nebeneinander von titanischen Apparaturen und den winzigsten elektronischen Fotoplättchen, ohne die der CMS hilflos wäre wie ein ausgestopftes Mammut. Nur größer. Mich durchlief die Gewissheit, dass nur ganz wenige Menschen auf der Erde verstanden, was hier wirklich vor sich ging. Und all dieses Phosphoreszieren, vom Grün der Absperrgitter bis zum Sonnengelb der Röhrenhalterung, gab mir das Gefühl, nicht mehr mit beiden Beinen auf der Erde zu stehen, aber auch nicht abzuheben. Sitzen war eine gute Lösung. Ein

Mann auf einer Couch, der zu viel Meskalin genommen hatte, in Verbindung mit einem guten Tequila, und dann nicht aufhören konnte, die Muster der Zimmerdecke anzustarren – das kommt am ehesten hin.

Frau Tiefenbacher reichte mir die Hand und zog mich hoch. Ich spürte, wie sie genoss, dass ihr Lebenswerk eindrucksvoll genug war, um einen 1,95 Meter großen Mann in die Knie zu zwingen.

Auch Renner gefiel der überwältigende Eindruck, den die Maschine auf mich machte. Zum ersten Mal hörte ich den nüchternen Forscher in feierlichem Ton sprechen.

„Die große Welt und die kleine Welt rücken immer enger zusammen. Noch nie waren sie einander so nahe wie hier."

„Und was ist", wollte Eva wissen, „wenn sie zusammenstoßen?"

„Die Frage verstehe ich nicht ganz." Renner wurde aus seiner andächtigen Stimmung gerissen.

„Du sagst doch, ihr kommt dem Zustand unmittelbar nach dem Urknall mit jeder Nachrüstung, jeder Erhöhung der Energie immer näher. Wäre es nicht möglich, dass ihr am Ende einen neuen Urknall erzeugt?"

Renner schüttelte den Kopf. „Der Urknall war eine Singularität. Mathematisch ist er gar nicht berechenbar, weil er Unendlichkeiten enthält. Man kann ihn nicht herstellen."

„Und dass ein schwarzes Loch entsteht, fürchtest du auch nicht?"

„Im Gegenteil. Das wünschen wir uns sogar."

Renner schwieg und lächelte geheimnisvoll.

„Doch jetzt kommt die nächste Besuchergruppe, wir sollten wieder nach oben."

Diese Antwort war für Eva sichtlich nicht zufriedenstellend. Auf ihrer Stirn erschienen zwei senkrechte Falten.

Ich blieb stehen, ich wollte noch etwas von Frau Tiefenbacher erfahren, und dieser Ort schien mir der geeignete Platz zu sein.

„Karpov schreibt, dass sich die Stringtheorie deshalb ad absurdum führt, weil sie keine Vorhersagen macht und nicht experimentell beweisbar ist. Man postuliert einfach eine beliebige Zahl von Dimensionen, von denen wir nie erfahren werden, ob es sie gibt."

Frau Tiefenbacher nickte.

„Aber ist tatsächlich keine Entdeckung vorstellbar, die die Stringtheorie untermauert?"

Frau Tiefenbacher schaute mich lange an. Wahrscheinlich machte sie irgendeinen Persönlichkeits-Scan. Ich hatte wohl bestanden, denn sie begann zu sprechen.

„Extradimensionen wären ein ziemlich direkter Hinweis, aber auch das Auffinden schwerer supersymmetrischer Teilchen würde die Stringtheorie stützen. Und dann gibt es in der Theorie noch rätselhafte Teilchen wie das Randall-Sundrum-Radion. Es wäre ein Beweis für die von Randall und Sundrum postulierten Modelle mit Extradimensionen. Diese Theorie vereinigt die vier Grundkräfte ohne Zuhilfenahme von Supersymmetrie. Doch damit möchte ich Sie nicht weiter langweilen."

„Ich dachte, Extradimensionen seien generell nie nachweisbar?"

„So apodiktisch würde ich das nicht sehen. Unser deutscher Kollege Hermann Nicolai hat einen sehr erhellenden Gedanken geäußert: Man könnte nach Ereignissen am LHC fahnden, bei denen Energie aus dem Detektor gewissermaßen ins Nichts entschwindet, wodurch also der physikalische Lehrsatz von der Erhaltung der Energie scheinbar verletzt wäre."

In meinem Kopf drehte sich alles. Bevor ich antworten konnte, sagte Renner:

„Aber jetzt müssen wir wirklich gehen."

Der Lift brachte uns wieder an die Oberfläche. Einen Moment lang schloss ich die Augen und stellte mir vor, wie das Metallgehäuse mit uns vier Reisenden zuerst den Fußboden durchschlug, dann das Dach, bis wir in die Stratosphäre enteilten, das CERN-Gebäude unter uns nicht mehr als eine verschwommene Erinnerung.

VIER

Kaum waren wir ausgestiegen, setzte Eva nach.

„Dann ist die Sache mit dem schwarzen Loch gar keine Erfindung der CERN-Gegner?“

Renner lachte, nahm seinen Helm ab und warf ihn in eine Kiste. Sein Mini-Irokese war ein wenig derangiert.

„Solche schwarzen Löcher, wie diese, sagen wir, halbinformierten Personen befürchten, sind tatsächlich unmöglich. Verschlungen werden wir sicher nicht.“ Damit war das Thema für ihn erledigt. Er holte einen Zettel aus seiner Hosentasche und faltete ihn auf.

„Hier sind die Termine mit den Kolleginnen und Kollegen von Jelena und Jan, die mit uns auf dem Kongress in Linz waren.“

Eva warf einen Blick auf die Liste. „Exakt wie besprochen. Vielen Dank.“

„Selbstverständlich“, sagte Renner stolz. „Bei so hohem Besuch.“

Eva zuckte mit keiner Wimper. Sie war derartige Komplimente wohl schon gewöhnt. Da ich nur eine Art Assistent war, zögerte ich, den dreien zu folgen, aber rasch drehte sich Frau Tiefenbacher um und rief: „Kommen Sie schon!“

Nach einer erneut halsbrecherischen Fahrt zurück zum Eingangsgebäude, war ich froh, wieder festen Boden unter den Füßen zu spüren.

Wir gingen an der Cafeteria vorbei in den Bürotrakt. Wieder diese endlosen Gänge. Eine Erzählung von Dürrenmatt fiel mir ein, in der ein Student in einem Zug durch einen immer länger werdenden Tunnel rast und von Panik erfasst wird, während die anderen Passagiere die Ruhe selbst sind. Er kämpft sich durch bis zur Lokomotive, doch der Führerraum ist leer, der Lokführer abgesprungen. Das war hier unmöglich, sagte ich mir, Fabiola Gianotti würde niemals abspringen.

„Sind Sie noch bei der Sache?“, fragte mich Eva. Wir standen vor der ersten Bürotür von Renners Liste. An der Tür hing ein Poster einer blonden, jungen Frau mit verschmitztem Lächeln und wasserblauen Augen. „Das ist die Randall“, flüsterte Renner. Es klang gefährlich. Er klopfte.

Es öffnete eine Frau, die dem Poster-Modell nicht unähnlich war, nur etwa zehn Jahre jünger. Im Unterschied zu ihrem Vorbild trug sie eine randlose Brille, die ihre Augen vergrößerte. Und die Haare waren zu einem Turm hochgesteckt.

„Ja bitte?“, sagte sie in einem Tonfall, der in etwa ausdrückte: *Wer wagt es, das junge Genie zu stören?* Ihr Büro war gerade groß genug, dass wir zu dritt Platz nehmen konnten. Eva und ich auf einer Art Besuchercouch, die junge Wissenschaftlerin auf ihrem Arbeitsstuhl. Renner und Frau Tiefenbacher zogen sich diskret zurück. Ein Hauch von Siebzigerjahre-Flair wehte durch den Raum. Auf dem Schreibtisch stand neben dem Computer ein alter Thorens-Plattenspieler. Auf seiner Abdeckung türmten sich LPs, obenauf lag *In the Court of the Crimson King*, neben der Tastatur *VIVA!* von Roxy Music, und auch Pink Floyd durfte nicht fehlen, mit dem brennenden Mann auf dem Cover von *Wish You Were Here*.

„Sie kommen wegen Jan? Oh, verzeihen Sie, ich habe mich noch gar nicht vorgestellt. Mein Name ist Marietta Bianchi.“ Allgemeines Händeschütteln.

Eva begann.

„Wann haben Sie vom Ableben Ihres Kollegen Jan Koller erfahren?"

„Noch in derselben Nacht. Er war nicht mein Kollege, er war mein Kombattant. Mitstreiter im Geiste. Und es war kein Ableben, es war Mord." Das Wort *Ableben* spuckte sie geradezu aus. Man hörte etwas klirren in der Luft, wenn sie sprach. Das passte nicht zu ihren sanften Augen. Auf die Innenseite ihrer Tür war eine Einladung zum CERN Dancing Club geklebt.

„Haben Sie irgendeine Ahnung, wer von Herrn Kollers Tod profitieren könnte?"

Sie verschränkte die Hände vor der Brust. „Alle seine Neider. Und es gab nicht wenige."

„Wissen Sie, dass er in derselben Nacht gestorben ist wie Nikolai Karpov?"

Marietta Bianchi nickte. „Vielleicht ein Anflug von ausgleichender Gerechtigkeit."

„Das verstehe ich nicht", erwiderte Eva.

„Ach nein? Sie haben ja auch noch gar nicht gefragt, warum Jan hier nicht mehr arbeiten durfte."

„Das stimmt." Eva rieb sich mit Zeigefinger und Daumen den Nasenrücken, wie Brillenträger das tun. Aber ich hatte nie eine Brille an ihr gesehen. „Also, warum?"

Marietta Bianchi holte tief Luft. „Der alte Russe hat ihn hinausgeekelt. Ihm das Leben schwergemacht, wo er nur konnte."

„Was für einen Grund sollte Karpov dafür gehabt haben?", fragte Eva.

„Er ist mit seinen *Phantomen* berühmt geworden, und fortan hat er mit Argusaugen darüber gewacht, dass nichts entdeckt wird, das ihn widerlegt."

Nun mischte ich mich ein. „Wie sollte er das bewerkstelligen? Hier arbeiten mindestens dreitausend Menschen, wie könnte er da eine mögliche Entdeckung vertuschen?“

„Jan war mehrere Male knapp dran“, sagte Marietta Bianchi. Ihre Gedanken konnte ich nur erahnen. Vielleicht etwas wie: Sie haben auch keinerlei Vorstellung von einem Betrieb wie diesem.

„Sie meinen“, fragte Eva, „er hat etwas gefunden, das er mit niemandem geteilt hat? Oder etwas, das sich im letzten Moment als Fehler entpuppt hat?“

„Letzteres“, antwortete die Bianchi, diesmal etwas leiser.

Ganz sanft und höflich fragte ich nach: „Sie wissen nicht zufällig, worum es sich gehandelt hat?“

„Er hat es nicht einmal mir verraten“, sagte Marietta Bianchi traurig.

„Und wie reagierte das CERN auf Kollers Abgang?“

„Offiziell hieß es *Kündigung aus disziplinären Gründen*. Aber jeder wusste, dass Karpov ihn vertrieben hatte, weil er der Genialste von allen war.“

„Ich verstehe. Und jetzt, wo er gewissermaßen weg vom Fenster war, konnte er Karpovs Thesen nicht mehr gefährlich werden.“

„Weg vom Fenster?“ Marietta Bianchis Lachen war etwas Hohn beigemischt. „Haben Sie schon einmal etwas von GRID gehört?“

„Ich muss gestehen, nein.“

„Das dachte ich mir. Mit vollem Namen heißt es *Worldwide LHC Computing Grid,* aber alle nennen es schlicht GRID. Es ist ein weltweit verteiltes Rechen- und Speicher-Netzwerk. Jeder, der hier einmal gearbeitet hat, besitzt einen Code und hat damit ständig Zugang zu den Experimenten am LHC.“

„Und Jan besaß auch diesen Code?"

„Natürlich!" Mariettas triumphales Lächeln. „Er arbeitete in London und war an etwas ganz Großem dran!"

„Ich vermute", sagte ich ohne jeden Spott, „Jan hat Sie, was die *Große Sache* betrifft, ebenfalls nicht eingeweiht?"

Frau Bianchi blickte zu Boden.

„Leider nein. Aber ich weiß, dass es etwas Großes war. Größer als das Higgs. Und es hat etwas mit dieser Frau zu tun, die außen an meiner Tür hängt."

„Lisa Randall?"

„Ja. Er hat sie mehrmals getroffen."

Eva betrachtete die junge Frau lange. Dann begann sie, fast flüsternd: „Wenn diese Entdeckung etwas derart Bedeutendes war, warum hielt er sie vor allen geheim?"

Die Bianchi richtete sich wieder auf. Ihr Stolz war zurückgekehrt. „Er wollte es der ganzen Welt verkünden. Auf einem Kongress."

„In Linz", fragte ich, „auf dem Kepler-Kongress?"

„Warum fragen Sie, wenn Sie es ohnehin wissen?"

Sie hatte recht. Ich schwieg.

„Das heißt also", sagte Eva, „Jan Koller stand kurz vor der Verkündigung seiner bahnbrechenden Ergebnisse. Und in der Nacht davor wurde er ermordet."

„Das heißt", zischte Marietta, „wir haben ein Motiv und eine Täterin, die gestanden hat. Was wollen Sie dann noch hier?"

„Wieso ein Motiv?"

Die Bianchi grinste. Lippen fest verschlossen.

Eva gab nicht auf. „Glauben Sie tatsächlich, Ihre Kollegin hätte Jan Koller ruchlos erstochen?"

Marietta Bianchi schaute Eva lange an. Zuerst schien es, als wäre das Gespräch für sie beendet. Dann sagte sie doch noch etwas.

„Verschmähte Liebe setzt oft ungeahnte Kräfte frei."

„Verschmähte Liebe?" Eva war sichtlich verblüfft. Seltsam, dass wir beide noch nicht daran gedacht hatten.

Marietta Bianchi warf Eva einen verwunderten Blick zu. „Ich dachte, jeder hier weiß das. Und sie ist doch Ihre Klientin, oder?"

Eva parierte den Hieb mit einer Gegenfrage.

„Erzählen Sie uns dann bitte, was alle wissen außer uns?"

Die Bianchi warf die Beine übereinander und lehnte sich in ihrem Stuhl zurück.

Sie begann ihre kleine Geschichte und genoss dabei jedes einzelne Wort.

„Jelena Karpova, das unnahbare Genie, war verrückt nach Jan Koller. Der ließ sie immer abblitzen, was ihrer Zuneigung aber nichts anhaben konnte. Dabei hatte sie selbst mehrere Verehrer. Doch die ignorierte sie. Sie hatte nur Augen für Jan. So ging es mehrere Monate dahin, ohne dass sich an dieser Konstellation etwas änderte."

Eva konnte nicht stillsitzen, sie rutschte auf der Couch hin und her, was zu einem gequälten Ächzen der alten Federn führte.

„Weiter!"

„Geduld, Geduld. Eines Tages wendete sich plötzlich das Blatt. Jan Koller stand mit einem Strauß blauer Hortensien vor ihrem Büro. Wer sie auch nur ein wenig kannte, wusste, dass das ihre Lieblingsblumen waren. Die Karpova öffnete die Tür, stieß einen kurzen Schrei aus und zog ihn in ihr Büro."

„Woher wissen Sie das alles so genau?", fragte Eva.

„Nun, Sie haben ja unsere Gänge gesehen, da lässt sich nur schwer etwas verbergen. Und Physiker sind die neugierigsten Menschen, die ich kenne. Falls Sie an mir zweifeln, fragen Sie doch die anderen."

„Es begann also", sagte Eva langsam, „eine Affäre zwischen Jan Koller und Jelena Karpova?"

„So sah es aus, ja."

„Wie lange ist das ungefähr her?"

„Es war kurz bevor Jan uns verlassen musste."

„Er musste also gehen, während er noch mit Jelena Karpova liiert war?"

Ein Lachen kann vieles sein: freundlich, anzüglich, hämisch … Jenes von Marietta Bianchi gehörte eindeutig zur letzteren Sorte.

„Wo denken Sie hin? Nein, es stellte sich heraus, dass Jan wohl doch nicht in Jelena verliebt war. Die Affäre dauerte zwei, drei Monate, dann wusste Jan alles über die aktuellen Forschungen von Nikolai Karpov. Und über deren Schwachpunkte. Er ließ Jelena fallen. Sie war untröstlich. Ich habe noch nie einen so traurigen Menschen gesehen."

Jetzt spürte ich einen Hauch von Mitgefühl in Mariettas Sätzen. Das sollte sich rasch ändern.

„Sie ist auf sein Spiel hereingefallen, was nicht sehr für ihre Intelligenz spricht, oder?"

„Das möchte ich nicht beurteilen." Eva, ebenso indigniert wie beherrscht.

„Jedenfalls", sagte die Bianchi, „gab es danach ernste Gespräche zwischen dem alten Karpov und Jan. Dabei ging es jedoch nicht um Jelena, sondern um Forschungsergebnisse von Koller."

„Waren Sie dabei oder gab es Mikrofone im Zimmer?" Das kam von mir, und es dauerte eine Weile, bis sich Marietta Bianchi zu einer Antwort herabließ.

„Jan hat vor seinen Freunden damit geprahlt und Karpov den seinen voller Kummer darüber berichtet. Der Rest ist Kantine."

Eva stand auf und tippte auf ihre Armbanduhr.

„Wir haben schon den nächsten Termin und müssen leider gehen. Dürfen wir Sie, falls es notwendig ist, noch einmal behelligen?"

„Wann immer es Ihnen nötig erscheint", antwortete Marietta Bianchi. Es klirrte die Luft, der Haarturm vibrierte.

„Schöne Platten", sagte ich zum Abschied.

Die zwei Tänzer auf dem Plakat waren mitten in der Bewegung auf ewig erstarrt.

Wir warteten auf dem Gang wie vereinbart auf Frau Tiefenbacher und Renner. Als sie kamen, pünktlich auf die Sekunde, wollte ich wissen, warum sie denn bei den Gesprächen nicht dabei wären.

„Wir mischen uns da nicht ein", sagte Maria Tiefenbacher. „Es würde nur die Kollegen nervös machen, wenn wir zu viert vor ihnen sitzen wie bei einem Verhör."

„Es ist doch kein Verhör, nicht wahr?", fragte Renner.

„Nein, nur eine Befragung." Evas sachkundige Antwort.

„Gut. Dann kommt bitte."

Wir folgten den beiden den unheimlichen Korridor entlang. Möglicherweise stand hinter seinem Entwurf ja eine visionäre architektonische Idee. Die Wissenschaftler sollten sich ebenso durch ein dunkles Rohr bewegen wie die Teilchen, die sie erforschten.

An den Wänden hing ein Plakat neben dem anderen, zuerst sah ich nur jene, die hier zu erwarten waren,

Einladungen zu Symposien, Seminaren und Vorträgen. Sogar ein Poster des Kepler-Kongresses in Linz entdeckte ich, seltsam, dass niemand es abgenommen hatte. Es zeigte ein Foto der Kepler-Statue auf dem Schlossberg im unteren Brennpunkt einer senkrecht stehenden Ellipse. Der Grafiker hatte sicher keinen Preis bekommen. Doch es gab auch Werbetafeln für Veranstaltungen, die nichts mit Teilchenphysik zu tun hatten. Der CERN-Tango-Club lud zu einer Milonga, eine Pappfigur von Marilyn Monroe machte auf einen Billy-Wilder-Abend aufmerksam. Am besten gefiel mir das Plakat der LGBTQ-Community: In vier Reihen untereinander waren die Zeichen 0 und 1 zu sehen, an einer Stelle jedoch leuchtete eine rote 2. *Because people aren't binary*, lautete das Motto darunter.

Die beiden Wissenschaftler blieben stehen, wieder war es Renner, der klopfte.

Ein freundlicher junger Mann mit rotblonden Locken öffnete uns, Renner und Frau Tiefenbacher verabschiedeten sich.

„Ich habe Sie schon erwartet", sagte der Mann, „Gabriel Bodmer, Physiker der alten Schule." Kurzes Begrüßungsritual, dann saßen Eva und ich wieder auf zu kleinen Möbeln, diesmal waren es niedrige Holzstühle. Bodmers Bürostuhl hatte eine überlange Rückenlehne. Er selbst war beinahe zwei Meter groß, aber dünn wie eine Suppennudel.

„Bodmer", sagte Eva, „ein interessanter Name. Sagen Sie bloß, Sie sind mit dem Büchersammler von Cologny verwandt?"

„Nur sehr weitschichtig", erwiderte Gabriel Bodmer. Ich verstand gar nichts, aber bevor ich etwas sagen konnte, hob Eva kurz die Hand und ich blieb still. Mir war zu seinem Namen ja eher der Erzengel eingefallen, so fein, fast zerbrechlich waren seine Gesichtszüge, so ungewöhnlich die Lockenpracht. Hinter seinem Schreibtisch erstreckte sich eine grüne Tafel, die beinahe die ganze Längsseite des Büros einnahm. Sie war über und über mit Formeln bedeckt, säuberlich mit Kreide mehr gemalt als geschrieben. Das einzige Zeichen, das ich verstand, befand sich am rechten unteren Rand. Es war ein rundes rotes Verkehrszeichen, eine durchgestrichene Putzfrau.

„Eines meiner Lieblingsmuseen", sagte Eva und Bodmer strahlte. Das war das Intro, jetzt fiel Eva in einen anderen Tonfall.

„Darf ich Ihnen eine Frage stellen?"

„Deswegen sind Sie ja hier."

„Wie standen Sie zu Jan Koller und Jelena Karpova?"

„Das sind zwei Fragen", sagte Bodmer.

„Dann beginnen wir doch mit der ersten."

Das Engelsgesicht rötete sich, mehr aus Zorn als aus Scham, wie mir schien.

Er atmete tief durch, bevor er zu sprechen begann. Seine Arme und Hände bewegten sich blitzschnell durch die Luft, es war ein Flattern fast wie von Flügeln.

„Jan Koller war menschlich gesehen der letzte Abschaum. *Geckenhaft, eingebildet, selbstherrlich, narzisstisch*: das sind noch Hilfsausdrücke. Seine Karriere war das Einzige, was ihn beschäftigte. Dafür ging er über Leichen."

„Das dürfte aber nicht funktioniert haben. Schließlich ist er jetzt selbst eine Leiche."

„Darüber herrscht hier wenig Trauer."

„Ach, kommen Sie, so eindimensional schlecht kann doch kein realer Mensch sein."

Gabriel senkte den Kopf.
„Er war sehr begabt“, flüsterte er.
Das Gespräch versiegte. Ich wagte eine Frage.
„Worin genau lag seine Begabung?“
„Er war ein Genie in Mathematik, hatte ein fotografisches Gedächtnis und eine blitzschnelle Auffassungsgabe. Und er war besessen von seiner Mission.“
„Welche Mission?“ Eva klinkte sich wieder ein.
„Etwas zu entdecken, das das momentane Weltbild, das Standardmodell der Teilchenphysik, pulverisieren würde.“
„Stimmt es, dass er ganz nahe an einer *Großen Sache* dran war?“
„Schwer zu beurteilen. Bei jemandem, der sich fühlt wie ein Sprössling von Hawking und Einstein, gleichzeitig aber ein großer Geheimniskrämer ist, kann man sich nie sicher sein. Er hatte stets Angst, dass jemand vor ihm etwas Bedeutendes finden könnte.“
„Hatte dieser Unhold noch andere, nicht ganz so grauenhafte Eigenschaften?“
Gabriel überlegte. Seine Zungenspitze erschien zwischen den Zähnen und verschwand wieder.
„Kollers Wirkung auf Frauen war … wie soll ich sagen … gespenstisch.“
„Auch auf Jelena Karpova?“, fragte Eva.
Die Stirn des Gottesboten zeigte senkrechte Falten und Gräben.
„Ja, am Anfang schon.“
„Am Anfang ihrer Beziehung?“
„Auch als sie noch keine hatten. Jan hat sie lange abgewiesen, es war wie ein Spiel für ihn.“
„Und was geschah weiter?“
„Er erhörte sie schließlich. Ein paar Wochen, vielleicht Monate, schien Jelena glücklich zu sein. Doch

mit jedem Tag drang sie tiefer in die Abgründe seines Charakters ein. Am Ende hat sie die Reißleine gezogen."

Das überraschte uns beide.

„Wie meinen Sie das?" Eva war schneller.

„Was?"

„Das mit der Reißleine."

Bodmer war irritiert. „Ist das so schwer zu verstehen? Sie hat sich von ihm getrennt."

Eva dachte nach, ich spürte ihre Konzentration.

„Wir haben auch Gegenteiliges gehört."

„Ach ja?" Bodmer lachte bitter. „Sicher von unserer Miss Randall Junior."

„Sie meinen Marietta –"

„Bianchi, genau. Unsterblich verliebt in jemanden, der sich am Ende doch als sterblich erwies. Das dürfte ihn selbst am meisten verblüfft haben."

„Wie war es denn Ihrer Wahrnehmung nach?"

Gabriel Bodmer legte den Kopf in den Nacken, als wollte er etwas von der Zimmerdecke ablesen. Dann schaute er Eva direkt an.

„Koller hat es nicht hingenommen. Erst schickte er ihr Berge von Hortensien, entschuldigte sich bei ihr für seinen Egoismus, in der Kantine, vor einem Dutzend Zeugen."

„Hat es gewirkt?"

„Nicht im Geringsten. Jelena hat dieses Theater eher abgestoßen."

„Und Koller?"

„Fing an, sie zu verfolgen. Klassisches Stalking. Tausende Anrufe, Geschenke vor ihrer Bürotür, Briefe, SMS, WhatsApp und so weiter. Jelena wusste nicht mehr ein noch aus."

„Gab es Reaktionen von der Führung des CERN?"

„Anfangs nicht. Physiker sind nicht gerade Experten, was die Psyche betrifft. Es gab eine etwas zahnlose Verwarnung. Doch Koller machte unbeirrt weiter."

Ich wollte auch einen Beitrag zum Gespräch leisten.

„Dann hat Jelenas Vater in das Geschehen eingegriffen." Evas Blick verriet mir, dass sie mit dieser Frage gerne noch gewartet hätte.

„Das wissen Sie aber nicht von Marietta, nicht wahr?"

„Sagen wir so: Sie hat es anders dargestellt."

„Schöner Euphemismus." Bodmer erhob sich von seinem Stuhl und setzte sich auf die Schreibtischplatte.

„In Wahrheit", sagte er, „hat Nikolai Karpov das einzig Richtige getan. Lange Gespräche mit Koller geführt, ebenso mit der Leitung des CERN. Am Ende setzte er sich durch und Jan musste gehen."

„*Kündigung aus disziplinären Gründen*, sagt zumindest Marietta Bianchi."

Bodmer drehte seinen Kopf zu mir.

„Da hat sie ausnahmsweise nicht gelogen."

„Nun gut. Da hat wohl jeder eine eigene Sichtweise. Können wir zur zweiten Frage kommen?"

Gabriel Bodmer schloss die Augen, als müsste er sich auf eine besonders schwierige Meditation vorbereiten. Erst in diesem Moment nahm ich seine langen, feinen Wimpern wahr. Er atmete langsam und ruhig. Dann klappten seine Lider wieder nach oben und er begann zu sprechen.

„Wissen Sie, es ist nicht einfach, etwas Profundes über Jelena Karpova zu sagen. Als ich sie hier zum ersten Mal sah, glaubte ich, jemand müsste verbotene Substanzen in meinen Kaffee gerührt haben. Sie war eine Erscheinung, und ich bildete mir ein, dass sie sichtbar von innen strahlte."

„Dabei sind es doch meistens die Engel, die leuchten."

Das war ein unqualifizierter Kommentar von mir, und alle im Zimmer Anwesenden ignorierten ihn.

„Wegen *Gabriel*", fügte ich kleinlaut als Erklärung hinzu, doch niemand verzog auch nur einen Mundwinkel.

„Gleichzeitig erwies sie sich in der Arbeit auf verschiedenen Ebenen als tolle Kollegin. Sie war bar jeder Eitelkeit, sah unser gesamtes Unterfangen als einen kollektiven Akt der Erkenntnissuche, und immer, wenn sie etwas entdeckte, holte sie sofort andere Kollegen ins Boot. Und sie war uns in fast allen Bereichen überlegen. Scharfsinn, Vorstellungsvermögen, die Fähigkeit, aus Millionen Daten die herauszufischen, die relevant sind. Ohne sie wäre das Higgs-Boson niemals identifiziert worden. Sie war wirklich –"

„Wieso *war*?", unterbrach ihn Eva. „Sie reden ja, als wäre sie tot."

Gabriel schaute verwundert, das war ihm vermutlich selbst gar nicht aufgefallen.

„Darf ich Sie etwas Persönliches fragen?"

Bodmer nickte.

„Waren Sie in Jelena verliebt?"

„Wieso *waren*? Jetzt haben Sie denselben Fehler gemacht wie ich gerade eben."

„Also ja?"

„Wie könnte jemand nicht in sie verliebt sein?"

„Hat es Sie nicht gestört, dass sie mit Jan Koller ein Verhältnis hatte?"

„Schon. Aber ich wusste, es würde nicht lange dauern. Sie würde ihn schnell durchschauen. Und so kam es dann auch."

„Hätte sie irgendeinen Grund gehabt, ihn zu töten?"
In Gabriels Augen loderte etwas auf.

„Natürlich nicht. Und selbst wenn – zu so einer Tat war ... ist Jelena nicht imstande, das merkt doch jeder, der drei Sätze mit ihr spricht."

Eva nickte. „Wenn das so ist – könnte sie dann ein Motiv haben, jemanden zu decken?"

Gabriel ließ die Schultern hängen. „Das würde besser zu ihrem Charakter passen. Aber es ergibt keinen Sinn. Ich zermartere mir das Hirn, seit es passiert ist. Trotzdem finde ich nicht die Spur einer Antwort auf die Frage, warum Jelena behauptet, diesen Mann ermordet zu haben."

Eva atmete tief aus. „Vielen Dank für Ihre Offenheit. Wir würden gerne noch über Ihren Forschungsbereich sprechen."

„Nur zu!" Ich hatte den Eindruck, dass er sehr froh darüber war, nicht mehr über seine Gefühle Auskunft geben zu müssen.

„Dann wird jetzt mein Kollege übernehmen." Eva deutete auf mich, womit ich nicht gerechnet hatte. Erst nach ein paar Schrecksekunden fing ich mich.

„Ich bin leider kein Wissenschaftler. Nur Journalist."

„Ich weiß."

„Bei allem, was ich von den Menschen hier erfahren habe, eigener Recherchearbeit und der Lektüre von Nikolai Karpovs Buch –"

„Ist es nicht großartig?", rief Gabriel Bodmer. Damit hatte ich schon eine Antwort, bevor ich richtig angefangen hatte.

„Ja, ist es. Jedenfalls scheint es unter den Teilchenphysikern zwei große Lager zu geben. Die einen sind Anhänger der String- oder Superstringtheorie, warten auf supersymmetrische Teilchen oder geben sich damit zufrieden, dass die Theorie, obwohl sie nicht beweisbar ist, wegen ihrer mathematischen Schönheit wahr ist. Auf der anderen Seite stehen die Pragmatiker –“

„Das ist nicht das richtige Wort“, unterbrach mich Bodmer.

„Sondern?“

„Sagen wir: die Vernunftbegabten. Sie vertrauen auf das Prozedere der Wissenschaft – Theorie aufstellen, dann falsifizieren oder beweisen. Sie sind fasziniert davon, was tatsächlich entdeckt werden kann und wie präzise das Standardmodell funktioniert und von immer neuen Ergebnissen bestätigt wird.“

„Dem entnehme ich, dass Sie selbst sich eindeutig zur zweiten Gruppe zählen.“

„Grob vereinfacht kann man das so sehen. Aber natürlich gibt es nicht zwei, sondern Hunderte Positionen.“

„Hoffen Sie nicht auch auf Erkenntnisse, die völlig neue Sichtweisen erfordern würden?“

„Natürlich! Wer träumt nicht von der *Grand Unified Theory* oder der *Theory of Everything*? Aber beweisbar sollte sie schon sein. Ein Kollege von uns, Harald Lesch, hat das in etwa so formuliert: *Die Stärke der klassischen Theorie der Schwerkraft macht es den Theoriedesignern immer schwerer*. Das sehe ich auch so. Jeder Triumph der Experimentalphysik ist eine Katastrophe für die Theoretiker.“

Gabriel Bodmer war in seinem Element. Die Arme gestikulierend weit von sich gestreckt, machte er den Eindruck, als könnte er jederzeit abheben und zur Zimmerdecke schweben.

„Was Jelena und ich finden wollten“, sagte er und seine fliegenden Hände landeten wieder auf seinen

Oberschenkeln, „war etwas Neues, das nichts mit Susys und Superstrings zu tun hatte. Etwas, das die dunkle Materie erklären könnte."

„Wie könnte so eine Entdeckung aussehen?", wollte ich wissen.

Gabriel schmunzelte. „Das ist ja das Spannende! Wir haben nicht die geringste Ahnung."

„Danke für Ihre Zeit", sagte Eva.

Gabriel Bodmer stand auf und hielt ihr seine Hand hin.

„Eines müssen Sie mir noch versprechen. Nein, schwören."

„Und das wäre?"

„Finden Sie die Person, die Jan getötet hat. Beweisen Sie Jelenas Unschuld."

„Wir werden unser Bestes geben."

„Und wenn das nicht genug ist?" Gabriels Stimme war jetzt scharf und hoch.

Eva antwortete nicht. Angespannte Stille.

Dann beruhigte sich Bodmer wieder.

„Viel Glück!", sagte er leise.

Eva schien die Abfolge ihrer Gesprächspartner nach dialektischen Gesichtspunkten organisiert zu haben. Wenn Marietta Bianchi die These war, war Gabriel Bodmer die Antithese. Und Konrad Zeller die Synthese.

Sein Büro war etwas größer als die der anderen, hier gab es eine Besucherecke mit ovalem Tisch und vier Stühlen. Zeller war nicht so riesig wie Bodmer, dafür auffällig muskulös. Sein Akzent war norddeutsch, genauer konnte ich ihn nicht zuordnen. Er besaß eine italienische Espresso-Maschine und wir genossen den besten Kaffee seit Langem.

Meine Laune besserte sich. „Müssen Physiker eigentlich aus Berufsethos immer elliptische Tische besitzen?"

Zeller lachte. „Wegen Kepler meinen Sie? Auf diese Weise hab ich meinen Tisch noch nie betrachtet."

Er spürte, dass ich seinen Bizeps musterte und lächelte.

„Keine Sorge, ich nehme keine Anabolika. Ich spiele Wasserball, als Ausgleich zu den unentwegten Gehirnaktivitäten. Beim Hamburger Schwimmverein."

Eva wollte langsam zur Sache kommen.

„Herr Professor Zeller, was wissen Sie über die Beziehung zwischen Jan Koller und Jelena Karpova?"

Zeller fuhr sich mit der Hand über die grauen Bartstoppeln, die beinahe nahtlos in eine ebenso stoppelige Kopfbehaarung übergingen.

„Dazu gibt es so viele Meinungen hier, die ständig durch die Gänge flattern, dass ich manchmal vergesse, was meine eigene ist. Ich versuche, sie zu rekonstruieren …"

Evas Anspannung schien sich auf ihn zu übertragen. Ich spürte, dass er nichts Unüberlegtes aussprechen wollte.

„Anfangs", sagte er, „kam mir die Beziehung zwischen den beiden wie ein aussichtsloser Kampf vor, bei dem niemand gewinnen konnte."

„Ein Kampf?"

„Alles an ihnen war verschieden: Koller der extrovertierte Dandy, von sich selbst derart eingenommen, dass er keinen Blick in spiegelglattes Wasser benötigte, um zu wissen, wem seine Liebe galt. Jelena hingegen war trotz ihrer spektakulären Schönheit bescheiden, fast schüchtern, zog sich gerne zurück und vertraute sich kaum jemandem an. Außer ihrem heißgeliebten Vater natürlich."

„Und ihre Theorien und Meinungen?", fragte ich.

„Da ist es fast noch ärger", antwortete Zeller. „Der eine ein fanatischer Verfechter verschiedenster Hypothesen, die sich manchmal sogar widersprachen. Hauptsache, sie enthielten mehrere Dimensionen und hatten das Potenzial, in absehbarer Zukunft die Quantenmechanik mit der Allgemeinen Relativitätstheorie in Einklang zu bringen. Die andere auch in ihren Vorstellungen ein Kind ihres Vaters. Sie verachtete die diversen Spielarten der Stringtheorie, machte sich über multidimensionale Hypothesen lustig und hoffte auf etwas völlig Neues, das auch beweisbar war."

„Also eindeutig eine zum Scheitern verdammte Affäre?", fragte Eva.

„Wie gesagt, das dachte ich zu Beginn. Als ich sie dann im Umgang miteinander beobachtete, wie zärtlich sie zueinander waren, während sie gleichzeitig so wild diskutierten, dass die ganze Kantine mithören konnte, änderte sich meine Einschätzung."

„Inwiefern?"

„Mein Gedanke war plötzlich, das alles doch ganz logisch war: Die beiden mit Abstand klügsten Köpfe unter den jüngeren Forschern mussten einander einfach finden. Es ging um Leidenschaft und Intellekt, nicht um Charakterzüge oder Theorien."

„Und dann? Was geschah als nächstes, Ihrer Beobachtung nach?"

„Etwas Seltsames. Für mich schaute es aus, als fielen sie auseinander. Man konnte nicht erkennen, wer wem den Laufpass gegeben hatte. Danach ging es ihnen beiden schlecht. Jelena war am Boden zerstört und verließ ihr Büro nur noch selten. Und aus Jan brach sein ganzer Zorn, seine Verzweiflung heraus, er wurde aggressiv und selbstzerstörerisch. Irgendetwas musste zwischen den beiden passiert sein, etwas Geheimnisvolles, Rätselhaftes, mit dem sie nicht gerechnet hatten, weder Jan noch Jelena."

„Es gibt Gerüchte –", begann Eva, doch Zeller fiel ihr ins Wort.

„Es gibt dazu fast nur Gerüchte, alle bösartig und von einem widersinnigen Neid geprägt. Wo es doch die beiden waren, die zu leiden hatten. Ich hätte nicht mit ihnen tauschen wollen."

„Das heißt, es gab kein Stalking, kein kaltes Abservieren?"

Zeller kratzte sich am Kinn, behutsam, als wollte er in seinem Gesicht keine alte Wunde aufreißen.

„Das weiß ich nicht mit Sicherheit. Ich war ja nicht ununterbrochen dabei."

Eva führte die leere Kaffeetasse über ihren geöffneten Mund, war schon im Begriff, sie umzudrehen, beherrschte sich aber und stellte sie wieder aufrecht auf den Tisch. Ich war stolz. Mit mir allein hatte sie sich getraut, ihr Ritual zu Ende zu führen.

„Könnte Jelena ein Motiv gehabt haben, Koller zu töten?"

„Sie meinen aus enttäuschter Liebe? Nie im Leben."

Eva seufzte. „Das sagen alle. Aber niemand kann mir erklären, warum sie etwas gestehen sollte, das sie nicht getan hat."

Zeller stützte die Ellenbogen auf die Schenkel und beugte sich nach vorn.

„Vielleicht will sie jemanden beschützen."

Kerzengerade saß Eva da und starrte Zeller an.

„Wer könnte das sein?"

Zeller lachte bitter.

„Glauben Sie mir, wenn ich das wüsste, hätte ich es Ihnen schon erzählt."

„Was halten Sie von Gabriel Bodmer?"

„Ah, den haben Sie auch schon befragt. Ich finde ihn süß."

„Süß?"

„Ja, ohne das irgendwie abwertend zu meinen. Er ist klug, hat ein riesiges Herz, er ist ein Menschenfreund, wie man ihn selten im Konkurrenzkampf der Physiker antrifft. Und was sein Forschungsinteresse betrifft, deckt es sich fast mit dem Jelenas. Jelena ist seine Angebetete, seine Passion, sein Licht in der Finsternis. Und das, obwohl sie ihn als Mann wie Luft behandelt. Er würde trotzdem alles für sie tun."

Eva richtete sich auf, drückte ihren Rücken durch, die Muskeln angespannt wie bei einem Raubtier vor dem Sprung auf die Beute.

„Alles?", fragte sie.

Zeller war das Skalpellhafte in ihrer Stimme offensichtlich nicht entgangen.

„Ich rede zu viel", sagte er. „Ein altes Laster."

FÜNF

Nach den Gesprächen mit den drei Menschen, die auf so unterschiedliche Weise mit Jan und Jelena verbunden waren, saßen wir zu viert im Gastgarten der Kantine.

„Und? Was habt ihr herausgefunden?“ Renner war neugierig, und Eva ließ ihn auflaufen. „Wenn du mitgekommen wärst, hättest du alles gehört.“

„Bestimmt nicht“, entgegnete Maria Tiefenbacher. „Wenn wir dabei gewesen wären, hätten Sie höchstens die Hälfte erfahren.“

„Mag sein“, sagte Eva. „Darf ich Ihnen beiden auch ein paar Fragen stellen?“

„Wir haben uns schon gewundert“, antwortete Frau Tiefenbacher.

Renner kapitulierte vor der Nachmittagshitze und zog sein Sakko aus.

„Was hat Nikolai Karpov Ihrer Meinung nach für eine Rolle gespielt?“

Renner deutete mit einer Geste an, dass er Frau Tiefenbacher den Vortritt ließ.

Die Orchideen auf ihrem Rock schimmerten in der Sonne.

„Was Karpovs theoretische Überzeugung betrifft, muss ich Ihnen nichts mehr erzählen. Sie haben ja beide sein Opus Magnum gelesen.“

Eva und ich nickten synchron.

„Neu ist Ihnen vielleicht, dass er von der Angst geplagt war, jemand könnte durch etwaige Entdeckungen seine Thesen in sich zusammenstürzen lassen. Er war ein glühender Einsteinianer, und als die Italiener damals verlauten ließen, sie hätten Neutrinos registriert, die schneller als das Licht geflogen wären, ist er einfach nur dagesessen, hat sich auf die Schenkel geklopft und Lachtränen vergossen. Bei der Entdeckung der Gravitationswellen durch das LIGO-Observatorium war er glücklich, als hätte er sie selbst gemessen."

Renner wischte sich mit dem Handrücken über die Stirn.

„Es wird Ihnen ja schon aufgefallen sein, dass Frau Professor Tiefenbacher und ich nicht immer der gleichen Meinung sind, was unsere theoretischen Positionen betrifft."

Er wandte sich direkt an die Kollegin.

„Ich stehe sicher Nikolais Auffassungen näher als du, Maria, oder?"

„Das hast du schön gesagt", lachte Frau Tiefenbacher.

„Aber in einem Punkt", sagte Renner, „sind wir uns, glaube ich, einig: Nikolai Karpov war ein guter Kollege, ein feiner Mensch – und ich denke, er wäre auch ein fairer Verlierer gewesen, wenn jemand seine Thesen zerbröselte."

„Beim letzten Punkt bin ich nicht so überzeugt. In den anderen stimme ich dir zu."

„Und die Beziehung zu seiner Tochter?", fragte Eva.

Die Professoren warfen einander Blicke zu. Frau Tiefenbacher sprach zuerst.

„Ich weiß nicht, wie man das, was sie verband, bezeichnet. Es war eine völlig symbiotische gegenseitige Abhängigkeit, eine abgöttische Liebe, die mir nicht immer ganz geheuer war. Karpov war nicht einverstanden, als Jelena sich mit Jan einließ, doch er hat sich nicht eingemischt. Erst nach der Trennung, für die er allein Jan verantwortlich machte, wurde er aktiv."

„Was genau hat er denn unternommen?"

Nun war Renner an der Reihe. „Zuerst gab es ein stundenlanges Gespräch mit Koller, über dessen Inhalt nie etwas nach draußen gedrungen ist. Dann folgten ausführliche Beratungen mit der Führungsriege des CERN. Das Ergebnis ist Ihnen ja bekannt."

„Doch es war ein Pyrrhus-Sieg", ergänzte Frau Tiefenbacher. „Dass Koller weg war, tröstete weder Nikolai noch Jelena. Die tiefe Traurigkeit seiner Tochter brach dem alten Mann buchstäblich das Herz. Wie Sie sicher wissen, verließ er das CERN und zog nach Wien."

„Eine paradoxe Entscheidung", sagte ich. „Wollte er denn nicht in ihrer Nähe sein?"

„Ich erwähnte es schon: Vieles an dieser Beziehung blieb mir ein Rätsel. Vielleicht wollte er ihr ein wenig Luft lassen. Und sich selbst auch. Geholfen hat es nicht. Wenige Wochen später kam seine Diagnose: Herzinsuffizienz."

„Wie ging es mit Jelena weiter?" Eva klang aufrichtig besorgt.

„Sie war völlig durcheinander, gelinde gesagt." Renner schaute kurz zu seiner Kollegin. Sie nickte.

„Alle hier versuchten ihr zu helfen. Besonders natürlich Gabriel."

„Sie war seine Säulenheilige. In jeder Beziehung." Renner strich sich mit dem Finger über beide Brauen. „Er hat ihre wissenschaftliche Begabung bewundert, er hat sie als Kollegin und Freundin über alles geschätzt – und als Frau war sie sowieso seine Göttin."

„Und Jelena hat seine Avancen immer abgelehnt?", fragte ich.

„Avancen?" Frau Tiefenbacher lachte, es klang wie ein Husten. „Jemand wie Gabriel macht doch niemandem Avancen. Er war bei ihr, wenn sie seine Hilfe brauchte. Er lachte und alberte mit ihr herum, wenn sie in eine Depression zu stürzen drohte. Und er zog sich zurück, wenn er störte. Ich denke, jemand wie er wartet, bis seine Chance gekommen ist. Und wenn es Jahre dauert."

„Also doch ein Engel", sagte ich sehr leise. Nur Eva konnte es hören.

„Vielleicht ein gefallener", flüsterte sie mir ins Ohr.

Die Wissenschaftler beobachteten uns und erhoben sich beinahe simultan.

„Dann wollen wir nicht mehr stören", sagte Renner. Es war unübersehbar, dass er sich noch gerne länger mit Eva unterhalten hätte. Wenn ich sie so ansah, wie ihre Haare in der Sonne glänzten und ihre Ohren leuchteten (ja, ihre Ohren!), konnte ich das gut verstehen.

„Einen Augenblick noch, bitte –", begann Eva. Blitzschnell setzte sich Renner wieder hin. Nach einigem Zögern tat es ihm Maria Tiefenbacher gleich.

„Ich bitte Sie um eine ganz persönliche Antwort. Nichts von dem, was Sie jetzt sagen, wird bei irgendeinem Prozess verwendet werden. Darf ich?"

„Klar", sagte Renner fröhlich. Die Tiefenbacher blickte dorthin, wo, wie alle Physiker wissen, keine Hilfe zu erwarten war: in den Himmel.

Wort für Wort drechselte Eva ihren Satz.

„Denken Sie, Gabriel könnte, aus durchwegs lauteren Motiven, Liebe, Hingabe und wie die Begriffe alle heißen – einen Menschen töten, um Jelena zu helfen?"

Paralleles Seufzen bei den Wissenschaftlern.

Renner begann. „Das würde also heißen: Gabriel tötet Jan, um Jelena vor ihm zu schützen. Und Jelena gesteht nur, um Gabriel zu schützen."

„So in etwa.“

„Aber warum sollte sie das tun? Für Jahre ins Gefängnis gehen für einen Mann, den sie nicht liebt?“

„Aus schlechtem Gewissen?“ Evas letzter Versuch. „Sie quält sich, weil sie seine Leidenschaft nicht erwidern kann. Nichts würde sie sich mehr wünschen – doch ihre Gefühle spielen nicht mit. Begehren entzieht sich dem Willen. Eine aufopfernde Tat nicht.“

„Das waren jetzt viele ineinander montierte Spiegel.“ Frau Professor Maria Tiefenbacher erhob sich noch einmal, um ihr Urteil zu sprechen. Es fehlte nur die Perücke.

„Gesetzt den Fall, Jelenas Geständnis wäre in der Tat ein Opfer für Gabriel gewesen. Würde da unser leptosomer beflügelter Liebender nicht sofort schreien: Nein, sie lügt! Sie war das nicht, ich war es!“

Alle drei Zuhörer schwiegen. Es lag etwas in der Luft, eine Art Da-hätte-ich-selbst-draufkommen-können-Stimmung.

Die beiden Physiker verabschiedeten sich nun endgültig, nicht ohne uns zu versichern, dass sie das Gespräch mit uns genossen hätten und wir uns jederzeit wieder bei ihnen melden dürften.

„Hauptsache, Sie holen Jelena Karpova da raus“, sagte Renner.

Eine Zeit lang wussten wir nicht recht, wie wir die Unterhaltung fortsetzen sollten. Ich ließ den Blick über die Terrasse der Kantine wandern, sah in ihre Laptops vertiefte ältere Herren mit einzigartigen Frisuren, junge Wissenschaftlerinnen, deren Diskussionen zwischendurch immer wieder von Lachanfällen unterbrochen wurden, eine außergewöhnlich elegante Frau, die breitbeinig auf ihrem Stuhl saß, den Kopf im Nacken, als könnte sie im tiefen Blau das Geheimnis der Weltformel entdecken, wenn sie nur lange genug hinstarrte. Viele promenierten an uns vorbei, Fabiola Gianotti befand sich nicht unter ihnen.

Ich beendete das Schweigen.

„Darf ich Ihnen eine dumme Frage stellen?"

Eva fuhr hoch, als hätte sie jemand geweckt. Sie hatte sich auch ihren Tagträumen überlassen.

„Da bin ich aber gespannt."

„Alibis", sagte ich leise.

„Von wem?"

„Ich meine, die Menschen, die Sie hier befragt haben – ihr Alibi war kein Thema."

Eva seufzte. „Alle für den Fall relevanten Personen waren ja in der Tatnacht in Linz. Alle im selben Hotel, alle in Einzelzimmern, alle zum Zeitpunkt des Mordes allein in ihren Betten. Behaupten sie jedenfalls."

„Nur der Mörder nicht."

„Sie sagen es."

„Und Nikolai Karpov."

„Und Nikolai Karpov."

„Was schlagen Sie vor?"

„Wenn Jelena es nicht war", – sofort nickte ich eifrig – „müssen wir herausfinden, wer noch in Kollers Zimmer war. Ich vermute, jemand, den er erwartet hat. Natürlich kann es einer der Referenten gewesen sein. Aber vielleicht ist das eine ganz falsche Spur und der Täter oder die Täterin hat mit Teilchenphysik gar nichts zu tun."

„Woran denken Sie da? Verstoßene Partnerinnen? Feinde von früher?"

„Noch an gar nichts", sagte Eva.

Mittlerweile war es kühler geworden, der Abendwind strich über unsere Gesichter.

„Ich wollte Ihnen doch heute mein Tunguska zeigen“, sagte Eva.

„Ich habe es nicht vergessen.“

„Wären Sie sehr böse auf mich, wenn ich Sie noch einen Tag vertröste? Ich bin völlig erschöpft. Und ich könnte drei Portionen Fondue hintereinander verschlingen.“

„Dann morgen“, sagte ich. „Das erhöht nur die Spannung.“

„Fein!“, sagte Eva. „Also los!“

Sie war rasch ein paar Schritte voraus, ich nahm mir noch etwas Zeit. Eine seltsame, wohl sentimentale Wehmut erfasste mich, als hätte ich ein falsches Leben gelebt und wäre mir genau in diesem Moment dessen gewahr geworden. Wissenschafts*journalist* statt Wissenschaftler, das war schlechter als ein Ersatzspieler im Fußball – der wurde wenigstens hin und wieder vom Trainer auf den Platz gerufen. Wie aufregend es gewesen wäre, hier zu arbeiten, inmitten dieser außergewöhnlichen Menschen! Allein die Vorstellung, bei einer Entdeckung dabei zu sein, kam mir vor wie das höchste Ziel, das ein denkendes Wesen erreichen konnte.

„Stehen Sie da nicht wie angewurzelt herum. Ich hab Hunger, und Sie wissen, was das bedeutet!“

Langsam setzte ich mich in Bewegung. Ich würde wiederkommen und den ATLAS sehen. Dieser Gedanke spendete mir Trost. Meinen Impuls, dem ganzen Gelände zuzuwinken wie einem alten Freund beim Abschied, konnte ich gerade noch unterdrücken. Eva hingegen war blendender Stimmung, sie war keineswegs enttäuscht, dass wir die Gralsburg nun verließen.

Da fiel mir noch etwas ein. Ein Name, den ich heute zu oft gehört hatte, um ihn zu übergehen. Ich gab Eva ein Zeichen, kehrte in das Gebäude zurück, lief quer durch die Kantine und betrat den CERN-Shop. Selbstverständlich, auch das edle, der Wahrheit, nichts als der Wahrheit verpflichtete Institut verfügte über eine Verkaufsabteilung. Und ich hatte Glück: Zwei Werke der umfehdeten Lisa Randall waren erhältlich: *Die Vermessung des Universums* (in Nikolai Karpovs Buch abfällig erwähnt, Originaltitel *Knocking on Heaven's Door*) und das neueste, *Dunkle Materie und Dinosaurier.*

Einem weiteren Artikel konnte ich nicht widerstehen. Es war ein kleines Abzeichen. Etwas zwischen Wandernadel und Gesinnungsemblem für das Revers eines Sakkos. Das Logo des CERN, silbern auf blauem Grund. In der Redaktion würde ich allen erzählen, diese Auszeichnung bekämen ausschließlich Journalisten, denen es gelungen war, die zehn Kernfragen des Weisenrates der Teilchenphysik richtig zu beantworten. Ich freute mich auf Herberts Gesicht. Das Ding kostete einen Franken, das war es wert.

Ich beeilte mich, zu Eva zurückzukommen. Ihr Blick war streng, aber nicht uninteressiert. Kein Zweifel, dass sie eine Erklärung erwartete.

„Und?"

„Lisa Randall", sagte ich. „Zwei Bücher."

„Nicht schlecht. Sie sind entschuldigt, wenn Sie sie bis morgen lesen."

An der Haltestelle stieg sie ungeduldig von einem Fuß auf den anderen. „Ich zeige Ihnen jetzt einen der schönsten Plätze der Stadt", sagte sie fröhlich, und als die Tram Nr. 18 endlich einfuhr und ihre Türen öffnete, schubste sie mich hinein. Welchen Platz sie meinte, wollte sie natürlich nicht verraten. Hoch lebe die Überraschung!

Nach etwa einer halben Stunde Fahrt fragte ich dann nach, ob wir eine Reise zum Äquator angetreten hätten. „Immer so ungeduldig, die Herren Journalisten", sagte Eva, und dabei beobachtete ich eine Bewegung ihrer Hand. Sie wollte mir durch die Haare streichen, wie man es bei einem geliebten Kind macht, wenn es anstrengend wird. Doch im letzten Moment hielt sie inne und zog ihre Hand wieder zurück.

„Es sind nur fünfundzwanzig Stationen. Wir müssen nicht einmal umsteigen."

Dann schwiegen wir und hingen unseren Gedanken nach. Als unser Ziel erreicht war, musste Eva mich wecken. Wir stiegen aus – und waren in einer anderen Welt, in einer anderen Zeit.

„Carouge", sagte Eva stolz.

Pittoreske Gässchen mit niedrigen Häusern, bunt bemalte Fensterläden. Die Cafés trugen Namen wie *équinoxe* oder *Le Poids Public*, überall saßen Menschen in der Abendsonne und genossen die Atmosphäre. Wir spazierten durch die Altstadt und Eva erzählte mir vom Königreich Sardinien, von der Gründung des Städtchens 1754, von Turiner Architekten und piemontesischem Baustil. Ich hörte nur halb zu, so sehr waren meine Sinne beschäftigt, die Vielfalt der Eindrücke aufzunehmen. Es roch nach frischem Gebäck, Rosen und Pfefferminztee, die Schaufenster bargen Gegenstände, die ebenso gut wertvolle Antiquitäten wie geschickte Handarbeit von heute sein konnten. Die Bilder, die man durch die Fenster der Galerien erspähen konnte, hatten nichts mit touristischem Kitsch zu tun. Vor manch einer Boutique blieb Eva minutenlang stehen, obwohl sie, wie sie zu sagen pflegte, nichts für *modischen Schnickschnack* übrig hatte. Und am Ende der Rue Saint Joseph, dort, wo sie in die Place du Marché mündete, hing der Himmel voller – nein, nicht Geigen. Regenschirme. Aufgespannt schwebten sie über unseren Köpfen, befestigt an beinahe unsichtbaren, zwischen den Dächern gespannten Nylonseilen. Sie funkelten in allen Farben des Spektrums, als hätte jemand auf dem Stadtplatz von Carouge ein riesiges Prisma vor die Sonne gehalten. Eine märchenhafte Installation, an der die Surrealisten ihre helle Freude gehabt hätten. Wir betraten den Platz, das Lachen in der Luft wurde lauter, auf den Boden war ein Himmel-und-Hölle-Spiel gemalt, Kinder hüpften ausgelassen darauf herum. Der Geist der Surrealisten beschränkte sich nicht auf bunte Regenschirme. Das Restaurant, in das Eva mich führte, hatte als Wahrzeichen einen menschlichen Torso mit dem Haupt eines Zebras. Es rauchte eine Zigarette und trug einen Zylinder. Der Gastgarten des Café du Marché war bis auf den letzten Platz besetzt. Doch kaum entdeckte der Chef Eva, wurde wild und laut umarmt, geküsst und gelacht, ein paar Handbewegungen des Patrons, und siehe da – ein Tisch war frei geworden.

Eva warf mir über die Speisekarte hinweg prüfende Blicke zu, ehe sie sagte:

„Geht es Ihnen gut? Sie wirken nervös."

Ich zögerte. „Mich beschäftigen viele Fragen."

„Wegen des Falls? Das verstehe –"

„Nein", unterbrach ich sie. „Wegen Ihnen."

„Ach? Sie zerbrechen sich den Kopf über mich? Welche Ehre!"

Ich ignorierte den süffisanten Tonfall.

„Es ist nur so – es sind Dinge, die mich eigentlich nichts angehen."

„Was Sie aber nicht davon abhält, darüber nachzudenken."

„So ist es, ja."

„Was schwebt Ihnen vor? Eine Art Verhör?"

„Nein, natürlich nicht. Das war dumm von mir. Lassen wir das."

„Zu spät", rief Eva. „Jetzt haben Sie mich neugierig gemacht. Fangen Sie an!"

Sie legte die Karte zur Seite, stützte ihre Ellenbogen auf das Chromtischchen und bettete ihren Kopf zwischen die Hände.

Langsam und mit Herzklopfen begann ich.

„Sie sind doch eine erfolgreiche Anwältin."

„Ist das schon die erste Frage?"

„Nein, das ist eine Feststellung. Meine Frage ist: Sie konzentrieren sich mit all Ihrer Energie auf diesen Fall. Sie telefonieren nicht, weder mit einer Mitarbeiterin noch mit anderen Juristen. Nie ein Piepsen Ihres Handys, das den Empfang einer Nachricht anzeigt. Gibt es da etwas, das ich nicht weiß, aber vielleicht wissen sollte?"

Eva legte die Hände auf den Tisch und schaute mich lange an.

„Ja, da gibt es etwas." Eine Stimme wie die Schneekönigin höchstpersönlich.

„Ich arbeite nicht wie alle. Mein Büro ist perfekt organisiert und hält mir den Rücken frei. Persönlich übernehme ich nur Fälle, die etwas Bestimmtes in mir wecken. Nennen Sie das, wie Sie wollen. Leidenschaft. Oder Obsession. Nur wenn ich diese Gefühle spüre, bin ich gut. Sonst höchstens Durchschnitt."

Diese Worte hatte ich in ähnlicher Form vor nicht allzu langer Zeit schon einmal gehört.

„Und eins noch", ergänzte Eva, „das wird Ihnen Herbert ja verraten haben: Ich recherchiere nicht mit konventionellen Methoden. Sonst hätte ich mir kaum einen komischen Kauz wie Sie als Assistenten ausgesucht."

„Ich? Ein komischer Kauz?"

„Ist nicht abwertend gemeint. Sie lieben doch Vögel, stimmt's? Und Käuze sind besonders putzig."

„Putzig?"

„Außer für Mäuse vielleicht. Oder wäre Ihnen ein furchterregender Vogel lieber?"

„Furchterregend?"

Eva holte tief Luft. „Bevor Sie mir hier der Echolalie anheimfallen, lieber Herr Hollaus, sollten wir uns auf die Bestellung konzentrieren."

Vor dem Café du Cinema erstreckte sich ein mit Kreidestrichen gezeichnetes Labyrinth. Junge Mütter saßen auf dem Gehsteig und sahen ihren Kindern zu. In ein ähnliches Labyrinth waren wir auch geraten. Himmel und Hölle wäre mir lieber gewesen.

„Wie geht es eigentlich Ihrem Tunguska-Projekt?", fragte Eva unvermittelt.

„Es wartet auf bessere Zeiten", sagte ich düster.

„Tun wir das nicht alle?" Die Schneekönigin war verschwunden, stattdessen saß mir jetzt die Erfinderin der Melancholie gegenüber.

Erst als unsere Speisen kamen, duftend, als hätte sie der Chefkoch des Schlaraffenlandes für uns zubereitet, hellte sich Evas Miene wieder auf. Die drei Gerichte, die vor ihr landeten, gegrillter Pulpo mit Chorizo, eine Entenleberterrine und eine gefüllte Hühnerbrust, zauberten einen raubtierhaften Ausdruck in ihr zartes Gesicht.

„Was für Vorspeisen“, rief sie und warf einen abfälligen Blick auf meine mickrige Fischsuppe. Der Kellner entkorkte die Flasche Chasselas und schenkte Eva ein, ich begnügte mich mit Wasser.

„Zeit für die wirklich wichtigen Dinge des Lebens“, sagte Eva und hob ihr Glas.

SECHS

Allein in meinem Hotelzimmer, öffnete ich ein Flasche Wein und setzte mich auf den Balkon. Viel Beinfreiheit hatte ich nicht, aber ich genoss es, über die Lichter der Stadt zu schauen und auf Eingebungen zu warten. Doch während ich versuchte, Jelenas überirdisches Gesicht vor mir auftauchen zu lassen, in ihren von mir heraufbeschworenen Augen die Wahrheit zu erkennen; während ich einige Sätze von Eva zu rekapitulieren beabsichtigte, schob sich mit unerbittlicher Präsenz eine andere Person ins Zentrum meiner Aufmerksamkeit. Es verwunderte mich, mit welcher Vehemenz die Erinnerung an Helga sich zwischen mich und meine Absichten stellte – so als wäre es nicht im Geringsten von meinem Willen abhängig, welche Reminiszenz mein Gedächtnis hervorrief. Und es war nicht irgendeine Episode, die sich da vordrängte; es war die ultimative. Dass das Unbewusste eher einem betrunkenen Komiker als einem besonnenen Führer durch die eigene Unterwelt gleicht, war mir durchaus nichts Neues. Aber warum es jetzt, mitten in einem aufregenden Fall, ausgerechnet mein Debakel mit Helga vor meinem inneren Auge ausbreitete, war mir unerklärlich.

Sei's drum, ich konnte mich ohnehin nicht wehren. Und die Schuld am unglücklichen Ausgang besagter Geschichte trug eindeutig ich. Ich allein.

Ich hatte nämlich eine meiner gefürchteten guten Ideen gehabt. Es musste zehn Jahre her sein, vielleicht neun. Ich hatte mir vorgenommen, Helga einen Heiratsantrag zu machen. Ob aus Übermut oder tollkühner Liebe, weiß ich heute nicht mehr. Nicht einen simplen Heiratsantrag, nein, ich wollte ihren Vater im Beisein ihrer Familie um ihre Hand bitten.

Ich kannte Helgas Vater Kurt kaum, es hatten vielleicht zwei, drei Begegnungen stattgefunden und wir waren uns nicht unsympathisch, denke ich. Er erzählte gern von einer speziellen Religion, die ihn begeisterte, und je mehr ich darüber erfuhr, desto weniger konnte ich mich des Eindrucks erwehren, dass es sich um eine private Konfession handelte, der einzig Kurt anhing. Ich muss zugeben, mit dieser Materie nicht allzu vertraut zu sein – für mich war Religion nur dann interessant, wenn man sie als Mythologie las und ihre Verfechter sich nicht in säkulare Angelegenheiten einmischten. Doch Kurt schien sich von verschiedenen Glaubensbekenntnissen Versatzstücke zusammenzubasteln, die einander teilweise sogar widersprachen, und verkündete immer stolz, wie schön doch die Wahrheit sei, wenn man selbst an ihr mitgebaut hatte. Er befasste sich mit Katharern und Tempelrittern, glaubte an Abgesandte Gottes, aber nicht an diesen selbst, und das Leben nach dem Tod hielt er für eine Angstkonstruktion, entworfen von Schwächlingen. Die katholische Kirche und ihre Gepflogenheiten waren ihm nicht geheuer, niemals würde er zulassen, dass ein Mitglied seiner Familie in dreckiger Erde begraben werden würde. Atheisten hingegen hielt er für fantasielos, und nur wer die Ansicht vertrat, dass niemand je die letzten Dinge ganz begreifen können werde, war ihm als ernsthafter Gesprächspartner willkommen. Er verehrte das Kreatürliche, Tiere schienen ihm wertvollere Wesen zu sein als Menschen.

Zusammengefasst könnte man Kurts Religion vielleicht als agnostisch-orthodox bezeichnen, doch das trifft es auch nicht ganz. Seine Ehefrau Gertraud, Helgas Mutter, frönte hingegen einem rotbäckigen Protestantismus, was Kurt aber nicht erzürnte oder abstieß, im Gegenteil. „Du hast es gut", pflegte er zu sagen, und er meinte es wahrhaftig, in liebendem Neid, ohne eine Spur von Herablassung.

Mein Plan war, dass weder Helga noch ihre Familie auch nur einen blassen Schimmer hätten, was ich beabsichtigte. Ein familiäres Abendessen sollte es werden, zwanglos und fröhlich, in der Wohnung der Eltern.

Es war ein warmer Maiabend. Ich betrat die Wohnung allein, Helga war schon da. Sie hatte ihrer Mutter bei der Vorbereitung des Mahls geholfen. Kurt saß aufrecht auf seinem angestammten Platz, der Stuhl gegenüber war für mich vorgesehen. Viel Raum gab es nicht zwischen der Sessellehne und dem gewaltigen Regal, das sich hinter meinem Rücken erhob. Es war vollgefüllt mit Büchern, kleinen Figuren aus afrikanischen Kulturen, sogar eine Voodoo-Puppe konnte ich erkennen. Daneben stand majestätisch Frazers *Der goldene Zweig* und Eliades *Schamanismus und archaische Ekstasetechnik*. Auf dem obersten Regalbrett thronten diverse zylinderförmige Gläser, die konservierte Tierpräparate enthielten.

Kurt klatschte in die Hände, nicht als Befehl, eher aus Vorfreude. Zuerst kam Helga aus der Küche und gab mir einen flüchtigen Kuss auf die Wange. Ich versuchte, ihren Blick zu durchdringen, und das Ergebnis war: Sie hatte keine Ahnung.

Plötzlich wurde ich unruhig. Ich zählte die Stühle am Tisch, die Gedecke. War da für eine fünfte Person …? Nein, ich war nur hysterisch, zu Familienessen wurde Manfred doch noch nicht eingeladen. Ich steckte meine

Hand mehrmals in die rechte Sakkotasche. Bei jedem Kontrollgriff war der Ring noch da.

Helgas Mutter spazierte gut gelaunt ins Wohnzimmer und servierte jedem von uns eine nach Steinpilzen duftende Suppe. Daraufhin wollte sie wieder in die Küche eilen. Jetzt oder nie sollte es passieren.

„Gertraud“, rief ich – in allen aufgeschlossenen Familien redet man die Schwiegereltern mit dem Vornamen an, nicht wahr? –, „bleib doch und setz dich kurz zu uns.“

„Gleich“, sagte sie, „ich muss nur noch –“

„Jetzt“, sagte ich mit fester Stimme. Gertraud war sichtlich irritiert, warf ihrem Mann einen Blick zu, doch Kurt zuckte nur mit den Achseln. In Helgas Augen schimmerte etwas wie Angst. Nein, Panik. Gleich würde etwas Peinliches passieren. Ich genoss diesen Anblick ein paar Momente lang still für mich. Wie sie sich freuen würde, wenn das Geheimnis gelüftet war!

Mit einem Ruck stand ich auf. Ich hatte eine kleine Rede vorbereitet. Doch dazu kam es nicht mehr. Durch das Katapultartige meiner Bewegung fiel mein Stuhl mit Wucht nach hinten, genau auf das Regal.

Die Gläser auf dem obersten Brett erzitterten. Eines von ihnen wurde nach vorne geschleudert, und ich sah, wie es in zeitlupenhafter Bewegung nach unten fiel und genau vor mir neben dem Suppenteller zerschellte. Splitter flogen in alle Richtungen, der beißende Geruch von Formol oder Ethanol erfüllte die Luft.

Was unter den Scherben zum Vorschein kam, war nicht besonders ansehnlich.

„Eine Kröte“, schrie ich.

Kurt öffnete den Mund ganz, ganz langsam. Ich befürchtete eine Zurechtweisung, ein *Nie wieder wirst du dieses Haus betreten!*

Aber nein.

„Bombina variegata“, flüsterte er. „Gelbbauchunke.“

Um die Vision meines erschütterten Dann-doch-nicht-Schwiegervaters zu vertreiben, ging ich ins Bad und behandelte mein Gesicht mit kaltem Wasser.

Dann: Schalter umlegen, Gegenprogramm. Ich öffnete meine CERN-Tasche (Ja, habe ich auch gekauft. Kann man immer brauchen.) und entnahm ihr die beiden Arbeiten von Lisa Randall. Instinktiv griff ich zuerst zu *Dunkle Materie und Dinosaurier*. Oder ist *instinktiv* das falsche Wort? Es war eher eine Kette von zwei schnellen Gedanken. Wenn sie über Dinosaurier schreibt, wird sie nicht umhinkommen, den Meteoriten zu thematisieren, der die Riesenechsen ausgelöscht hat. Wenn sie aber ernsthaft Meteoriten als Bedrohung der Erde analysiert, muss sie einfach …

Ich riss das Plastik vom Einband, öffnete das Buch und blätterte zum Register. *Tunguska-Objekt*, fand ich, und gleich drei Seitenangaben: 153ff, 170, 240. Jetzt würde ich sehen, ob die große Lisa Randall meinen Tunguska-Lackmus-Test bestehen würde. Mir war klar, dass es eher ein Tick von mir war als ein ernsthaftes Kriterium; doch der Stellenwert einer thematisch entsprechenden wissenschaftlichen Arbeit hing in meinen Augen davon ab, ob das Tunguska-Ereignis korrekt dargestellt wurde.

Also Seite 153! Erste Stelle:

Dieser Asteroid oder Komet – welches von beiden er ist, wissen wir häufig nicht – platzte in der Nähe des Flusses Tunguska über den sibirischen Wäldern.

Wissen wir häufig nicht! Das fing ja gut an. Weiter:

Die Größe der Zone mit den stehen gebliebenen Bäumen – und auch die Tatsache, dass es keinen Krater gab –

deuten darauf hin, dass der Körper wahrscheinlich ungefähr sechs bis zehn Kilometer über der Erde zerplatzte.

Wahrscheinlich ungefähr? Und auch noch hintereinander? Wäre ich ein Snob, hätte ich die Nase gerümpft.

Noch ein Satz: *In dieser Hinsicht war der Tunguska-Meteoroid keine Ausnahme.*

Nicht einmal eine Ausnahme? Sie spricht von einem der größten ungeklärten Fälle der modernen Forschung und findet, er sei *keine Ausnahme*?

Bevor ich anfing zu hyperventilieren, setzte ich mich auf das Sofa und versuchte, meinen Atem zu kontrollieren.

Wusste diese Frau Randall tatsächlich nicht, dass alle Modellrechnungen ergeben hatten, dass Kometen bereits weiter oben in der Atmosphäre verpuffen, nicht in *wahrscheinlich ungefähr sechs bis zehn Kilometern*? Und dass Eisenmeteoriten im Gegensatz zu Steinmeteoriten beim Durchfliegen der Erdatmosphäre häufiger unversehrt bis zur Erdoberfläche vordringen können, dann aber beim Zerfall keine derartigen Explosionen hervorrufen? Und ein Steinmeteorit einen gewaltigen Krater ausgelöst haben musste?

Schon klappte ich *Dunkle Materie und Dinosaurier* wieder zu. Vielleicht sollte ich doch mein eigenes Buch schreiben. Ich würde es Helgas Vater widmen.

Das andere Werk würde ich nicht einmal mit der Zange anfassen, sagte ich mir. Doch es gibt in mir eine nagende Neugier, die immer dann ihren rattenhaften Schädel hebt und schnüffelt, wenn die Vernunft längst ihr apodiktisches Urteil gefällt hat.

Da lag sie also nun, *Die Vermessung des Universums*. Dass dieses Vorhaben uneinlösbar und daher selbst vermessen war, gefiel mir als Wortspiel; der Übersetzer wird das jedoch kaum beabsichtigt haben. Es ging wohl darum, etwas Ehrfurchtheischendes, Universelles und zugleich Mysteriöses zu suggerieren. Wie überträgt man *Knocking on Heaven's Door* ins Deutsche? Am wahrscheinlichsten war, dass die Marketing-Leute beim Verlag (genau die, meine Lieblinge!) von den schieren Verkaufszahlen der *Vermessung der Welt* so paralysiert waren, dass sie nun nach Titeln gierten, die *fast* genauso klangen.

Dieses Mal näherte ich mich dem Buch auf erwachsene Weise, suchte nicht sofort im Register nach einem Tunguska-Eintrag und begann nach dem Überfliegen der Klappentexte mit Randalls Vorwort. Ich wurde überrascht. Dieses Buch sog mich so heftig in sich hinein, dass ich schon fürchtete, hinter den Schwarzschild-Radius eines Schwarzen Loches geraten zu sein und unmittelbar vor meiner Spaghettifizierung zu stehen.

Die *Vermessung* war 2011 erstmals erschienen; in der Ausgabe, die ich erworben hatte, gab es ein Zusatzkapitel über die Higgs-Entdeckung im Juli 2012. Im ersten Teil stieß ich wieder auf die seltsamen Randall-Sundrum-Radionen, von denen Maria Tiefenbacher gesprochen hatte. Ich verstand nur Teile der Ausführungen. Randall spricht auch über Teilchen, die die Physiker Theodor Kaluza und Oskar Klein schon bald nach der Publikation von Einsteins Allgemeiner Relativitätstheorie postuliert hatten und die ebenfalls in das Randall-Sundrum-Modell passten. Was die beiden Partikel unterschied, wurde mir nicht klar. Aber ein Aspekt elektrisierte mich: Randall sagt, dass es möglich sei, diese Kaluza-Klein-Teilchen auch am LHC zu erzeugen – und es damit eine experimentelle Bestätigung einer Extradimension geben könnte. Von *überprüfbaren Konsequenzen* spricht Randall, und folgert daraus:

Wir haben zwar keinen direkten Zugang zu dem anderen Universum. Aber Teilchen, die sich im höherdimensionalen leeren Raum bewegen, können zu uns kommen.

Also waren doch nicht alle Spielarten der Stringtheorie unbeweisbar!

Nun hatte man aber am LHC bis heute diese Teilchen nicht beobachten können. Widerlegte diese Tatsache Lisa Randall? Oder hatte jemand anderer, außerhalb des CERN, Hinweise gefunden? War das die *Große Sache*, an der Jan Koller angeblich dran war? Ich erinnerte mich an Marietta Bianchis Worte: *Er hat sie mehrmals getroffen.*

Nach der Lektüre war ich ebenso aufgewühlt wie erschöpft. Ein schönes Zitat aus dem Buch nahm ich mit in den Halbschlaf. Es stammte von Niels Bohr, Nobelpreisträger und Pionier der Quantentheorie. *Wenn Sie von der Quantenmechanik nicht völlig verwirrt werden,* hatte er gesagt, *dann verstehen Sie sie nicht.*

Frühstück im Café La Clémence, diesmal gemeinsam und ohne Spatzenfütterung. Ich erklärte Eva, was mir an den Büchern der Randall für unsere Geschichte wichtig schien. Sie hörte aufmerksam zu und wirkte dennoch ein wenig abwesend.

„Sie meinen also“, fragte sie, nachdem ich geendet hatte, „dass Koller etwas entdeckt hat, das alle seine ehemaligen Kollegen am CERN übersehen haben? Das kann ich mir nicht vorstellen.“

„Aber möglich wäre es. Dieses GRID, von dem uns Marietta Bianchi erzählt hat, ermöglicht ihm Zugang zu allen Daten. Und wenn er wirklich so ein Genie war, wie alle behaupten …"

Eva war nicht überzeugt. „Gut. Gehen wir einmal davon aus, dass er dieses Teilchen – wie hieß es noch mal?"

„Kaluza-Klein."

„Er findet das Kaluza-Klein-Teilchen ganz allein. Er will seine Entdeckung auf dem Kepler-Kongress groß hinausposaunen. Selbst wenn das alles so stimmt – wer sollte ihn deshalb vorher umbringen?"

„Möglicherweise gibt es Wissenschaftler, die nach etwas Ähnlichem geforscht haben, auf den großen eigenen Durchbruch hoffen, vielleicht auf den Nobelpreis – und dann kommt ausgerechnet dieser Narziss und macht alles zunichte."

„Und aus purem Neid sticht ihn dann einer seiner Ex-Kollegen ab? Na, ich weiß nicht."

Ich traute meiner Theorie selbst nicht hundertprozentig und schwieg.

„Oder ein Anhänger Karpovs wollte durch den Mord an Jan verhindern, dass dessen Theorie entwertet wird", sagte Eva. Sie wischte sich Baguettebrösel von ihrem Kleid, griff sich dann ein kleines Stück und hielt es mir hin.

„Wussten Sie eigentlich, dass damit einer *Ihrer* Vögel *Ihren* LHC lahmgelegt hat? Wenn das kein Interessenkonflikt ist."

„Ich habe keine Ahnung, wovon Sie sprechen."

„Wirklich nicht? Das freut mich aber! Ich habe es gestern Nacht im Netz gefunden. Im November 2009 war das Kühlsystem des CERN für einige Stunden unterbrochen, weil in einer externen Leitung ein Kurzschluss aufgetreten war. Wegen eines Spatzes, der sein

Baguettestück fallen gelassen hat. Ist das nicht herrlich?“

Ich musste lachen. „Wirklich eine schöne Geschichte.“

„Noch schöner war die Presseaussendung danach. Die Sprecherin ließ verlauten, der Vogel sei unverletzt entkommen, habe aber sein Brot verloren.“

Eine Stunde später saßen wir im Bus A, der uns zu Evas geheimnisumwobenem Ort bringen sollte. Cologny ist ein östlicher Nobelvorort von Genf. Auf dem Weg dorthin wurde die Landschaft grüner und üppiger, die Gärten wurden größer und die Zäune höher. Eva hatte mich schon vorgewarnt: Hier residierten die Superreichen, vom Ölscheich bis zum Hollywood-Star, die Grundstückspreise waren astronomisch, eine Prunkvilla übertrumpfte die andere. In Cologny-Temple stiegen wir aus, überquerten die Straße und setzten uns auf der Place Pierre-Gautier auf eine Bank, von der aus man einen spektakulären Blick auf den Genfer See hatte. Die Morgensonne ließ ihn wie von innen leuchten. Dort, wo der Schatten der Berge sich auf das Wasser legte, verwandelte sich das Türkis in ein schimmerndes Blaugrau. Auf einigen der Gipfel, die sich am Horizont erhoben, lag noch Schnee.

Eva zupfte unruhig an ihrem Kleid herum, sie hatte nicht die Geduld, sich dem Anblick des Sees hinzugeben.

Ich erlöste sie.

„Kommen Sie“, sagte ich, und in derselben Sekunde sprang sie auf. Wir gingen die Hauptstraße durch den Ort entlang, vorbei an gediegenen Residenzen und penibel gepflegten Grünflächen. In einem der Gärten erhob sich ein aus Schrottteilen montierter Vogel. Auf dem Sockel darunter die Aufschrift *Cesar*. An einer Patisserie mit dem Namen *Bake my day* kam Eva nicht vorbei, ohne sich ein Stück Millefeuille zu kaufen und auf dem Weg genüsslich zu verspeisen. Nach ein paar hundert Metern zog sie mich nach links in eine Seitenstraße, die bergab Richtung See führte. Grünleuchtende Bäume überwölbten den Weg, wir bewegten uns wie unter einem gewaltigen Baldachin. An einer hüfthohen Mauer blieb Eva stehen. Auf einer Steintafel stand *Diodati 9*. Ein Meer aus Pfingstrosen und anderen rosa blühenden Pflanzen ergoss sich den Hügel hinab. Hinter Kiefern und Buchen versteckt erhob sich ein stattliches Gebäude. Hohe Fenster, grünlackierte Balkontüren, schmiedeeiserne Gitter. Knapp daneben konnte man ein schilfgedecktes Glashaus erkennen. Vor dem Haus parkten zwei Autos.

„Bitte sehr!", sagte Eva feierlich. „Mein magischer Ort!"

SIEBEN

Ich spähte über die Mauer. Legte die Hand auf die Klinke der Gartentüre.

„Gehen wir einfach rein oder läuten wir vorher?"

„Um Himmels Willen", rief Eva, „nehmen Sie Ihre Hand da weg! Das Betreten des Geländes ist strengstens verboten. Die Villa gehört einem steinreichen amerikanischen Paar. Angeblich haben sie Kampfhunde zur Verteidigung ihres Besitzes."

Ich trat einen Schritt zurück.

„Hier endet Ihr Geheimnis also schon wieder?"

„Falsch", sagte Eva. „Hier fängt es an."

„Ich bin gespannt."

„Wissen Sie es nicht längst?", fragte Eva leise.

„Nein."

„Das freut mich!" Sie warf sich in Pose. „Darf ich Ihnen die Helden meines kleinen Stückes vorstellen?"

„Ich bitte darum."

Eva zeigte in die Luft. „Der feine Herr hier ist George Gordon Noel Byron, besser bekannt unter Lord Byron. Dichterfürst, Frauenverschwender, Zyniker, Agnostiker."

„Agnostiker", wiederholte ich. „Wie Kurt."

„Wer?"

„Der Vater meiner Verflossenen. Oder Zerflossenen? Wie auch immer."

Eva ließ sich nicht aus der Ruhe bringen.

„Also Lord Byron. Achtundzwanzig. Ein Dandy, exzentrisch und voller Spleens, dabei brillant und mit scharfem Verstand. Einziges Handicap: sein Klumpfuß. Für manche Klatschweiber ist er der leibhaftige Teufel. Sehen Sie ihn?"

Ich wollte gern mitspielen bei Evas unsichtbarem Theater, doch zu Beginn war ich störrisch.

„Nein."

Eva seufzte. „So ist das mit den Jüngern der Wissenschaft. Sie haben einfach keine Fantasie. Trotzdem weiter?"

Ich nickte.

„Der Lord hat London nach seiner Scheidung fluchtartig verlassen. Die einzige Frau, die er liebt, ist seine Halbschwester Augusta. Er ist der mutmaßliche Vater ihrer im April 1814 geborenen Tochter Elisabeth Medora. Beide lässt er zurück. Nie wieder wird er den Boden Englands betreten."

Eva machte eine Pause, ließ die Hand sinken, konzentrierte sich und fuhr fort.

„Hier sehen wir einen jungen Mann mit feinen Zügen, er wirkt etwas kränklich, doch die Glut in seinen Augen leuchtet unübersehbar. Vom College in Cambridge geflogen wegen seiner Schrift *Die Notwendigkeit des Atheismus*. Radikaler Rebell gegen das britische Establishment, Schöpfer der revolutionären Feenkönigin *Mab*. Er verficht die freie Liebe, was vor allem seine Frauen auszubaden haben. Verheiratet mit Harriet Westbrook, in Genf angekommen mit Mary Wollstonecraft und ihrer Stiefschwester Claire Clairmont. Sein Name: Percy Bysshe Shelley. Dreiundzwanzig."

Eva schaute mich an, ich zuckte die Achseln. Ein ungeduldiger Seufzer war die Folge.

„Immer in Byrons Nähe: Claire Clairmont. Achtzehn. Sie trägt sein Kind im Bauch. Ist wild entschlossen, den Lord mit den Fesseln seiner Vaterschaft an sich zu binden. Erntet aber nur Zurückweisungen, Kränkungen und Gelächter. Die Tochter Allegra wird später in einer Klosterschule landen."

Diesmal beachtete mich Eva gar nicht, bevor sie weitersprach.

„Der unscheinbare Mann hinter dem Lord ist Doktor John Polidori. Zwanzig. Des Barons Leibarzt. Will Schriftsteller werden und hat von Byrons Verleger für ein Tagebuch der gemeinsamen Reise fünfhundert Pfund in Aussicht gestellt bekommen. Wird von seinem Patienten herablassend und höhnisch behandelt. Der geborene Verlierer. Ein Fußabstreifer für seine Lordschaft."

Eva legte eine kurze Pause ein und schenkte mir wieder einen Blick.

„Und schließlich die Hauptperson. Mary Wollstonecraft. Achtzehn. Intellektuell den beiden Alphamännchen ebenbürtig. Tochter des berüchtigten Anarchisten William Godwin und der Frauenrechtlerin Mary Wollstonecraft-Godwin, die elf Tage nach der Geburt der Tochter gestorben ist. Von nun an ist der Vater ihr alles. Mit sechzehn lernt sie Shelley kennen und ist seither seine Gefährtin. Ihr brünettes Haar schimmert in der Sonne. Sehen Sie es?"

Ich kann nicht sagen, ob es Autosuggestion war oder meiner Schlaflosigkeit geschuldet – einen Augenblick lang sah ich zwischen der Gartenmauer und dem Haus etwas aufblitzen: nach hinten gebundenes, gescheiteltes Haar. Nach Bruchteilen einer Sekunde war es wieder verschwunden.

„Und?"

„Ich … ich habe tatsächlich kurz etwas wahrgenommen." Ich zögerte. „Den Scheitel einer Frau."

„Na bitte", frohlockte Eva. „Geht doch!"

Eva Mattusch: Zirkusdirektorin. Zauberlehrerin. Herrin über Halluzinationen. Besitzerin eines Luftfigurenkabinetts. Ich brauchte dringend Schlaf. Aber noch nicht jetzt.

„Und alle fünf haben in dieser Villa gewohnt?"

„Nein, Shelley und die beiden Frauen waren sehr viel günstiger untergebracht, nahe am Ufer in der Maison Chapuis. Sie verbrachten aber viele Nächte in der Villa Diodati. Auch die eine, rätselhafte."

„Sie machen es wirklich spannend."

Eva lächelte.

„Bevor wir eindringen in die magische Nacht, müssen Sie noch Folgendes wissen: Wir befinden uns im Juni 1816. Mitten im Jahr ohne Licht. Auf der indonesischen Insel Sumbawa war der Vulkan Tambora ausgebrochen und seine Asche verfinsterte viele Monate lang den Himmel. In Genf regnete es ohne Pause. Keine Sonne am Himmel. Der berühmte Gespenstersommer."

„Das heißt, sie konnten ihre Häuser kaum verlassen."

„So ist es. Doch sie verbrachten viele anregende Stunden vor dem Kaminfeuer, diskutierten über Vitalismus und Materialismus. Shelley, der immer ein Faible für die Naturwissenschaft gehabt hatte, berichtete über die Experimente von Dr. Erasmus Darwin, der ein Stück Nudel in einem Glasgefäß aufhob, bis es sich von selbst bewegte. Und über die Versuche Luigi Galvanis, der mittels elektrischen Stromes abgetrennte Froschschenkel zum Zucken brachte."

„Davon habe ich gehört." Ein unnötiger Satz von mir, Eva beachtete ihn nicht.

„Eines Nachts entdeckte Lord Byron eine ins Französische übersetzte Ausgabe von deutschen Gespenstergeschichten, die sie einander vorzulesen begannen. Die Philologen und Biografen sind sich nicht einig, wann genau die magische Nacht stattfand, doch ich denke, es war jene vom 18. auf den 19. Juni 1816."

Sie atmete durch und schaute mich an. Mein Gesichtsausdruck muss ihr sehr interessiert erschienen sein; mit einem Lächeln fuhr sie fort.

„Nach einem bescheidenen Mahl und reichlich Brandy holte Byron einen schmalen Band aus dem Bücherregal. Es war das Gedicht *Christabel.* ‚Die Schlimmste von allen', soll er gerufen haben, ‚ist Coleridges Hexe Geraldine!' In einer Strophe entpuppt sich eine verführerische Frau als grauenhafter, schlangenartiger Dämon. Bei dieser Stelle presste Shelley die Hände an den Kopf und lief schreiend hinaus. Später erzählte er, er habe etwas Schreckliches gesehen, auf Marys Brustwarzen hätten sich Augen geöffnet, eine Vision, so deutlich und real wie kein Albtraum je sein kann. Auch keiner, der von Laudanum befeuert wird."

Ein kleiner Schauer lief meinen Rücken hinunter, wurde von der Sonne aber sofort absorbiert.

„Nachdem Shelley sich wieder beruhigt hatte, ergriff Lord Byron das Wort. ‚Wie wäre es, wenn jeder von uns eine eigene Gespenstergeschichte schriebe?' Der Vorschlag wurde mit Begeisterung aufgenommen. Ein paar Ideen schwirrten gleich durch den Raum, aber keine fand den Beifall der anderen. Am Ende gingen alle in ihre Zimmer, überdreht und erschöpft. Jeder probierte ein wenig an seiner eigenen Schauergeschichte herum. Die beiden großen Poeten hinterließen in dieser Nacht nichts von Bedeutung. Claire war anscheinend nicht an dem Wettbewerb beteiligt, Mary erwähnt nur vier Personen. Polidori verfasste den Anfang einer

Erzählung, deren Held seinem grausamen Gebieter nachempfunden war. In Polidoris Wahrnehmung ist er ein Blutsauger. Den vollständigen Text publizierte der Doktor 1819 anonym, es war die Geburtsstunde des ersten Vampirs der Literaturgeschichte."

„Jetzt verstehe ich. Verzeihen Sie, dass ich heute so langsam bin. Es liegt an meiner Müdigkeit. Seit Tagen kann ich kaum mehr schlafen. Ohne sagen zu können, warum."

„Dafür gäbe es genug Gründe", sagte Eva.

„Alle schlafen oder kritzeln", sagte ich. „Alle außer Mary."

„Sehr gut!", rief Eva. „Spät, aber doch!"

Sie öffnete ihre Umhängetasche, diesmal förderte sie ein kleines Buch zutage. Der Einband war in grellem Pink gehalten. Sie drückte es mir in die Hand.

„Die neueste Übersetzung", kommentierte sie. „Sehr gelungen."

Mit wachsender Neugier betrachtete ich den Einband. Eine grüne Hand, die ein Schild mit dem Titel hält.

Frankenstein, oder Der Moderne Prometheus.

„Für mich?"

„Sehen Sie hier noch jemanden?"

„Danke!"

„Bitte. Wissen Sie, was mir gerade besonders gefällt?"

Ich schüttelte den Kopf.

„Mein Prometheus ist der Bruder von Ihrem Atlas!"

„Wie bitte?"

„In der griechischen Mythologie. Prometheus und Atlas sind zwei der Titanen, die sich gegen Zeus erheben."

„Vergeblich, vermute ich."

Eva neigte den Kopf zur Seite. „Sie *vermuten*. Es ist schon erstaunlich, wie Sie auf Ihr Fach fixiert sind. Ja, vergeblich. Gegen Zeus rebelliert man immer vergeblich. Prometheus hängt in Ketten an einem Felsen, ein Adler frisst seine Leber, die sich immer wieder erneuert, weil der Titan unsterblich ist."

„In dieser Lage würde ich nicht gerne ewig leben." Ich näherte mich wieder der Gartentür und bewegte die Hand in Richtung Klinke. Eva bemerkte es sofort.

„Aber schon heute an einem Dobermann-Angriff sterben möchten Sie sicher auch nicht."

Ich ließ die Hand wieder sinken.

„Und Atlas muss die Erdkugel auf seinen Schultern tragen." Das kam von mir. Dann konnte ich nicht anders und musste etwas hinzufügen.

„A Toroidal LHC ApparatuS", sagte ich und fühlte mich besser.

„Bitte?"

„*Mein* ATLAS", sagte ich stolz. „Größer als das Hauptschiff der Kathedrale von Notre-Dame."

„Ich bin beeindruckt", sagte Eva leicht spöttisch. „Aber Sie müssen mich nicht mehr von sich überzeugen. Schon gar nicht mit schierer Größe." Dabei zwinkerte sie mir zu.

„Was genau ist eigentlich für Sie an dieser einen Nacht so faszinierend?", wollte ich wissen. „Eine begabte junge Frau beginnt mitten im Tosen eines Unwetters mit einem famosen Roman. Da ist noch keine Zauberei im Spiel."

„Das kommt auf die Perspektive an. Man könnte die Geschichte auch so erzählen: Ein achtzehnjähriges Mädchen, das sich bisher nur an kleinere literarische Formen gewagt hat, wird in einer Nacht, die die Crème de la Crème der englischen Romantik um ein Kaminfeuer versammelt hat, zu einem Roman inspiriert, der wie kein zweiter ein ganzes Genre begründet und die Warnung ausspricht, als Wissenschaftler niemals Gott zu spielen."

„Doch die Warnung kommt zu spät, Frankensteins Monster ist in der Welt."

„Spotten Sie ruhig", sagte Eva. „Ich erzähle Ihnen ein paar Fakten. Das ist doch die Welt, die Sie anerkennen, der Kosmos der Fakten, oder?"

Ich antwortete nicht, bedeutete ihr nur weiterzureden.

„Also gut. Am 18. Juni 1816 beginnt Mary Wollstonecraft mit der Niederschrift des *Frankenstein* in Genf. Selbst als das Wetter sich aufhellt und die beiden Dichter zu einer Segeltour aufbrechen, bleibt sie zu Hause und arbeitet an ihrem Manuskript. Am 9. Oktober begeht ihre Halbschwester Fanny Selbstmord. Zwei Monate später ertränkt sich Shelleys erste Frau Harriet. Shelley heiratet Mary. Im Jänner 1818 erblickt *Frankenstein, Or, The Modern Prometheus* das Licht der Welt. Im September 1818 stirbt Marys Baby Clara in Venedig. Im März 1819 wird der Sohn William in Rom schwer krank. Er stirbt im Juni desselben Jahres. Dr. John Polidori begeht am 21. April 1821 Selbstmord durch Einnahme von Cyanwasserstoff. Am 20. April 1822 wird Lord Byrons Tochter Allegra, fünf Jahre alt, vom Typhus dahingerafft. Die Shelleys ziehen in die Casa Magni, ein kleines Haus in der Bucht von La Spezia. Am 16. Juni 1822 verblutet Mary beinahe an einer Fehlgeburt, Shelley rettet sie, das Kind ist tot. Im Juni treffen die Hunts, Freunde der Shelleys und Byrons, in Livorno ein. In seinem Boot, dem Lord zu Ehren *Don*

Juan getauft, segelt Percy los, um sie zu besuchen. Böse Vorahnungen seiner Frau halten ihn nicht davon ab. Die Überfahrt gestaltet sich angenehm, mit Sonne und leichter Brise. Bei der Rückreise ist alles anders. Am 8. Juli nachmittags läuft die *Don Juan* aus, in Richtung Lerici. Dort kommt sie aber nie an. Sie ist im Sturm gesunken."

„Warten Sie, warten Sie", ich versuchte ihren Redefluss zu unterbrechen, „worauf wollen Sie hinaus? Doch nicht auf einen Fluch oder dergleichen?"

„Ich referiere nur die Tatsachen. Am 18. Juli 1822 wurden die Leichen von Shelley, seinem Begleiter Williams und dem Schiffsjungen an der Bocca Lericcio nahe Viareggio gefunden. Erst am 15. August konnten die Überreste des Dichters im Beisein von Lord Byron und Leigh Hunt verbrannt werden."

„Ich gebe zu, das ist eine ungewöhnliche Serie von Schicksalsschlägen. Etwas Übersinnliches vermag ich trotzdem nicht zu erkennen."

Gedankenverloren spielte ich mit einer Pfingstrosenblüte, Eva gab mir einen Klaps auf die Hand wie einem Kind, das nach Verbotenem greift.

„Ein paar Details hätte ich noch. Sind Sie noch aufnahmefähig?"

„Natürlich."

„Bei der Feuerbestattung verbrannten Knochen und Fleisch, nur das Herz blieb unversehrt. Leigh Hunt beanspruchte es für sich, erst nach langem Streit wurde es Mary übergeben. Sie bewahrte es jahrelang in einer Schublade auf; als es zerfiel, steckte sie die Überreste zwischen die Seiten von Shelleys Gedicht *Adonais*. Mary wollte unmittelbar nach der Verbrennung, dass die Asche Shelleys nach Rom gebracht und neben dem

Grab ihres Sohnes William auf dem protestantischen Friedhof beigesetzt wird. Als man den Sarg des kleinen William öffnete, fand man darin unheimlicherweise das Skelett eines erwachsenen Mannes."

Wieder ein kurzer Schauer. Diesmal dauerte es ein wenig länger, bis er wieder verschwand.

„Fehlt nur noch Lord Byron. Trotz seines Zynismus war er auch ein Feuerkopf, wenn es um Unterdrückung ging. Er wollte Griechenland bei seinem Freiheitskampf unterstützen. 1823 nahm er das Kommando eines Bataillons der griechischen Widerstandskämpfer an. Er wollte in der Schlacht sterben. Das war ihm nicht vergönnt. In einem Lazarett starb er an Lungenentzündung und den verheerenden Folgen der Aderlässe. Messolongi, 1823. Ende der Geschichte."

„Eindrucksvoll, keine Frage. Was für eine schwarze Serie. Doch Sie stellen zwischen dem Roman und den Todesfällen nicht ernsthaft kausale Zusammenhänge her?"

„Sie etwa nicht?", fragte sie keck.

„Nein. Das verstieße gegen alles, woran ich glaube."

„Sehen Sie! Sie glauben es nur. Doch Sie wissen es nicht!"

„Das ist doch Haarspalterei."

„Finden Sie es nicht wenigstens erstaunlich, dass in dieser Villa die ersten Seiten eines Romans entstanden sind, der wie kein zweiter die Menschheit davor warnt, Gott zu spielen – und keine zehn Kilometer Luftlinie entfernt liegt hundert Meter unter der Erde ein Speicherring, in dem Wissenschaftler dem Urknall jeden Tag ein Stück näher kommen?"

„Ein bemerkenswerter Zufall", sagte ich so trocken wie möglich.

Eva warf den Kopf zurück. „Was sind Sie bloß für ein Philister!"

„Dafür sehe ich andere interessante, wie soll ich sagen, Koinzidenzen."

„Ich lausche."

„Sie sind besessen von der Frage, was in der magischen Nacht im Juni 1816 zum Leben erweckt worden ist. Kann ein Roman einen Fluch in die Welt setzen? Meine Leidenschaft ist es herauszufinden, was an einem Morgen in Sibirien im Juni 1908 geschehen ist –"

„*Leidenschaft ist das Element, in dem wir leben; ohne Leidenschaft vegetieren wir nur.*"

„Was?"

„Sagt Lord Byron. Aber egal. Weiter bitte!"

„Und wir beide teilen die Obsession, zu enthüllen, was in der Nacht vom 27. auf den 28. April 2019 vorgefallen ist."

„Zwei Nächte und ein Morgen", sagte Eva.

Sie hängte sich bei mir ein und wir spazierten den schmalen Weg hinunter zum See. Immer wieder öffneten sich neue Perspektiven auf die Villa. Das Treibhaus war voller Pflanzen, die bis zur Glasdecke reichten, die Steinmauer wurde zunehmend von Grün überwuchert, an der hinteren Seite des Gebäudes sah man sechs Fenster zum See, deren Läden alle geschlossen waren. Von den Bewohnern zeigte sich keine Spur. Ein Rabe zog seine Kreise über dem Dach. Es roch nach frisch gemähtem Gras. Auf der Wiese neben dem Pfad ließ ein Vater mit seiner Tochter einen Drachen steigen. Als wir fast schon beim Seeufer angelangt waren, machte ich noch ein Foto für Eva: hoch oben thronend die Villa Diodati, zwischen ihr und der Kamera drei Reihen Stacheldraht.

Laut loslachen musste ich, als ich die großen grünen Müllcontainer der Stadtverwaltung sah. *BYRON* stand darauf, in Versalien, und darunter *Compost.*

Wir flanierten am See entlang zurück ins Zentrum. Beobachteten still, wie der Lichteinfall sich von Minute zu Minute änderte und gemeinsam mit den Böen die erstaunlichsten Muster und Farben ins Wasser zauberte. Silberne Wellenkronen, mit Goldfäden durchschossene Gischt, geriffeltes Violett unter der Pont du Mont-Blanc, wie die Oberfläche von Heidelbeereis. Wieder dieser Geruch nach Meer. Sehnsüchtig atmete ich ihn ein. Jeder hing seinen Gedanken nach.

Den Nachmittag verbrachten wir getrennt. Ich versuchte, der Tradition der Siesta zu folgen und einen Teil des Schlafs nachzuholen, der mir nachts nicht vergönnt gewesen war. Eva musste „anderen Verpflichtungen nachkommen, die Sie ja so vermisst haben."

Ich wälzte mich vergebens von einer Seite auf die andere, beendete bald den ungleichen Kampf gegen den Gott des Schlafes, stand auf und lief im Hotelzimmer auf und ab. Dann setzte ich mich auf die Couch, holte das Buch – doch noch bevor ich es aufklappen konnte, kippte ich auf die Seite und schlief mehr als vier Stunden durch.

Eva holte mich um 19 Uhr ab. Sie war wie für ein Festessen gekleidet, trug ein asymmetrisch geschnittenes schwarzes Kostüm mit kurzem Rock und dazu passenden Pumps – und eine Perlenkette um den Hals. Ich wurde verlegen, als ich sie so sah, ich in meinen Jeans und dem karierten Holzfällerhemd. Es fiel ihr gleich auf und sie sagte keck: „Ihre Lederjacke wird reichen.

Vorausgesetzt, Sie haben sie in der Zwischenzeit reinigen lassen.“ Hatte ich. Ich schlüpfte hinein und fühlte mich besser.

Eva hatte es sich in den Kopf gesetzt, den letzten Abend in Genf direkt am See zu verbringen. Im Perle du Lac, das sie *legendär* nannte. Es war ein wunderbarer Spaziergang im immer noch warmen Abendlicht. In der Nähe der Brücke entdeckten wir ein Uhrengeschäft mit der Aufschrift *Master of Complications*. Beide lachten wir, weil wir uns angesprochen fühlten. Wir querten den See mit einer der Mouettes, auf den Schwingen einer Möwe also. Der Weg von der Anlegestelle am gegenüberliegenden Ufer zum Restaurant führte den Quai Wilson entlang durch den üppig bepflanzten Parc Mon Repos. Die Sonnenstrahlen, die das Dickicht der Zweige durchbrachen, fielen auf Pflanzen, die ich noch nie im Leben gesehen hatte. Eva musste wieder mehrmals riechen, hüpfte von einer Blüte zur anderen. In den Momenten dazwischen zeigte sie mir den Weg. Wir folgten dem Ufer, bis Eva stehen blieb. Wir befanden uns direkt vor einem Gastgarten, der Platz für etwa dreißig Tische bot, die alle schon gedeckt, aber noch nicht besetzt waren. Eine gewaltige Buche erhob sich am Rand des Gartens, ihre Äste berührten die Sonnenschirme. Unter dem Dachgiebel hingen, aufgespannt auf einer Schnur, Dutzende kleine Fahnen und Wimpel.

Die Speisekarten wurden gebracht, wir öffneten sie und lachten gleichzeitig laut auf. Hier gab es allen Ernstes ein *Menü Lord Byron*. Eva bestellte es, ohne mich zu fragen, für uns beide; es hielt aber nicht, was es versprach. Wir trösteten uns mit einem kräftigen Gamay aus Celigny, das Glas für acht Franken.

Nach dem Essen geschah etwas, womit ich nicht gerechnet hatte. Eva öffnete ihre obligatorische Umhängetasche, zog das große rote Buch hervor und legte es auf den Tisch. Sie nahm es mit beiden Händen, es musste schwer sein. Trotzdem hatte sie es stundenlang durch Genf getragen.

„Ich habe heute etwas beschlossen", sagte sie mit einem Beben in der Stimme.

Etwas verursachte ein Brennen in meinen Augen. Wahrscheinlich irgendein altes Gefühl, das sich in die Gegenwart geschlichen hatte.

„Dieses Album", sagte Eva, „enthält nichts als Schnipsel. Hunderte, vielleicht Tausende Zettel, Bilder, Zeitungsartikel. Alles, was ich über die Frauen der englischen Romantik finden konnte. Mit einem besonderen Fokus auf Mary Shelley und die geheimnisvolle Geburtsstunde Frankensteins."

Sie legte eine kunstvolle Pause ein.

„Ich leihe es Ihnen."

„Das kann ich nicht annehmen! Wenn ich es beschädige, wenn es mir auf den Boden fällt, wenn –"

„Nur für eine Nacht", unterbrach sie mich. „Die wird das Album schon unbeschadet überstehen."

„Danke", sagte ich. Wieder dieser Reiz unter den Lidern.

„Das ist sowas wie ein Ritterschlag, das ist Ihnen schon klar?"

Ich nickte mehrmals und sagte dazu noch etwas Unnötiges wie „selbstverständlich" oder „und wie mir das klar ist".

Eva schien meine Verlegenheit zu gefallen.

Bei der Verabschiedung: ein erster flüchtiger Wangenkuss.

Kaum hatte ich im Hotelzimmer die Schuhe ausgezogen und die Jacke über einen Stuhl gehängt, setzte ich mich auf das Bett und begann mit der Lektüre.

Was nicht ganz einfach war. Das Album war tatsächlich sehr schwer, der Buchrücken war breiter als einer meiner Ordner, die vielen eingeklebten Bilder erhöhten noch das Gewicht. Es gab keine Paginierung; hätte man eine erstellt, sie würde im vierstelligen Bereich liegen. Ich brauchte lange, bis ich eine bequeme Körperhaltung fand. Am Ende lag ich auf dem Bauch und das Album aufgeklappt vor mir.

Es ist nicht einfach zu beschreiben, was ich sah. Mein Eindruck war anfangs zwiespältig. Dieses Ausschneiden und Einkleben von Fotos, Gedichten, kopierten Faksimiles, die handschriftlichen Kommentare, die Leuchtstift-Markierungen, die leeren Seiten dazwischen – all das kam mir zuerst schrecklich altmodisch vor, ein Anachronismus in digitalen Zeiten. Doch je mehr ich blätterte, schaute und las, desto mehr erschloss sich mir der Charme dieses Ungetüms. Ich stellte mir vor, mit welcher Sorgfalt und Hingabe Eva jede einzelne Seite gestaltet hatte, und eine Welle der Sympathie durchströmte mich. Doch es war mehr als das. Der Aufbau des Albums gehorchte einer Struktur, es war nicht einfach ein Sammelsurium zufälliger Fundstücke. Las man es aufmerksam, spürte man, wie die Figuren immer plastischer wurden, ihnen Leben eingehaucht wurde, und das in einer Intensität, die mit einer chronologisch verfassten Biografie niemals zu erreichen wäre.

Einen Moment lang dachte ich: So könnte mein Tunguska-Buch aussehen! Doch schnell verwarf ich die Idee. Ich traute es mir nicht zu, so vorzugehen. So ließ ich mich lieber treiben durch die Welten der Shelleys und Byrons, folgte Claire, Allegra, Augusta und der Gräfin Guiccioli quer durch Europa, von England nach Genf, von Venedig nach Pisa, in Klöster und Bordelle, in die Bucht von La Spezia und das Lazarett von Mesolongi, bis mir die Augen zufielen und mich endlich, endlich der Schlaf übermannte.

Im Café La Clémence: unser letztes *petit déjeuner* in Genf. Beide schweigsam. Eva roch zart nach einem Parfum, von dem ein Tropfen sicher tausend Euro kostete. Im Rasierspiegel hatte ich zuvor entdecken müssen, dass die Ringe unter meinen Augen dunkler geworden waren.

„Ich war sehr beeindruckt von Ihrem Album", sagte ich zur Begrüßung. „Sie haben da so viel überraschendes und unerwartetes Material zusammengetragen – dieses Buch wird sicher ein großer Erfolg."

„Welches Buch?"

„Sie wollen das Album nicht veröffentlichen?"

„In welcher Form denn? Mit all den Leerstellen, Schnipseln und Faksimiles?"

Sie machte eine wegwerfende Handbewegung. „Außerdem gibt es schon so viele gute Bücher über Mary Shelley. Ich muss meinen Namen nicht auf diese Liste setzen. Der männliche Instinkt, das eigene Terrain zu markieren, fehlt mir. Darüber hinaus schreckt mich der Gedanke, dass ein Buch irgendwann abgeschlossen ist und in Druck geht. Eine Abgabe wäre ein Abschied. Ich hasse Abschiede. Und ich will nicht aufhören. Mir ist es lieber, wenn alles im Fluss bleibt."

Ein Spatz flatterte heran und nahm auf dem leeren Stuhl zwischen Eva und mir Platz. Schon musste ich ein Stück Brot zu einer kleinen Kugel formen. Bevor Eva reagieren konnte, begann ich zu deklamieren:

„*Hail to thee, blithe Spirit!*"

Der Spatz betrachtete das als Einladung, hüpfte auf den Tisch und schnappte sich das Brotkügelchen zwischen meinen Fingern.

Das beflügelte mich.

„*Higher still and higher*
From the earth thou springest
Like a cloud of fire –"

„Was ist los mit Ihnen?", fragte Eva beunruhigt.

„Ist von Ihrem Shelley", antwortete ich. *An eine Nachtigall. Froher Geist, dich grüß ich* –"

„Schon gut, schon gut, ich kenne es. Aber worauf läuft Ihr kleiner Vortrag hinaus?"

„Eine Nachtigall ist auch nur ein Vogel. Wie ein Spatz."

Ich nahm ein Stück Brot und hielt es ihr hin.

„Ich finde, das sind Sie den Shelleys schuldig."

„Niemals!"

Ich nahm die Hand nicht zurück.

„Sie werden sehen, es ist ein schönes Gefühl."

Skeptischer Blick. Nichts geschah. Dann, ganz langsam, näherte sich ihre Hand der meinen. Mit spitzen Fingern nahm sie das Brotstück und presste und rollte es, bis es die passende Form hatte. Sie wandte ihr Gesicht ab wie jemand, der geimpft wird und es nicht erträgt, die Spritze in seine Haut eindringen zu sehen. Sie überwand sich und schob ihren Arm in die Mitte des Tisches. Sofort war der Spatz da und pickte das Kügelchen zwischen ihren Fingerkuppen heraus. Kurz schrie sie auf, dann mussten wir beide lachen.

„Willkommen im Club", sagte ich.

Sie nahm das rote Buch und steckte es in ihre Tasche.

„Sie müssen dringend wieder mit Jelena Karpova reden“, sagte Eva.

DRITTER TEIL

DAS GESCHÖPF

I was benevolent and good; misery made me a fiend.

Mary Shelley, *Frankenstein; or,*
The Modern Prometheus

EINS

„Was haben Sie nur so lange getrieben ohne mich?"

Offensiv gleich im ersten Satz, das überraschte mich. Jelenas Ähnlichkeit mit Jean Seberg in *Außer Atem* schien mir noch frappanter geworden zu sein. Ein Fernsehbericht kam mir in den Sinn, über eine Körperkünstlerin, die mit unzähligen Operationen ihrem Vorbild Barbie immer ähnlicher zu werden trachtete. Das Ergebnis war – für Nichtkünstler – niederschmetternd. Doch kein Chirurg hatte je Jelenas Gesicht heimgesucht, dafür legte ich meine Hand in alle Feuer Sibiriens. Trotzdem lag etwas Unwirkliches, Unheimliches darin. Ich stellte mir vor, wie mit einem Mal Jean-Paul Belmondo hinter ihr auftauchte, den Hut tief ins Gesicht gezogen, und mich mit einer lässigen Bewegung jener Hand, in der er die Zigarette hielt, zurückscheuchte in mein langweiliges Redaktionsbüro. „Durch deinen Filmwahn", pflegte Helga zu sagen, „verlierst du noch völlig den Bezug zur Wirklichkeit." Sie liebte Komposita, vor allem, wenn es sich um meine Beschäftigungen oder meine Lebensweise handelte. Meine Vorliebe für stundenlanges Lesen nannte sie Realitätsflucht, meine Unfähigkeit zu kündigen Harmoniesucht. Die Begriffe, mit denen sie meine Arbeit an dem Tunguska-Buch bezeichnete, lasse ich lieber weg.

„Sie sind noch nicht ganz bei der Sache, kann das sein?" Jelena klang spöttisch mit einem kaum vernehmbaren gekränkten Unterton. „Wenn Sie wollen, können Sie auch ein anderes Mal kommen."

„Nein, verzeihen Sie, ich versinke manchmal in Gedanken, ohne es zu wollen."

„Ich verzeihe Ihnen. Also, was haben Sie in der Zwischenzeit gemacht?"

„Gelesen", antwortete ich.

„Gelesen? Doch nicht etwa noch mehr Bücher über die Eleganz der Stringtheorie?"

„Nein."

„Dann bin ich ja beruhigt." Ein warmes Lächeln. „Also etwas über Tunguska?"

Kopfschütteln meinerseits.

„Auch nicht?"

Jelena ließ eine senkrechte Falte auf ihrer Stirn erscheinen.

„Dann müssen Sie mir weiterhelfen."

„*Frankenstein.*"

„Wie bitte?"

„Ich habe Mary Shelleys *Frankenstein* gelesen. Wir waren bei dem Haus, in dem die ersten Zeilen entstanden."

„Wie interessant. Ich dachte, Sie können Shakespeare nicht von Keats unterscheiden."

Meine Mimik drückte wohl aus, dass ich beleidigt war, denn Jelena sagte sofort:

„Mundwinkel nach oben, lieber Herr Hollaus. War nur ein Witz."

Ich bemühte mich zu lächeln.

„*Frankenstein* also", sagte Jelena. Ihr Blick schien sich rückwärts in ihren eigenen Kopf zu richten, als suche sie darin einen verborgenen Gedächtnisrest.

„*It was on a dreary night of November* ... o ja, ich erinnere mich."

Sie schaute wieder mich an.

„Dann haben Sie in Genf also nicht nur meine Kollegen mit Ihren Fragen gequält?"

„Das auch. Das war ja unser Ziel."
„Physiker zu quälen?"
„Nein. Herauszufinden, wie wir beweisen können, dass Sie unschuldig sind."
Jelena sprang auf und winkte einem Wachebeamten.
„Der Herr möchte gehen", sagte sie in einem Ton, als wäre nicht sie die Inhaftierte.
Der Mann erhob sich und schritt langsam auf mich zu. Jetzt musste ich schnell reagieren.
„Nein, warten Sie!", rief ich. „Frau Karpova, schicken Sie mich noch nicht weg. Ich wollte das nicht sagen, es war ein Gedanke, der sich plötzlich selbstständig gemacht hat."
„Das ist der größte Unsinn, den ich seit Langem gehört habe. Noch dazu aus dem Munde eines Wissenschaftsjournalisten."
Unnötig zu erwähnen, wie sie den zweiten Teil dieses Wortes betonte.
„Es kommt nicht mehr vor, versprochen!", sagte ich wie ein ertapptes Kind.
Jelena seufzte und scheuchte den Beamten wieder fort. Ich versuchte, meine Gedanken zu ordnen.
„Frau Karpova, bitte, nur zur Sicherheit, damit ich nicht noch einen Fehler begehe – darf ich Sie fragen, worüber genau Sie um keinen Preis sprechen wollen?"
Sie warf mir einen unwirschen Blick zu, öffnete kurz den Mund, blieb aber still.
„Drehen wir den Spieß doch um", sagte sie nach angemessener Pause. „Sie fragen mich, und ich antworte. Sie nennen das Thema und bekommen ein Ja oder ein Nein."
„Gut." Ich musste mich konzentrieren. „Beginnen wir bei den Bereichen, wo ich relativ sicher bin."

„Nur zu."
„Der Grund für die Tat."
„Nein."
„Der Tathergang."
„Dazu habe ich alles gesagt."
„Die Verwechslung der Einstichstelle."
„Längst geklärt. Erinnerungen an Extremsituationen können täuschen."
„Jan Kollers Forschungen?"
Um Bruchteile von Sekunden dauerte es länger, bis das „Nein!" kam.
„Interessiert es Sie gar nicht, was die angebliche *Große Sache* war?"
Sie lachte. „Doch. Nur weiß es ohnehin jeder. Seine *Große Sache* war sein Ego. Monumental, wie in Granit gehauen. Versuchte man, es zu bearbeiten, holte man sich blutige Finger."
„Und irgendjemand fand das unerträglich und setzte dem hochmütigen Treiben ein Ende. Wahrscheinlich im Affekt, ohne Tötungsabsicht."
Jelena sprang auf, doch sie wandte sich nicht von mir ab.
„Sie scheinen vergessen zu haben, mit wem Sie sprechen. *Ich* bin dieser *Irgendjemand*. Und ich tat es in der Absicht, ihn zu zerquetschen, und nicht in einem plötzlichen Affekt."
„Ein letzter Versuch noch: Darf ich fragen, wie sich Ihr Verhältnis zu Jan Koller bis zum Mord entwickelt hat?"
„Das dürfen Sie gerne. Sie werden nur keine Antwort bekommen."
Schweigen. Da war nichts zu machen. Ich versuchte eine andere Variante.

„Waren Sie nicht traurig, als Ihr Vater das CERN verließ?"

„Schon. Doch es war seine Entscheidung, die konnte ich nicht ändern."

„Haben Sie ihn … vermisst?"

Jelena schaute über mich hinweg.

„Ja."

„Und als er diese Diagnose bekam, diesen Herzfehler, wollten Sie da nicht an seiner Seite sein?"

„Was soll das? Wollen Sie mir unterstellen, ich hätte mich zu wenig um ihn gekümmert?" Der Lautstärkepegel stieg.

„Niemals würde ich das wagen", sagte ich und mischte eine kleine Dosis Unterwürfigkeit in die Stimme.

Ihre Augen schimmerten. Zorntränen, vermutete ich. Sie wischte sie mit dem Handrücken weg. Sekunden später war ihre Stimme wieder leiser geworden.

„Ich habe ihn oft besucht. Es war nicht immer einfach. Er missverstand es als Mitleid, und er war ein sehr stolzer Mann. Meine Besuche wurden seltener, er hatte ja bald eine Pflegerin, die rund um die Uhr bei ihm war."

„Lernten Sie sie kennen?"

„Natürlich. Sie hieß Natalia und kam aus der Ukraine. Alter und Schuhgröße weiß ich leider nicht. Sind wir mit dem Thema jetzt fertig?"

„Selbstverständlich. Entschuldigen Sie."

Schweigen. Jelena musterte mich, nicht ohne Neugier.

„Sie haben noch was auf dem Herzen, stimmt's?"

Eine halbe Minute überlegte ich, ehe ich zu sprechen begann.

„Wissen Sie, was ich glaube?"

„Sie werden es mir gleich kundtun."

„Ich denke, Sie schützen jemanden, der Ihnen sehr viel bedeutet."

Jelena schaute mich an, mit verschmitztem Gesichtsausdruck.

„Für so edel halten Sie mich? Da fühle ich mich ja beinahe geschmeichelt. Aber ich muss Sie enttäuschen. Charakterlich bin ich eher unterer Durchschnitt."

„Das sehe ich anders", sagte ich mit Bestimmtheit. Einen Moment lang bildete ich mir ein, einen Anflug von Freude über ihr Gesicht huschen zu sehen.

„Folgen wir doch der einfachen Logik", sagte sie freundlich. „Selbst wenn ich ein so großherziger Mensch wäre und den wahren Täter decken würde – müsste dieser dann nicht sofort zur Polizei laufen und seinerseits die Tat gestehen, um mich da rauszuholen?"

„Es sei denn, er hat Ihren Einsatz gar nicht verdient und freut sich, dass er auf diese Weise dem Gefängnis entrinnt."

„Dann müsste ich aber über eine katastrophale Menschenkenntnis verfügen. Und dem ist nicht so. Es ist nicht immer ein Segen, aber ich durchschaue Menschen in der Regel schnell."

„Auch Jan Koller?" Das war mir herausgerutscht. Ich rechnete damit, dass Jelena nun das Gespräch beenden würde. Aber sie dachte nach.

„Ja", sagte sie dann. „Sonst hätte ich ihn nicht getötet. Und jetzt erzählen Sie mir etwas über Frankenstein."

„Eine Frau wie Sie weiß doch alles über Frankenstein. Damit würde ich Sie nur langweilen."

„Sie unterschätzen sich, Herr Hollaus. Und wenn Sie mich langweilen, bin ich die erste, die Sie unterbricht. Da können Sie unbesorgt sein."

Wieder schaute ich eine Spur zu lange in ihre Topkapi-Augen. Als erzeugten sie ein magisches Gravitationsfeld, das die Blicke der Menschen in ihrer Nähe unwiderstehlich anzog. Jelena entging das nicht. „Nur Mut“, sagte sie, und der Satz klang mehrdeutig in meinen Ohren.

„Zuerst die Entstehungsgeschichte“, begann ich. „Wie in einem physikalischen Experiment. Welche Elemente müssen zusammenspielen, damit die Inspiration Funken schlägt? Ein altes Haus, Kaminfeuer, Dauerregen, Schauergeschichten, ein dämonisches Gedicht, Gespräche über Elektrizität? Reicht das, um die unheimlichste Figur der Literaturgeschichte im Kopf eines achtzehnjährigen Mädchens zum Leben zu erwecken?“

„Offensichtlich ja“, sagte Jelena, amüsiert von meinem Überschwang.

„Diese Kreatur“, fuhr ich fort, „entspringt noch dazu einer doppelten Schöpfung. Zuerst erschafft Mary Wollstonecraft diesen Dr. Frankenstein, einen begabten Mann aus gutem Genfer Haus. Er geht als Student nach Ingolstadt, treibt sich mit zwielichtigen Forschern herum und erzeugt einen aus Leichenteilen zusammengesetzten künstlichen Menschen. Und fortan ist das Leben der ersten Erfinderin von Unglücksfällen überschattet. Finden Sie das nicht seltsam?“

Mir fiel auf, dass ich schon wie Eva redete.

Jelena legte den Kopf schief.

„Worauf wollen Sie hinaus? Denken Sie wirklich an eine Verwünschung? Eine überirdische Strafe wegen Hybris? Das kann doch nicht Ihr Ernst sein.“

„Nein, nicht so direkt. Trotzdem ist vieles an dieser Geschichte mysteriös.“

„Man nennt das Zufall“, sagte Jelena trocken.

Ich ließ mich nicht beirren.

„Dieses Monster ist eigentlich keines. Es ist ein Geschöpf mit Herz und Verstand. Es bringt sich selbst das Sprechen bei, beherrscht es schließlich mit bewundernswerter Eloquenz, und empfindet den Impuls, Menschen zu helfen.“

„Klar, es ist ja auch in der Stadt Rousseaus geboren. *Alles ist gut, wenn es aus den Händen des Schöpfers hervorgeht.*“

„Ja, aber der eigentliche Verrat, den Victor Frankenstein begeht, ist ja nicht, dass er sich Gott gleichstellt und etwas Totes zum Leben erweckt. Sondern dass er als Vater seinen Sohn verstößt, weil er ihm nicht gefällt. Erst dadurch wird das Wesen böse und das Unheil nimmt seinen Lauf.“

„Und?“ Jelena zupfte an ihrer Frisur herum, als stünde sie vor einem Spiegel.

„Vielleicht war das auch das Vergehen von Jan Koller.“ Mein Herz schlug schneller.

„Er hat jemanden verstoßen, der zu ihm gehörte. Der ihm plötzlich nicht mehr gefiel.“

Jelena öffnete den Mund, ich fürchtete schon, sie würde mich anschreien.

Doch sie gähnte. Lang. Hob eine Hand. Wieder das Winken.

Schon war ich draußen.

ZWEI

Treffen in Evas Büro. Zu dritt.

Eva und ich saßen, Herbert lief auf und ab, die Hände am Rücken verschränkt.

„Mehr habt ihr nicht herausgefunden? Eine magere Ausbeute, das müsst ihr zugeben."

Eva, heute ganz in Dunkelblau, inklusive Strümpfe, folgte mit ihren Blicken Herberts Bewegungen.

„Dass die Karpova und Koller eine Beziehung hatten, findest du *mager*?"

„Das lag doch in der Luft", sagte Herbert.

„In deiner Luft vielleicht", erwiderte Eva schroff. „Jedenfalls haben wir diesen Ballon auf den Boden der Tatsachen geholt und festgezurrt."

„Ich fand auch aufschlussreich", sagte ich vorsichtig, „dass jede einzelne Person, die wir befragt haben, uns vollkommen andere Ansichten über die beiden vermittelt hat."

„Ja klar." Herbert war nicht zu beeindrucken. „Verschiedene Theorien, verschiedene Charaktere, verschiedene Meinungen. Dafür hättet ihr nicht nach Genf reisen müssen."

„Das musst du schon mir überlassen, wohin ich reise", sagte Eva grimmig.

„Selbstverständlich", entgegnete Herbert. „Aber ich darf doch anmerken, dass sich der Aufwand nicht gelohnt hat."

Ich nahm mich zusammen und bemühte mich um einen besänftigenden Ton. „Wären wir nicht gefahren, hätten wir einen Aspekt nicht herausgefunden, der mir nicht unwichtig erscheint."

Erwartungsvolle Stille bei Eva und Herbert.

„Es gibt unter den Forscher am CERN nicht nur unterschiedliche Hypothesen und Theorien. Mir kam es eher so vor, dass sie sich regelrecht in zwei Lager aufteilen. Einerseits die Pragmatiker mit ihrem Standardmodell, deren oberster Gott die Beweisbarkeit ist. Die experimentellen Physiker. Auf der anderen Seite die glühenden Verfechter gewaltiger Theoriegebäude, Anhänger der Supersymmetrie, der Stringtheorie und geheimnisvoller Multiversen. Die Theoretiker. Erstaunlicherweise hängt das Lager, dem die betreffende Person angehört, eng zusammen mit ihrer Meinung über Karpova und Koller."

„Die selbst wiederum völlig konträre Thesen vertreten", ergänzte Eva.

Herbert blieb stehen und schaute abwechselnd Eva und mich an.

„Was wollt ihr damit andeuten? Dass eine Physikerin einen Kollegen tötet, weil er eine andere *Meinung* hat? Noch dazu, wo dieser Mann ohnehin seinen Job verloren hat und ihr nicht mehr in die Quere kommen kann? Das glaubt ihr doch selbst nicht."

„Wir glauben ja auch nicht, dass sie es war", fügte ich schnell hinzu.

Herbert seufzte. „Sondern der große Unbekannte."

„Spielen wir das Szenario doch einmal so durch, als wäre sie tatsächlich die Mörderin", sagte Eva. „Dass sie eine andere Auffassung als Koller über ihren Forschungsbereich hatte, könnte ein Teil des Puzzles sein. Der Theorienstreit ist nur ein Aspekt, vermute ich. Es muss eine Gemengelage aus diversen Motiven gewesen sein.

„Welche noch?" Herbert setzte sich verkehrt herum auf einen der Besucherstühle.

„Alles, was mit Leidenschaft zu tun hat. Liebeskummer, gekränkte Eitelkeit, Demütigung, verletzter Stolz, vielleicht war sie schwanger und er wollte das Kind nicht, was weiß ich."

„Wir haben also die Wahl zwischen einem schlechten Science-Fiction-Film und einer Kitschserie", sagte Herbert.

„Dann erklär uns doch deine Version", sagte ich.

„Ich denke, ihr beiden habt ein viel zu hehres Bild von dieser CERN-Welt. Ihr seht nur edle Geister, in ritterlichem Wettstreit um den Nobelpreis, die nebenbei täglich das Wissen der Welt vergrößern."

Ich unterließ es zu widersprechen. Eva zwinkerte mir zu.

„Wollt ihr wissen, was ich denke?", fragte Herbert.

„Schon ziemlich lange", antwortete Eva.

„Nun gut. Diese Physikerwelt da draußen" – er zeigte mit dem Finger irgendwohin, sicher in die falsche Richtung – „ist, was den Charakter ihrer Protagonisten betrifft, genauso breit gefächert wie jede andere Berufsgruppe. Auch unter Forschern gibt es Erpresser, Betrüger, Egomanen, geld- und prestigeversessene Individuen. Etwas Schmutziges ist geschehen, das weder mit grandiosen Theorien noch mit herzzerreißender Liebe zu tun hat. Eher mit Gier, Neid und viel Geld."

„Herbert, der Abgebrühte", sagte ich. „Was ich aber immer noch nicht verstehe, ist, ob du allen Ernstes glaubst, die ätherische Jelena Karpova sei diese *schmutzige* Person."

Herbert schnippte ein Staubteilchen von seinem Sakko. In diesem Moment mochte ich ihn für die Tatsache, dass er kein schickes Designerstück trug, sondern eine alte Cordjacke, an der sein Herz hing. Er wunderte sich offensichtlich über mein warmes Lächeln.

„Ich weiß es nicht. Ich dachte, ihr würdet das herausfinden."

„Entwerfen wir doch verschiedene Modelle und prüfen ihre Wahrscheinlichkeit", schlug ich vor.

„Okay", sagte Eva. „Machen wir eine Liste. Herr Hollaus schreibt."

Schon hatte sie mir einen Block und einen Kugelschreiber in die Hand gedrückt.

„Erstens", diktierte sie, „die Karpova will jemanden schützen. Aber wen?"

Sie strich sich mehrmals die Haare aus der Stirn. Sie fielen gleich zurück. Immer wieder. *Man muss sich Sisyphos als glücklichen Menschen vorstellen.*

„Ich gehe davon aus, dass jede Person, die von Karpova geschützt wird, Charakter genug haben muss, um sich sofort zu stellen. Wie Herr Hollaus und ich schon besprochen haben: Es sei denn, ihre Menschenkenntnis ist inferior und diese Person war das Opfer nicht wert. Äußerst unwahrscheinlich."

Zu mir gewandt: „Haben Sie alles?" Als sei ich ihre Tippse.

Ich nickte. Einmal kurz.

„Weiters: Gesetzt den Fall, sie hätte einen großen privaten Hass auf Koller gehabt. Woraus speiste er sich? Möglicherweise ging es gar nicht um enttäuschte Gefühle. Sondern um Gewalt. Könnte er sie nicht sexuell genötigt haben?"

„Ja!", begann ich, doch Eva fuhr unbeirrt fort.

„Großes Manko dieser Variante: Warum schweigt sie dann über ihr Motiv? Doch sicher nicht, um jemanden zu schützen, der ihr Gewalt angetan hat. Noch dazu, wo ihr eine Notwehr-Situation viele Jahre Gefängnis ersparen würde."

Herbert massierte mit Daumen und Zeigefinger seinen kahlrasierten Nacken. Kurz sah ich ein Bild vor mir: Herbert in revolutionären Zeiten, mit Haaren bis zu den Schulterblättern. War er an einer Weggabelung seines Lebens falsch abgebogen – oder einfach nur zur Vernunft gekommen?

„Die zentrale Frage", sagte er – und das Bild zerfloss –, „bleibt aber: Warum irrt sie sich so fundamental, was den Tathergang betrifft? Dieses Gerede vom *Aufruhr der Emotionen* überzeugt mich nicht. Außerdem: Denkt an die falsche Tatzeit im Verhörprotokoll."

Etwas theatralisch erhob ich mich. „Was, wenn es doch der *große Unbekannte* war? Oder gleich mehrere? Und Jelena schützt sie nicht aus edlen Gefühlen, sondern weil sie bedroht wird?"

„Das verstehe ich jetzt nicht", sagte Herbert.

„Stellt euch nur einmal vor: Hinter dem Mord steckt eine kriminelle Organisation. Die *Große Sache*, die Jan entdeckt hat, bedeutet vielleicht immensen Reichtum für den, der die Formel oder die Daten patentieren lässt." Langsam kam ich in Fahrt. „Die Mafia oder wer auch immer dringt also in Jans Hotelzimmer ein, um ihn zu töten und alles mitzunehmen. Und zufällig wird Jelena Zeugin, weil sie aus ganz anderen Gründen mit Jan sprechen wollte. Die Mörder überwältigen sie und stellen sie vor die Wahl."

„Gestehe, und wir lassen dich am Leben", sagte Eva.

„Wie bitte?" Herbert konnte oder wollte uns nicht folgen.

„Gefängnis oder schmerzhafter Tod", sagte Eva.

„Sie stellen Jelena vor die Alternative: ‚Entweder du gestehst den Mord und schweigst über deine Motive –

oder wir foltern dich zu Tode. Wo immer du nach dem Prozess sein wirst: Wenn du nicht tust, was wir sagen, finden wir dich.'"

Herbert schüttelte den Kopf. „Ihr schaut beide eindeutig zu viele schlechte Filme. *Diesen* Verdacht hege ich schon lange."

„Und du hast ohne Zweifel zu wenig Fantasie", konterte Eva.

„Warum dann die falschen Aussagen? Dass es nur Verwechslung oder Verwirrung war, glaubt von uns doch keiner."

In Evas Augen blitzte etwas auf.

„Ein Zeichen an uns", rief sie.

„Wie bitte?"

„Wenn Georgs Dunkelmänner tatsächlich im Spiel waren, muss sie zwar den Mord gestehen, um nicht ihr Leben zu riskieren. Aber sie kann darüber hinaus Signale aussenden. Herbert, sind die Irrtümer Frau Karpovas je Thema in den Medien gewesen?"

Herbert lachte. „Natürlich nicht. Die Polizei würde uns füsilieren."

Eva nickte. „Und wenn Jelena trotz Geständnis freigesprochen wird, weil ihre Aussagen nicht glaubhaft sind, haben die wahren Täter keine Notwendigkeit mehr, sie zu erledigen. Auf die wahren Mörder fällt ja dann keinerlei Verdacht."

Herbert klatschte in die Hände und erhob sich. Seine Miene hatte sich aufgehellt.

„Sie war also nur zur schlechten Zeit am falschen Ort?", fragte er in die Runde.

„Denkbar", sagte ich eifrig. „Das wäre bisher jedenfalls die einzige Hypothese ohne Haken. Sie muss gestehen, sonst wird sie getötet. Oder vielleicht eine ihr besonders nahestehende Person, auf die wir bisher nicht gekommen sind."

„Gabriel", sagte Eva. „So könnte er wieder ins Spiel kommen. Jelena würde mit dem Geständnis auch sein Leben retten, ohne ihr Leben opfern zu müssen. Nach Jan muss niemand mehr sterben. Jelena ist bei guter Führung in weniger als zehn Jahren frei."

Herbert begann erneut mit dem Rundgang durch Evas Büro.

„Aber die Person, die Jan Kollers Entdeckung zum Patent anmeldet, würde sich doch selbst preisgeben. Das wäre wie ein Geständnis."

„Das muss nicht sein", warf ich ein. „Wenn die Täter alle Unterlagen von Koller mitgenommen haben, vom Schmierzettel bis zum Laptop, wird es für die Polizei schwierig herauszufinden, woran er gearbeitet hat."

„Irgendwelche Spuren finden Computerleute immer", sagte Herbert.

„Mag sein. Aber das würde gar nichts beweisen. Zigtausend Physiker und Physikerinnen suchen weltweit über GRID nach neuen Erkenntnissen. Jeder hätte eine ähnliche Entdeckung gemacht haben können."

„Bleibt noch die Frage, mit welcher Art von Daten jemand so reich werden könnte, dass er dafür tötet", sagte Eva. Und zu mir gewandt: „Es wird doch kaum jemandem die kalte Fusion gelungen sein?"

„Nein. Die gehört in den Bereich der pathologischen Physik."

„Sagt wer?"

„Irving Langmuir. Nobelpreisträger für Chemie. 1932."

„Streber", sagte Eva. „Jedenfalls werde ich mein Büro beauftragen, die wichtigsten Patentämter unter die

Lupe zu nehmen. Österreich, die Schweiz, Deutschland. Und dazu noch das EPA. Vielleicht hat ja jemand eine Anmeldung entgegengenommen, die den Leuten dort seltsam vorkam."

„EPA?"

„Europäisches Patentamt. Sitzt in München."

„Sollte das nicht die Polizei übernehmen?", fragte Herbert.

„Die würde ich lieber draußen lassen", antwortete Eva mit Sphinx-Gesicht.

„Was vermutet eigentlich der leitende Ermittler?"

Eva verdrehte die Augen. „Sowohl für den Staatsanwalt als auch für die Polizei ist alles klar. Mord, Geständnis, fertig. Falls wir noch Zweifel haben, sollen wir einen Physiker hinzuziehen. Was ja schon geschehen ist." Sie zeigte mit dem Kopf auf mich.

Ehe ich etwas erwidern konnte, ergriff Herbert das Wort.

„Was könnte denn dieser sagenhafte Fund sein? Am Higgs-Teilchen ist doch auch niemand reich geworden."

„Mir geht nicht aus dem Kopf, dass Koller sich mehrmals mit Lisa Randall getroffen haben soll. Wenn man es so einrichten könnte, dass diese Kaluza-Klein-Teilchen nicht augenblicklich zerstrahlen, könnte man sie eventuell zur Energiegewinnung nutzen. Wie das gehen soll, weiß ich aber auch nicht."

Herbert hielt wieder inne, sein Gesicht war leicht gerötet, er war ganz in seinem Element.

„Und wenn es sich anders herum abgespielt hat?"

„Wie – anders herum?", fragte Eva.

„Angenommen, Koller hat diese Midas-Formel gefunden und will damit sein Leben vergolden. Unerschöpfliche Mengen an Energie können produziert werden. Sauber. Klimafreundlich. Wem würde das nicht gefallen?“

Eva lächelte boshaft. „Shell, BP, ARAL, der OMV, Esso und so weiter und so fort.“

„Eben!“, rief Herbert. „Und es geht ja nicht nur um einzelne Firmen, ganze Staaten hängen am Erdöltropf! Saudi-Arabien, der Iran, Russland –“

„Und irgendwelche dubiosen Entscheidungsträger“, unterbrach ihn Eva, „dieser Firmen oder Regierungen haben mitbekommen, dass da eine große Bedrohung auf sie zukommt. Dass es nur eine Möglichkeit gibt, das Problem zu lösen. Sie können diese Entdeckung nicht zu Geld machen, im Gegenteil, ihr Bekanntwerden würde sie in den Ruin treiben. Bleibt nur eins: Den Forscher und seine Formeln zu beseitigen.“

Ich versuchte, die beiden ein wenig zu beruhigen. „Wenn eure *Entscheidungsträger* nicht komplett unbeleckt sind, müssen sie wissen, dass so eine Entdeckung nicht zu verschleiern ist. Auch wenn sie Jan mitsamt seinen Daten verschwinden lassen: der nächste Jan wird kommen. Die Gesetze der Natur verstecken sich nicht. Sie machen es uns nur ungeheuer schwer, sie zu finden.“

„So viel fürs Poesiealbum“, sagte Eva. „Aber welche Rolle spielt Jelena in diesem Szenario?“

„Genau die gleiche wie bei der letzten Variante“, antwortete Herbert. „Zufällig am selben Ort, Pech gehabt, collateral damage!“

„Du solltest wieder einmal ein richtig gutes Buch lesen“, sagte ich.

„Stört dich meine Ausdrucksweise? Ist sie dir zu wenig ... edel?“

„Ruhig bleiben, bitte“, beschwichtigte Eva. „Ihr wart doch einmal Freunde, oder?“

Herbert und ich schauten uns an, zwei bei einem Streich erwischte Buben.

„Das ist lange her“, sagte Herbert leise.

„Wie wär’s mit Versöhnung?“, fragte Eva. Mit dem Lächeln, das sie dabei aufsetzte, hätte sie problemlos Friedensverträge für verfeindete Staaten aushandeln können. Herbert drehte mit einem Schulterzucken die Handflächen nach oben, um anzudeuten, dass dieses Vorhaben allein an mir scheitere. Ich fühlte mich wie die Kaffeemaschine, nein, wie die ungewaschenen Tassen im Büro von Richard Kellogg.

Weder Herbert noch ich sprachen ein Wort.

„Na gut“, seufzte Eva, „ich hätte es probiert. Wie gehen wir jetzt weiter vor?“

„Möglicherweise sollten Sie wieder versuchen, mit Jelena zu sprechen“, sagte ich.

„Ich? Aber mir erzählt sie doch gar nichts.“

„Wenn Sie sie direkt darauf ansprechen, ob sie bedroht wird, könnte sich das ändern.“

DREI

Nach einem kurzen Telefonat bekam Eva schon für den nächsten Tag eine Audienz bei der Eisprinzessin des Standardmodells.

Eva und ich aßen noch miteinander, beide ohne großen Appetit, es war ein schweigsames Mahl. Später schlug ich mir die Nacht um die Ohren und suchte im Netz Hinweise auf die Möglichkeit der Energiegewinnung durch Kaluza-Klein-Teilchen. Was ich fand, verwirrte mich noch mehr. Die meisten Artikel stimmten überein, was das große Plus des Randall-Sundrum-Modells betraf: Es benötigte nur eine Extradimension, im Gegensatz zu den neun zusätzlichen Raumdimensionen in den klassischen Stringtheorien. Und die Entdeckung eines Kaluza-Klein-Teilchens wäre der geforderte experimentelle Nachweis, dass diese fünfte Dimension existiert. Die Frage, ob man durch Stabilisierung dieser Teilchen etwas erzeugen könnte, das die Energieversorgung der Welt revolutionieren würde, tauchte nirgends auf. Als Anwärter auf die Grand Unified Theorie wurde das Modell aber oft genannt, weil es die Vereinheitlichung aller Grundkräfte ermöglichen würde. Das wäre großartig für die Wissenschaft, aber als Mordmotiv wollte es mir nicht einleuchten. Nach Mitternacht konnte ich der Versuchung nicht widerstehen und schrieb ein Mail an Maria Tiefenbacher.

Sehr geehrte Frau Professor Tiefenbacher,
nochmals vielen Dank für Ihre erhellenden Erläuterungen. Eine Frage geht mir aber noch im Kopf herum und ich bin so unverschämt, Sie damit zu belästigen. Es

eilt aber nicht, eine Antwort im Laufe der nächsten Woche würde schon genügen.
Wir haben über die Möglichkeit der Existenz der Kaluza-Klein-Teilchen gesprochen. Wenn Jan Koller sie entdeckt haben sollte, hätte ihn das nicht nur berühmt, sondern auch reich machen können? Wäre es zum Beispiel möglich, mit diesen Teilchen Energie zu generieren?
Vielen Dank für Ihre Geduld,
mit den besten Wünschen
Georg Hollaus

Kaum hatte ich es abgeschickt, bereute ich es schon. Ein E-Mail an eine fremde Frau mitten in der Nacht, das war sonst gar nicht meine Art. Wenn sie es morgen früh lesen würde …

E-Mail-Eingang. Nach zwei Minuten!

Lieber Herr Hollaus,
kein schlechter Gedanke, aber leider nein. Sie würden nur für Bruchteile von Sekunden existieren. Und Lisa Randall bestätigen. Aber es gibt etwas anderes. Eine Entdeckung, die die Welt auf den Kopf stellen würde, was die Energieversorgung betrifft. Und sollte eine einzelne Person dafür ein Patent anmelden, hätte sie ausgesorgt.
Ich hoffe, ich konnte Ihnen helfen.
Herzlich
Maria Tiefenbacher

Ich antwortete nur mit einem Satz:

Welche Entdeckung sollte das sein?

Kurze Pause. Ungeduldig starrte ich auf den Bildschirm.

Lieber Herr Hollaus,
das kann und darf ich Ihnen noch nicht sagen. Unsere Mitarbeiter suchen fieberhaft in den Daten nach etwas, das wir übersehen haben, aber Jan Koller nicht. Daher muss ich Sie mit diesem kleinen Rätsel alleinlassen und wünsche eine geruhsame Nacht.
Herzlich
Maria Tiefenbacher

Rätsel, Rätsel, was fanden die Frauen in meinem Umfeld bloß an Rätseln so toll? Erst Eva, dann Frau Tiefenbacher. Ich war doch kein Quizkandidat. Trotzdem bedankte ich mich höflich.

Dann surfte ich weiter von Artikel zu Vortrag, von seriösem Aufsatz zu populärwissenschaftlicher Abhandlung. Ich kam einfach nicht darauf, was Frau Tiefenbacher gemeint haben könnte. Es musste mit Extradimensionen zu tun haben, zumindest mit einer. Aber wie?

E-Mail-Eingang. Frau Tiefenbacher.

Sind Sie auch von Schlafproblemen geplagt?

Ich war perplex. Ein paar Schrecksekunden vergingen.

Ja. Seit meinem Besuch in Genf.

Fürchten Sie etwa, dass der LHC die Welt verschlingen wird?

Das ist meine geringste Sorge.

Was ist Ihre größte?

Ein, zwei Minuten wartete ich, dann schrieb ich:

Dass ein unschuldiger Mensch verurteilt wird und wir nichts dagegen tun können.

Sie gefällt Ihnen, stimmt's? Ich kann Sie verstehen, sie ist eine ganz außergewöhnliche Person.

Meine Hände glitten über die Tastatur, aber die Buchstaben blieben unberührt.

Ich wollte Sie nicht in Verlegenheit bringen, verzeihen Sie, schrieb Frau Tiefenbacher.

Schon in Ordnung. Es ist ja nicht völlig falsch.

Denken Sie denn, Martin oder ich könnten Ihnen weiterhelfen?

Natürlich. Wenn Sie finden, was Jan Koller gefunden hat.

Das ist gut möglich. Doch was würde Ihnen das bringen?

Wenn Koller auf etwas gestoßen ist, das ihn reich machen würde …

Inwiefern würde das Jelena helfen? Es wäre doch eher ein Motiv – obwohl mir klar ist, dass diese Frau niemals wegen Geld töten würde.

Mein Gedanke ist eher, dass jemand anderer deswegen Koller ermordet hat.

Aber warum sollte die unbescholtene Jelena Karpova dann die Tat auf sich nehmen?

Weil sie dazu gezwungen wird.

Der Schreibfluss versiegte. Ich hatte das Gefühl, Maria Tiefenbacher beim Denken zuhören zu können.

Erpressung, schrieb sie schließlich. *Darauf bin ich noch nicht gekommen. Sie meinen, sie ist Zeugin des Mordes geworden und der Täter zwingt sie zu gestehen?*

Exakt. Wenn sie nicht gesteht, wird sie nach dem Prozess getötet. Oder ein Mensch, den sie liebt.

Wenn dem so wäre – dann würde es ihr tatsächlich helfen, wenn wir die Große Sache *finden, die alle ganz hysterisch macht.*

Ja. Es wäre ein Hinweis auf einen Täter von außen. Und das Motiv wäre schlicht Geldgier.

Und Jelenas Prozess?

Das weiß ich nicht. Alle Beteiligten müssten eingeweiht sein. Ein großes juristisches Theater. Jelena wird trotz Geständnis freigesprochen. Und dann rund um die Uhr bewacht.

Das klingt mehr nach Drehbuch als nach Realität.

Vielleicht. Doch es ist bisher die einzige These ohne immanenten Widerspruch.

Gut. Ich verspreche Ihnen, wir werden uns Mühe geben, unseren Verdacht zu erhärten.

Welchen Verdacht?

Den, den ich Ihnen noch nicht verraten darf. Und jetzt versuchen Sie zu schlafen.

Gute Nacht, schrieb ich noch. An Schlaf war jetzt natürlich erst recht nicht mehr zu denken.

Am folgenden Morgen fuhren Eva und ich mit dem Zug nach Linz. Diesmal war ich die Begleitung. Auf der Bank vor der Justizanstalt rauchte Eva drei Zigaretten hintereinander, ehe sie aufstand, mir zuwinkte und das Gebäude betrat.

Ich hatte mich auf eine lange Wartezeit eingestellt und meine neue *Frankenstein*-Ausgabe mitgenommen, um sie ein zweites Mal zu lesen. Mich faszinierte die Rahmenhandlung, die Geschichte des Kapitäns Robert Walton, der die Arktis bereisen will und dabei das Leben seiner Männer aufs Spiel setzt. Die Tatsache, dass wir von der Erschaffung des Dämons einzig durch die Briefe Waltons an seine Schwester Margaret erfahren. So freute ich mich auf die Lektüre, machte es mir auf der Bank gemütlich und vertiefte mich in Victors Werdegang. Doch ich kam nicht einmal bis Ingolstadt, da saß Eva wieder neben mir.

„Was ist los?“, fragte ich.

„Ein Reinfall. Zuerst harmloser Small Talk, dann deutete ich vorsichtig an, dass sie sich mir anvertrauen könne, falls sie bedroht werde."

„Und?" Ich konnte mir gut vorstellen, wie behutsam Eva sie auf das Thema angesprochen hatte.

„Sie hat laut gelacht, ein wenig herablassend. ‚Sehe ich aus wie eine Person, die sich nicht wehren kann?', hat sie mich gefragt, in verächtlichem Tonfall. ‚Natürlich nicht', habe ich sofort erwidert, aber es war zu spät."

„Hat sie Sie rausgeworfen?"

„So würde ich das nicht nennen. Wir haben noch ein paar Floskeln ausgetauscht, dann habe ich mich verabschiedet. Bevor die Tür hinter mir ins Schloss fiel, hat sie mir noch etwas nachgerufen."

„Etwas, das uns weiterhilft?"

Eva machte ein spitzbübisches Gesicht. „Kommt darauf an."

„Worauf? Nun sagen Sie schon!"

„Schicken Sie mir den Tunguska-Mann!"

„Wie bitte?"

„Das waren ihre letzten Worte an mich. *Schicken Sie mir den Tunguska-Mann*. Alles klar?"

„Gar nichts ist klar", erwiderte ich. „Bei meinem letzten Besuch hat sie mir alle Fragen aufgezählt, die ich ihr nicht stellen darf. Da ist nicht viel übrig geblieben."

„Vielleicht mag sie Sie einfach", sagte Eva.

„Unsinn", rief ich, deutlich zu laut.

„Können Sie sich nicht vorstellen, dass jemand Sie anziehend findet?"

„Doch … nein … nein, diese Frage kann ich nicht beantworten."

„Sie sind wirklich ein komischer Kauz", sagte Eva und strich kurz mit dem Finger über meinen Handrücken.

„Was soll ich jetzt tun?", fragte ich. „Sofort zu ihr gehen?"

„Nein, wo denken sie hin! Ihr Termin ist morgen um 14 Uhr. Unsere Jelena ist in manchen Bereichen sehr präzise."

„Aber nicht in allen."

„So ist es. Und wir werden herausfinden, warum."

„Sind Sie wirklich davon überzeugt?", fragte ich.

„Wäre ich es nicht, würde ich heute noch meine Kanzlei zusperren."

Am folgenden Tag um fünf vor zwei stand ich vor dem Eingang der Justizanstalt und bemühte mich, langsam und tief zu atmen. Diesmal hatte ich noch weniger Plan als vor den letzten Gesprächen. „Einfach drauflos reden, wie beim Analytiker", hatte Eva vorgeschlagen. Sie wusste nichts von meinen verborgenen Aversionen gegen Siehst-du-Freunde.

Als ich den Besprechungsraum betrat, saß Jelena bereits auf ihrem Stuhl und hatte die Beine übereinandergeschlagen. Sie erweckte den Eindruck, schon lange ungeduldig zu warten.

„Na endlich!", war ihre Begrüßung.

„Es ist exakt 14 Uhr", verteidigte ich mich.

„Sie müssen noch viel lernen", lächelte sie.

„Das würde ich gerne. Zum Beispiel, warum Sie Frau Dr. Mattusch so gegen die Wand laufen lassen."

„War diese Frage nicht auf unserer Liste?"

„Ich denke nicht."

„Dann ist sie es jetzt."

„Sie wissen aber schon“, begann ich, „dass Eva Mattusch alle Hebel in Bewegung setzt, um Ihre Unschuld zu beweisen.“

„Das Problem ist nur: Da gibt es nichts zu beweisen.“

Ich seufzte. Wusste nicht, mit welcher Taktik ich Eva unterstützen könnte. Ich wollte nichts Anderes, als dass Jelena Karpova, freigesprochen, neben mir die Donau entlangflanierte. Ich benötigte dringend einen Fortsetzungssatz.

„Na gut. Sie wollten mich sprechen?“

Jelena legte den Kopf schief. In dieser Position erschienen mir ihre Augen mandelförmig. Sicher nur eine Frage der Perspektive. Ich musste all meine Kräfte aufwenden, um den Impuls niederzukämpfen, mit der Hand ganz sacht über ihre Haare zu streichen. Was würde passieren, wenn mir die Selbstkontrolle abhandenkäme? Ich wusste, alles wäre verdorben. Aber was, wenn sie die Geste erwiderte? Ihre federleichte Hand sich auf meiner Wange niederließ? Ich schreckte hoch, es war eine Art lautstarkes Schweigen, das mein Gegenüber mir sandte.

„Sind Sie gar nicht neugierig, warum?“ Eine blonde Strähne über ihrer Stirn zitterte kaum merklich.

„Doch. Es gibt wenig auf der Welt, was mich mehr interessieren würde.“

Sie wechselte die Beinstellung. Bein B über Bein A. Vorher war Bein A über Bein B. B wie *Basic Instinct*. Zu viele Filme gesehen, Helga hatte schon recht.

„Haben Sie eine Idee, worum es gehen könnte?“

„Da Sie mich immer den Tunguska-Mann nennen, vielleicht um Sibirien?“

„Noch nicht!“, antwortete sie. „Alles zu seiner Zeit.“

„Dann habe ich keine Ahnung“, sagte ich.

„Sie haben ein wichtiges Buch falsch gelesen“, verkündete sie.

„Etwa eines von Lisa Randall?“

Sie lachte. „Etwas, das voller Fehler steckt, kann man nicht falsch lesen.“

„Fehler?“

„Ja, Fehler. Es sei denn, Sie haben in der Zwischenzeit eines dieser Kaluza-Klein-Teilchen entdeckt.“

„Natürlich nicht, aber –“

„Dann lassen Sie uns das Thema wechseln. Und das Jahrhundert.“

„Ah, *Frankenstein*!“, rief ich aus.

„Na endlich“, sagte Jelena. „Bei Rätselspielen mit Ihnen muss man sehr geduldig sein.“

„Das kommt vielleicht daher“, sagte ich grimmig, „dass ich Rätsel hasse.“

„Ist ja schon vorbei“, sagte sie, als würde sie ein Kind trösten. „Also, wie war noch mal Ihre These? Dr. Frankenstein macht sich nicht schuldig, weil er die Kreatur erschafft, sondern weil er sie nicht annimmt? Weil das Geschöpf erst durch diese Kränkung zum Monster wird?“

„So ungefähr, ja.“

„Ich glaube, das trifft den Kern der Geschichte nicht ganz.“ Jelenas Schmunzeln konnte ich nicht recht deuten. Eher Freude am Spiel als Überheblichkeit.

„Was wäre dann der Kern?“, fragte ich.

„Kommen Sie nicht selbst drauf?“

Meine sich steigernde Rätsel-Allergie führte zu einem starken Juckreiz auf beiden Wangen. Ich schüttelte den Kopf.

„Also“, begann sie. „Die Tatsache, dass Dr. Frankenstein das von ihm selbst geschaffene Wesen von sich stößt, zeugt nicht von Charakterstärke, ist aber verständlich. Die Abscheu vor dem Monströsen, Deformierten ist der menschlichen DNA eingeschrieben. Sie erinnern sich, auch der Kapitän des Schiffes berichtet über die erste Begegnung mit dem Namenlosen: *Nie habe ich so etwas Entsetzliches wie sein Gesicht gesehen.* Und Victor ist zu feige, hinter die hässliche Fassade zu blicken und die reine Seele zu erkennen. Keine Heldentat, aber auch kein Verbrechen. Das begeht er erst später."

Beinwechsel, Schweigen. Von mir kam nichts.

„Als das Wesen den Doktor anfleht, ihm eine Braut zu erschaffen, mit der es sich dann aus der Welt der Menschen zurückziehen würde, verspricht Frankenstein zunächst, es zu tun. Auch weil der Dämon droht, sonst Elisabeth, die Braut Victors, in der Hochzeitsnacht zu töten. Folgen Sie mir bis hierher?"

Ich nickte.

„Ist es nicht Frankensteins größte Sünde", fuhr sie fort, „dass er sein Geschöpf betrügt und den Wunsch nach einer Gefährtin doch nicht erfüllt? Eine Gefährtin, die er zuerst zusammenflickt, um sie dann, halb fertig, wieder zu zerstören? Es kommt ihm vor, als hätte er das lebendige Fleisch eines Menschen in Stücke gerissen. Damit ist er zufrieden. Und das aus pseudomoralischen Gründen. Er sagt in etwa, dass die Erschaffung eines anderen Wesens, das dem Unhold gleicht, eine Tat schändlichster und abscheulichster Selbstsucht wäre."

„Hat er damit nicht recht?", fragte ich.

Langer, tiefer Blick von Jelena. Verwundert, überrascht.

„Glauben Sie das wirklich? Hat er recht, wenn er das Leben seiner Liebsten opfert, um sich als besserer

Mensch zu fühlen? Ich würde das eher selbstgerecht nennen. Nicht umsonst ist Frankensteins Tonfall über weite Strecken so weinerlich. Selbstmitleid dringt ihm aus allen Poren. Äußerst intelligent gedacht von Mary Shelley."

Jetzt war es an mir, überrascht zu sein.

„Sie meinen, Mary Shelley prangert gar nicht Frankensteins Hybris an, Gott zu spielen? Und auch nicht das Verhalten seinem Geschöpf gegenüber?"

Jelena drehte ihren Kopf in die Mandelaugenposition.

„Keineswegs. Das ist doch offensichtlich."

„Sondern seine Verlogenheit danach? Die Heuchelei? Dass er über Leichen geht, um seinen Fehler nicht wiederholen zu müssen?"

„Nicht ganz. Nicht im Plural. Es geht um *eine* Leiche."

„Elisabeth."

„Natürlich. Frankenstein reißt die beinahe zum Leben erwachte weibliche Kreatur in Stücke, und der Dämon ist Zeuge. Heulend verschwindet er, aber bald kommt er wieder. In den Bergen von Chamonix verkündet er das Urteil: *In deiner Hochzeitsnacht werde ich bei dir sein*."

„Das heißt, Victor könnte Elisabeths Leben retten, wenn er doch noch diese Gefährtin zusammenstückelt. Doch er tut es nicht."

Jelena strich sich mit der Hand über den Hinterkopf. Ich bildete mir ein, dass es knisterte.

„Daher lautet die Frage, die Mary Shelley stellt: Ordnest du die Liebe deinen Idealen unter? Ich vermute, das ist es, was Mary ihrem Mann Percy Bysshe Shelley verdeckt vorwirft: Dass er diese Frage zeit seines Lebens mit Ja beantwortet hat. Sein Genie, seine Kunst standen immer im Mittelpunkt, eine Sonne, um die sich alles andere zu drehen hatte."

„Und Sie?", fragte ich in einer Anwandlung von Kühnheit. „Gibt es etwas, das Sie über die Liebe stellen? Oder halten Sie es eher mit Mary?"

Jelena wurde plötzlich ganz ernst. „Nichts ist wichtiger als die Liebe", sagte sie in nüchternem Tonfall. Trotzdem klang es wie ein Gongschlag.

„Ich verstehe. Deshalb ist für Sie Frankensteins schlimmstes Vergehen der Verrat an seiner Verlobten."

Eine Weile blieb ich stumm, im Kopf ratterten die Gedanken.

„Möglicherweise", ich kam ins Stocken, „wollte sich Victor Frankenstein nicht erpressen lassen. Schon gar nicht von einem Monster."

Über Jelenas Augen legte sich sekundenlang ein Schleier, sie blickte zu Boden.

Ich versuchte es weiter. „Haben Sie nicht am eigenen Leib verspürt, wie demütigend es ist, erpresst zu werden? Oder geht es um Jan? War ihm sein Erfolg wichtiger als Ihre Liebe?"

Sie hob den Kopf, funkelte mich an. Drei Fragen zu viel.

VIER

Als ich enttäuscht das Justizgebäude verließ, saß Eva auf *unserer Bank*. So nannten wir sie mittlerweile. Sie sah mich nicht kommen, weil sie telefonierte und dabei konzentriert zu Boden blickte. Als ich mich zu ihr setzte, erschrak sie und beendete kurz darauf das Gespräch.

„Wichtige Neuigkeiten?", fragte ich und deutete auf ihr Handy.

„Kann man wohl sagen! Raten Sie mal, was mir mein Büro gerade mitgeteilt hat."

„Ich. Rate. Nicht." Es klang wie der erste Satz in einem Manifest.

„Spielverderber!" Eva schmunzelte und steckte das Handy in ihren schicken Rucksack. „Dann eben nicht."

„Das ist jetzt aber nicht Ihr Ernst", sagte ich eine Spur zu laut.

„Beruhigen Sie sich. Es war nur ein Witz."

Jetzt war mir meine Überreaktion peinlich und ich entschuldigte mich.

„Schon gut", sagte Eva. „Also: Mein Büro hat in den letzten zwei Tagen alle relevanten Patentämter unter die Lupe genommen. Manche Amtsleiter wollten wie erwartet die Informationen nicht herausgeben. Erst als sie erfuhren, dass es um Mord geht, kooperierten sie."

„Und?"

Eva ließ mich ein paar Sekunden zappeln.

„Nichts."

„Was bedeutet *nichts* in unserem Fall?"

„Niemand hat irgendwo ein Patent angemeldet, das mit neuer Physik zu tun hat. Nichts als fliegende

Rasenmäher, Hologramm-Fernseher und Überschall-Helikopter."

„Das heißt, es gibt wieder verschiedene Szenarien. Gesetzt den Fall, Jan hat die Entdeckung gemacht und sie ist tatsächlich ein Vermögen wert, könnte er vorgehabt haben, mit der Patentierung bis nach dem Kongress zu warten. Vielleicht, um sicherzugehen, dass sein Geheimnis gewahrt bleibt."

Eva nickte. „Oder, Variante zwei, unsere ominösen Gangster haben rechtzeitig die Entdeckung vernichtet, Entdecker inklusive."

Sie setzte sich auf die Lehne der Bank und zündete sich eine Zigarette an. Ihr halblanger Rock rutschte ein wenig nach hinten und entblößte ihre Knie.

„Dritte Möglichkeit", ergänzte ich, „jemand hat die *Große Sache* durch den Mord an sich gebracht, alle Hinweise auf Jan getilgt und wartet nun auf den bestmöglichen Zeitpunkt, den Fund oder die Formel patentieren zu lassen."

„Lange kann er nicht damit warten." Eva rieb nervös ihre Knie aneinander. „Er muss wissen, dass es nur eine Frage der Zeit ist, bis jemand im CERN auf dieselbe Sensation stößt. Dann wäre der Mord umsonst gewesen."

Eva dachte so konzentriert nach, dass es den Anschein erweckte, ihr Körper würde sich keinen Millimeter bewegen. Eingelegt in Luft wie Kurts Unke in Formol.

„Ich denke", sagte sie dann langsam, „wir müssen uns von Jelena wegbewegen."

„Wie bitte?"

„Sie mit Fragen zu bombardieren, egal von welcher Seite, bringt uns momentan nicht weiter. Lassen Sie uns doch einmal um die Ecke denken."

„Was würden wir dort finden?“

„Vielleicht eine Dame aus der Ukraine. Jelena hat Ihnen doch erzählt, dass Professor Karpov in Wien eine Pflegerin hatte, Natalia heißt sie, oder nicht?“

Ich nickte.

„Wenn wir sie befragen, erfahren wir vielleicht Details über Karpovs Tod, die uns Jelena nie erzählen würde. Und etwas über die mysteriöse Gleichzeitigkeit der beiden Todesfälle.“

„Natürlich!“ Ich schnellte von der Bank hoch. „Warum bin ich da nicht selbst – ich meine, warum sind wir da nicht schon früher darauf gekommen?“

„Weil unser Denken linear war“, grinste Eva, „und dabei ermitteln wir doch im berühmtesten Kreis der Geschichte.“

„Doch da uns Im-Kreis-Denken auch nicht weiterhilft, entscheiden wir uns für um die Ecke. Einleuchtende Logik.“

Eva zog ihr Handy aus dem Rucksack und tippte eine Nummer ein. Kurz und knapp erteilte sie ihrem Büro die Befehle. Drängte zur Eile. Als sie das Handy verkehrt herum auf die Sitzfläche der Bank legte, sah ich, dass auf der Hülle ein Frauenkopf abgebildet war. Feine Züge, der Kleidung nach 19. Jahrhundert.

„Darf ich fragen, wer das ist?“ Ich zeigte auf das Porträt.

Eva war erstaunt. „Das wissen Sie nicht? Ich dachte, Sie hätten das rote Buch gelesen?“

„Schon“, stammelte ich, „aber vielleicht nicht jede einzelne Seite, es ist so umfangreich …“

„Vergeben und vergessen. Diese junge Frau hier ist ironischerweise die Verbindung zwischen der Mary-Shelley-Welt und dem CERN-Kosmos.“

Sie genoss eine kurze Pause.

„Ada Lovelace“, sagte Eva stolz, als würde sie mir eine besonders berühmte Freundin vorstellen.

Keine Reaktion.

„Sagen Sie bloß, Sie kennen sie nicht.“

Ich zuckte mit den Achseln.

„Als Naturwissenschaftler ist das eine Schande!“, urteilte Eva.

„Ich bin nur Journalist.“

„Das scheint Ihre Lieblingsausrede zu sein.“ Sie schmunzelte. „Dabei würde ohne Ada Ihr LHC gar nicht existieren. Es gäbe nicht einmal Computer.“

„Wie das?“ Meine Neugier war nicht geheuchelt.

„Ada Lovelace“, dozierte Eva, „geboren 1815, war eine Frau mit unvergleichlichen mathematischen Fähigkeiten. Mit einem Kollegen, Charles Babbage, entwarf sie eine *Analytical Engine,* die jedoch nie gebaut wurde. Dann entstand das große Sprachengewirr: Babbage hält einen Vortrag in Turin, ein italienischer Mathematiker verfasst einen Artikel auf Französisch über die geheimnisvolle Maschine, der in Genf erscheint.“

„Interessant“, sagte ich aufrichtig.

„Warten Sie, wir sind noch nicht fertig. Babbage bittet Ada Lovelace nun um eine Rückübersetzung des Artikels vom Französischen ins Englische. Was sie auch tut. Aber jetzt kommt’s: Sie ergänzt die Übersetzung mit eigenen Theorien. Die später weltberühmten *Notes* waren am Ende doppelt so umfangreich wie der Ursprungstext. Und sie enthielten einen Plan zur Berechnung der Bernoulli-Zahlen als Diagramm. Es war das erste veröffentlichte formale Programm, und ihre Schöpferin gilt als erste Person der Geschichte, die als Programmiererin bezeichnet werden kann. Daraus folgt: Ohne Ada kein CERN.“

Ich nahm Evas Handy und betrachtete das Bild. Edel geschwungene Nase, volle Lippen, ein Grübchen am Kinn. Und was für Augen!

„Beeindruckend“, sagte ich.

„Aber noch immer nicht alles“, sagte Eva. „Wollen Sie wissen, wie Ada mit vollem Namen hieß?“

„Unbedingt.“

„Augusta Ada Byron King, Countess of Lovelace.“

„Was? Das heißt, sie war – sie war –“

„Exakt. Die Tochter von George Gordon Noel Lord Byron.“

FÜNF

Es nötigte mir Respekt ab, wie rasch Evas Mitarbeiterinnen die Identität und den Aufenthaltsort einer Natalia Stepowa ausgeforscht hatten, geboren in Kiew, wohnhaft in Wien, Lerchenfelderstraße 13. Wir brachen rasch auf und beeilten uns, zurück nach Wien zu kommen. Der Railjet fuhr uns vor der Nase davon, und so schaukelten wir in einem Zug, der in jedem Kuhdorf stehen blieb, unserem Ziel entgegen. Am Westbahnhof stiegen wir in die U6 um.

Ich fühlte Missbehagen, was Evas Plan betraf.

„Sollten wir das nicht der Polizei überlassen? Ich meine, haben wir das Recht, diese arme Frau zu überfallen?"

Eva neigte den Kopf. „Wir überfallen niemanden, wir läuten höflich und warten, bis die Tür sich öffnet."

„Ja schon, aber ist das nicht trotzdem eine Art Hausfriedensbruch?"

Ich erntete einen süffisanten Blick.

„Ich bin mir nicht sicher", sagte Eva.

„In welcher Hinsicht?"

„Ob Sie ein Angsthase sind oder ein Spießer."

Am Ende war ich es, der in der Lerchenfelderstraße 13 den Klingelknopf drückte.

„Wer ist da?"

„Dr. Eva Mattusch, wir haben telefoniert."

„Kommen Sie rauf."

Ein Summton, und ich drückte die Haustür auf.

Im dritten Stock öffnete uns eine schlanke Frau die Tür, deren Beine bis zu meinem Bauchnabel reichten.

Sie hatte ihre platinblonden Haare aufgesteckt und glich eher einem Model als einer Pflegerin. Mira Sorvino in *Mighty Aphrodite*. Nein, Schluss damit. Zu viele Filme!

„Sie haben versprochen: keine Polizei", war ihre Begrüßung.

Eva lachte Natalias Angst weg. „Der da", sagte sie und zeigte mit dem Daumen auf mich, „ist alles andere als Polizei. Darf ich vorstellen: mein Mitarbeiter Georg Hollaus. Hat noch nie im Leben eine Pistole in der Hand gehabt."

Jetzt lachte auch Natalia und deutete uns einzutreten.

Wir folgten ihr durch den Vorraum in eine Art Wohnküche mit einem großen ovalen Holztisch, an dem wir Platz nahmen. Die Einrichtung war auf geschmackvolle Art spartanisch – wäre ich in einer Zeitschrift auf ein Foto der Wohnung gestoßen, ich hätte auf japanische Bewohner getippt. Natalia servierte uns Tee aus einem bronzefarbenen Samowar, der sicher aus dem vorletzten Jahrhundert stammte.

„Ein sehr schönes Stück", sagte ich.

„Danke. Ist ein Erbstück von meinem heißgeliebten Vater. Ich hänge sehr daran."

„Das tut mir leid", sagte ich.

„Ist lange her."

„Apropos Vater." Eva beugte sich leicht nach vorne. „Wie war Ihr Verhältnis zu Professor Karpov?"

Ein melancholischer Ausdruck erschien auf Natalias Gesicht.

„Was für ein feiner, kluger, bescheidener Mensch. Ich spucke auf den Mann, der ihm das angetan hat."

„Was angetan?" Eva wagte sich noch nicht aus der Deckung.

Natalia vergaß, mit dem Einschenken aufzuhören, der Tee floss über die Tasse auf das schneeweiße Tischtuch. Sie schrie ein Wort, das auf Französisch wohl *Merde* bedeutet hätte. Als sich nach dem gemeinsamen hektischen Aufwischen und Tuchwechseln die Lage wieder normalisiert hatte, sagte Natalia:

„Ihn umgebracht."

„Sie meinen also, Nikolai Karpov sei ermordet worden?"

„Ja."

„In Ihrem Beisein?"

„Ja."

„Von wem?" Eva wurde lauter.

„Das weiß ich nicht!", rief Natalia.

„Aber Sie haben ihn doch gesehen." Sie senkte ihre Stimme.

„Ich habe gesagt, ich war dabei. Nicht: Ich habe ihn gesehen."

„Wollen Sie sich über uns lustig machen?"

„Das liegt mir fern. Ich war dabei, als der Mörder anrief. Ich habe seine Stimme gehört."

Jetzt fragten Eva und ich wild durcheinander.

„Haben Sie seine Stimme erkannt?" „Würden Sie sie wiedererkennen?" „Sind Sie sicher, dass es ein Mann war?" „Haben Sie verstanden, was er gesagt hat?" „Warum meinen Sie, dass der Anrufer ein Mörder war?" „Niemand kann per Telefon töten!"

Der letzte Satz stammte von Eva.

Ich musste hinzufügen. „Außer in *Bei Anruf Mord*."

„Man sollte Ihnen Kinoverbot erteilen", sagte Eva spitz. „In Casinos dürfen die Süchtigen ja auch nicht rein."

„*Bei Anruf Mord* hab ich nicht im Kino gesehen", konterte ich. „Er wurde 1954 gedreht."

„Dann eben Fernsehverbot."

Die Blicke, die Mira Sorvino Woody Allen manchmal zuwirft, hatten frappante Ähnlichkeit mit denen, die Natalia uns schenkte. Es war dieses nur mit Augen ausgesprochene *Reden wir weiter, wenn sich alle beruhigt haben*.

Wir schwiegen.

„Dann der Reihe nach", begann Natalia. „Die Stimme gehörte eindeutig einem Mann, doch viel mehr kann ich nicht sagen. Ich habe nicht gehört, worum es ging. Nicht mehr als einzelne Wortfetzen."

„Erinnern Sie sich noch an solche Bruchstücke? Das könnte sehr wichtig sein."

„Das Auffälligste waren eigentlich nicht seine Worte, sondern sein Lachen. Es ging einem durch Mark und Bein. Sein Tonfall war höhnisch. Einmal habe ich *vernichten* verstanden, aber er könnte genauso gut *verdichten* oder *verrichten* gesagt haben."

Eva beugte sich vor, legte die Arme auf die Oberschenkel und verschränkte die Hände. Sie schickte Natalia einen warmherzigen Blick.

„Könnten Sie uns bitte von Anfang an erzählen, was passiert ist."

Natalia unterdrückte ein Schluchzen. „Professor Karpov war der beste Klient, den ich je hatte. Ein Mann mit einem Riesenherz und beinahe noch mehr Verstand. Doch er war traurig."

„Wissen Sie, warum?", fragte Eva.

Natalia streckte ihre Beine unter dem Tisch aus, bis sie fast Evas Schuhe berührten, und lehnte sich auf ihrem Stuhl zurück.

„Ich weiß es nicht genau. Er hat ein großes Geheimnis daraus gemacht, aber ich bin fast sicher, dass es mit seiner Tochter zusammenhing."

„Mit Jelena?“ Eva war überrascht. „Ich dachte, die beiden waren ein Herz und eine Seele.“

„Waren sie auch. Mehr als das. Ich habe nie eine so tiefe Liebe zwischen Vater und Tochter erlebt. Es war fast schon …“ Sie überlegte.

„Ungesund?“, schlug Eva vor.

„In dieser Richtung. Gleichzeitig tief berührend und ein wenig gespenstisch.“

„Warum war er dann so unglücklich?“, fragte ich schlichten Geistes.

„Weil sie in Genf war und er in Wien. Er sagte, das ginge nicht anders, er sei ja ein Pflegefall. Aber das war nicht der Hauptgrund.“

„Sondern?“

„Etwas war mit Jelena geschehen. ‚Sie ist zerbrochen‘ war das einzige, was er mir gegenüber jemals dazu äußerte.“

„Hat er einmal den Namen Jan Koller erwähnt?“

Natalia überlegte. Eva hoffte. Natalia schüttelte den Kopf.

„Ich würde gerne wissen –“, begann ich. Die beiden Frauen schauten mich an, als wäre es ihnen unangenehm, dass sich noch eine dritte Person im Raum befand.

„Warum war Professor Karpov ein Pflegefall?“

„Seine Sorgen haben ihn förmlich niedergedrückt. Der Arzt, ein berühmter Wiener Kardiologe, hat Herzinsuffizienz diagnostiziert.“

„*In Every Dream Home A Heart Ache*“, sagte ich.

„Wie bitte?“ Eva, ärgerlich wegen dieser Unterbrechung.

„Ein Song von Roxy Music. Von der Platte *VIVA!*. Die lag ganz oben auf Marietta Bianchis LP-Stapel.“

„Und Sie meinen, das hilft uns weiter?“ Evas Ungeduld war noch nicht ganz verflogen.

„Es war nur eine Eingebung“, antwortete ich kleinlaut.

„Gut. Also, was geschah an jenem Abend?“

„Wie schon erzählt: Der Professor wurde angerufen.“

„Wie hat er reagiert?“

„Erschrocken. Schockiert. Er ist weiß geworden wie ein Leintuch.“

„Hat er etwas gesagt, das Sie verstanden haben?“

Natalia überlegte. Tränen stiegen ihr in die Augen.

„‚Tun Sie, was Sie für richtig halten‘, wiederholte er mehrmals, am Ende nur mehr ganz leise, ‚Tun Sie, was Sie für richtig halten.‘“

„Erpressung“, rief ich so laut, dass die Frauen erschraken. „Das ist es, was die beiden Fälle verbindet! Der Vater wurde genauso erpresst wie die Tochter!“

„Ich weiß nicht“, sagte Eva. „Diese Erpressungsgeschichte scheint eine fixe Idee von Ihnen zu sein. Besprechen wir das lieber nachher.“

Ich ignorierte sie und wandte mich an Natalia.

„Haben Sie eine Ahnung, woran Nikolai Karpov in letzter Zeit gearbeitet hat?“

Natalia zog ihre Beine wieder an und schenkte uns Tee aus dem Samowar nach. Sie selbst nahm sich keinen mehr.

„Er war ja pensioniert, aber davon hat man nichts bemerkt. Fieberhaft hat er nach etwas gesucht, ich glaube, über eine Art offenen Zugang zu seinem früheren Arbeitsplatz. Aber ich bin sehr schwach in Physik.“

„Dafür sprechen Sie aber fabelhaft Deutsch!“, sagte Eva.

„Muss ich wohl. Seit ich fünf Jahre alt bin, wohne ich in Wien. Ich habe die österreichische Staatsbürgerschaft."

„Oh, Entschuldigung!", sagte Eva.

„Kein Problem."

Das war mir jetzt zu viel Geplänkel.

„Hat er Ihnen gegenüber je erwähnt, das, was er suchte, auch gefunden zu haben?"

„Eigentlich nicht. Manchmal, wenn er vor sich hinträumte, nannte er es – ..."

„Die *Große Sache*", rief ich.

„Woher wissen Sie das?"

„Weil alle Physiker sie suchen. Die Vereinigung von Quantenmechanik und Relativitätstheorie", sagte ich. Da war er wieder, der Schulmeister.

„Und was geschah nach dem Anruf?", wollte Eva wissen.

Natalia schluckte.

„Er hat ganz langsam den Hörer aufgelegt. Ohne ein Wort sank er in die Knie. Griff sich ans Herz und fiel zur Seite."

„Und Sie? Was haben Sie gemacht?"

„Wollen Sie jetzt wissen, ob ich ihn richtig versorgt habe? Ich bin diplomierte Krankenschwester!"

„Nein", beschwichtigte Eva sie, „das käme mir nie in den Sinn. Ich möchte nur erfahren: Starb er an Ort und Stelle?"

Natalias Züge verhärteten sich.

„*An Ort und Stelle* habe ich ihm das Leben gerettet. Im Krankenhaus haben sie ihn sterben lassen."

„Verzeihung", sagte Eva.

„Akzeptiert."

„Wann haben Sie an diesem Tag mit Jelena telefoniert?", fragte Eva.

Natalias Antwort kam schnell: „Nie."

„Nie? Jelena Karpovas Vater stirbt und Sie sprechen nicht mit seiner Tochter?"

Natalia senkte den Kopf.

„Unser Verhältnis war nicht das beste", sagte sie trocken.

„Na gut." Eva stand auf, ich tat es ihr gleich, zu dritt bewegten wir uns ein wenig hilflos um den Tisch herum. Ich ergriff die Initiative und streckte meine Hand aus, Eva sah das, drängte mich sanft zurück und nahm Natalia Stepowa fest in ihre Arme. Die Zugewandtheit der beiden Frauen wirkte so aufrichtig, so außerhalb des männlichen Gefühlsspektrums, dass ich mich diskret zurückzog. Was ich sah, war eine Infrarot-Umarmung. Oder eine in Ultraviolett.

Als wir wieder zu zweit in der U-Bahn saßen, wandte sich Eva mir zu.

„Nun wollen wir aber die komplette Erpressungsgeschichte hören."

„Ich probier's. Irgendwo da draußen –" ich machte mein Mulder-Gesicht, das viele lustig fanden. Eva nicht. „– ist etwas beobachtet worden, das für die moderne Physik von enormer Relevanz ist. Möglicherweise im LIGO-Detektor oder in einer anderen Forschungseinrichtung. Doch ich verwette meine rechte Hand, dass es im CERN war. Irgendetwas, das sowohl Nikolai Karpov als auch Jan Koller via GRID entdeckt haben."

„Und warum haben dann Ihre Koryphäen von Fabiola Gianotti abwärts nicht sofort eine Pressekonferenz einberufen?", fragte Eva.

„Manchmal interpretieren eben nur ganz wenige Personen einen Vorgang richtig. Und Karpov und Koller waren ja nicht gerade Anfänger", antwortete ich.

„Stimmt. Und beide kommen ums Leben. Kollers Dreischritt: Entdeckung – Traum von wissenschaftlicher Unsterblichkeit – Triumph der Sterblichkeit. Aber Karpov? Was hat es mit diesem Telefonat auf sich?"

Ich zögerte.

„Das ist der kleine Schwachpunkt meiner These. Aber möglicherweise ist die Lösung ganz einfach: Karpov hat nach einem völlig anderen Ansatz für die *Große Sache* gesucht, vielleicht nach Hinweisen auf Dunkle Materie, ist aber dann auf etwas gestoßen, das seinem Theoriegebäude widerspricht. Sie erinnern sich an seine sarkastische Abkanzelung der Stringtheorie?"

„Selbstverständlich."

„Er entdeckt etwas", fuhr ich fort, „das er eben *nicht* gesucht hat. Mehr noch: Etwas, das es seiner Meinung nach gar nicht geben dürfte! Deshalb hat er seinen Fund nicht an die große Glocke gehängt, ganz im Gegenteil, er hat versucht, ihn geheimzuhalten."

Eva nickte. „Das klingt schon logischer. Dann wäre es so gelaufen: Die Täter, vielleicht auch ehemalige CERN-Mitarbeiter, finden heraus, dass es zwei Leute gibt, die ein Ereignis oder neue Teilchen oder was auch immer entdeckt haben. Wie das funktionieren soll, müssen mir die Physiker erklären, aber gehen wir einmal davon aus. Sie wollen es unbedingt in ihren Besitz bringen. Zuerst rufen sie Karpov an. Sie haben vor, ihn zu besuchen, um ihn vor die Wahl zu stellen: Entweder er rückt diese Erkenntnis heraus, oder es geschieht etwas mit seiner Tochter. Doch Karpov ist schon von dem Telefonat so erschrocken, dass er einen Infarkt erleidet. Aber weshalb?"

Eva legte die Stirn in Falten. „Angenommen, der Anrufer hätte ihm von der Entdeckung zum Beispiel Ihrer Kaluza-Klein-Teilchen –"

„Das sind nicht meine“, protestierte ich.

„– erzählt und Karpov hätte sofort erkannt, dass auch andere herausgefunden haben, was bei Veröffentlichung seinen Ruf zerstören würde. Den Beweis für eine Version der Stringtheorie? Dann wäre Karpovs Lebenswerk mit einem Schlag vernichtet gewesen.“

„Deshalb ist er zusammengebrochen!“, rief ich.

„Denkbar“, sagte Eva. „Die Täter ahnen, was passiert ist. Sie müssen nur ein wenig warten und dann die Wiener Krankenhäuser durchrufen. Sie hören die Todesnachricht und sie wissen: Plan B muss in Kraft treten.“

„Jan Koller“, sagte ich.

„Exakt. Eine Stunde oder eine halbe später tauchen sie bei Koller auf und lösen ihr zweites Problem. Dann erscheint das dritte: Jelena Karpova.“

„Die sie in Folge erpressen, wie wir schon vermutet haben“, ergänzte ich.

„Ganz überzeugt bin ich nicht“, sagte Eva. „Ein bisschen zu viele Erpressungen in Ihrer Theorie.“

„Haben Sie eine bessere?“

Sie zuckte die Schultern. Also sprach ich weiter.

„Bleibt nur noch die Frage: Wollten die Täter das entwendete Material selbst veröffentlichen und damit berühmt werden? Es später zum Patent anmelden, um damit reich zu werden? Oder bedroht die Sache ihren schon existierenden Reichtum und sie sind nur an deren Auslöschung interessiert?“

„Großartige Geschichte. Nun müssen wir nur noch eine der vielen Varianten beweisen.“

SECHS

„Ich denke, Sie werden überrascht sein", sagte Renner. Er hatte sich seinen Irokesen frisch färben lassen, er leuchtete jetzt wie eine sichelförmige Koralle. Doch das war es sicher nicht, was er meinte.

„Ohne Zweifel", sagte Maria Tiefenbacher.

Wir saßen im Garten des Restaurants Plachutta, weil Eva sich einen echten Wiener Tafelspitz gewünscht hatte. Sie war aus Linz angereist, Renner und Tiefenbacher aus Genf. Die Wissenschaftlerin trug eine Bluse mit aufgedruckten Veilchen. Sie schienen sich im Wind zu bewegen, eine Armada aus winzigen, leuchtenden Blumen, vereinigt im Kampf gegen physikalische Irrlehren. Eva neigte ihren Kopf in Richtung Bluse, doch im letzten Moment konnte sie sich beherrschen.

Maria Tiefenbacher hatte mich aufgeregt angerufen. Sie und Renner hätten am CMS etwas entdeckt, das dermaßen revolutionär sei, dass sie darüber nur flüstern konnte. Was es genau war, behielt sie für sich. „Vielleicht bestätigt der Fund Ihre Theorie", sagte sie nur.

Eva bestand darauf, zuerst den Tafelspitz zu genießen, bevor wir „zum Geschäftlichen übergehen". Ob das eine Strategie war, ihr legendärer Mordsappetit oder gar eine subtile Foltermethode für mich, konnte ich ihrem fröhlichen, aus Vorfreude leicht geröteten Gesicht nicht ablesen. Die Professoren wirkten anfangs kühl und konsterniert. Doch dann schenkte ihnen Eva ein Lächeln, das in der Lage war, jeden Gletscher abzutauen. Selbst den Mont Blanc.

Als alle Teller abgeräumt waren, griff Renner unter seinen Stuhl und holte einen mafiös anmutenden schwarzen Lederkoffer hervor.

Einen Moment lang erweckte er den Eindruck eines Geldkuriers. Gleich würde einer der anderen drei im Austausch das Kokain überreichen. Langsam öffnete er den Koffer, aber so, dass nur er den Inhalt sehen konnte. Hatten die Frauen in meiner Umgebung offenbar einen Rätsel-Spleen, so setzte Renner auf schier endlose Pausen, um die Spannung zu erhöhen. Ich hatte das Gefühl, seinem Irokesen beim Wachsen zusehen zu können.

In Zeitlupe entnahm er dem Geldkoffer ein bedrucktes Blatt Papier, legte es verdeckt auf den Tisch und stellte das schwarze Ding wieder zwischen seine Füße.

„Ihr werdet möglicherweise eine Erklärung benötigen", sagte Renner ohne jede Ironie.

„Das werden wir wohl", antwortete Eva mit Rasierklingenstimme. Sie spielte mit den Perlen ihrer Halskette. Mit einer nach der anderen, als betete sie stumm einen unheiligen Rosenkranz.

Langsam drehte Renner das Papier um und wir beugten uns alle darüber.

„Dies ist eine typische Aufzeichnung des CMS-Detektors vom 28. September 2015. Was seht ihr?"

Was sahen wir? Eine azurblaue Hyperbel, 45 Grad nach oben gerichtet. An ihrem unteren Ende eine grüne Lichtformation, die aussah wie die Skyline von Manhattan. Im Zentrum ein bräunliches Windrad wie aus Kindertagen. In dessen Zentrum explodierte etwas. Tausende Linien, gelb und biegsam, glühende Spaghetti.

Ich ahnte etwas. „Sind das etwa … Hinweise auf ein Kaluza-Klein-Teilchen?", fragte ich aufgeregt.

Renner schmunzelte, ein wenig schief. Verspottete er mich?

„Keineswegs. Auch kein Randall-Sundrum-Radion. Es ist eine stinknormale Kollision, eines jener Ereignisse, die eine Milliarde Mal pro Sekunde stattfinden." Jetzt grinste er, zerknüllte das Blatt Papier und steckte es in seine Sakko-Tasche (Harris-Tweed, vermutete ich, als größtmöglicher Gegensatz zur Punk-Frisur. Professor Martin Renner war ein Mann der Dialektik.)

Noch einmal die Zeremonie mit dem Koffer, neues umgedreht auf den Tisch gelegtes Blatt. Koffer schließen, zurück damit zwischen die Füße.

Dann drehte er das Blatt zügig um.

„Wieder keines Ihrer Teilchen, damit Sie sich nicht zu früh freuen", sagte er zur Einstimmung.

Die Aufnahme sah der ersten nicht unähnlich. Nur dass sie nicht eine dieser Explosionen im Herzen eines Windrads zeigte, sondern etwa hundert. Die gelben Linien sahen aus, als hätte Jackson Pollock eines seiner eigenen Bilder mehrfach übermalt. Ein Bild von rätselhafter, überwältigender Schönheit.

Eva schaute mich an. Ich zuckte die Achseln. Wenn das keines der spekulativen Teilchen war, was konnte es dann sein?

Erneut wuchs Renners Korallenschopf um einen Millimeter.

„Übertreib nicht!", sagte Maria Tiefenbacher.

Renner holte tief Luft.

„Das Bild ist ein echtes Ereignis, aufgezeichnet kurz vor dem Symposion in Linz. Es ist mir ein Rätsel, wie wir es so lange übersehen konnten. Die gelben Linien sind die einzelnen Spuren geladener Teilchen. Sind einige der Spuren gebündelt, sprechen wir von einem Jet.

Ein Jet entsteht zum Beispiel aus Quarks, die Gluonen abstrahlen, die ihrerseits weitere Gluonen emittieren, sodass infolge Teilchenbündel entstehen. Die braunen Trichter symbolisieren solche Jets."

„Die Windräder?", fragte ich.

Renner sah mich entgeistert an, aber seine Kollegin nickte schmunzelnd.

„Und was ist es nun?", fragte Eva.

Renner ließ sie wieder ein paar Sekunden zappeln.

„Sagen wir so: Diese Aufnahme enthält alle Eigenschaften, die wir für die Entdeckung eines gewissen Phänomens vorausgesagt haben."

Renner schickte sich an, abermals kurz zu schweigen, aber jetzt reichte es Maria Tiefenbacher.

„Alles deutet darauf hin", sagte sie, „dass wir es hier mit einem schwarzen Loch zu tun haben. Einem mini-black-hole."

„Waswas?" Eva und ich, beinahe synchron.

„Das uns verschlingen wird?", setzte Eva nach.

„Erzähl uns nicht", antwortete Renner, „dass du das noch immer für möglich hältst, nach allem, was wir dir –"

„Schon gut", bremste ihn Frau Tiefenbacher. „Sie weiß schon, dass das Unsinn ist."

„Klar", sagte Eva, nicht vollständig überzeugend.

Ich gab mir Mühe, so ruhig wie möglich zu wirken.

„Was können Sie uns dazu noch sagen?"

„Pro mini-black-hole werden etwa zehn Jets emittiert, die hier als Schauer von mehreren hundert Teilchen im Detektor registriert worden sind. Im Gegensatz zu Schauern von bekannten Prozessen werden diese Jets fast gleichmäßig in alle Raumrichtungen verteilt."

„Ich verstehe noch immer nicht ganz …“ Eva, ein wenig verloren.

Frau Tiefenbacher erweckte den Eindruck, in ihrem Gedächtnis nach einem Satz zu suchen. Sie fand ihn.

„Stephen Hawking hat es am schönsten beschrieben: *Es wäre möglich, dass es uns gelänge, Schwarze Mikrolöcher in den Extradimensionen der Raumzeit zu erzeugen. Nach einigen Theorien ist das Universum, das sich unserer Erfahrung erschließt, nur die vierdimensionale Oberfläche eines mehrdimensionalen Raumes.*“

„Dann haben die Stringtheoretiker doch recht!“, rief ich.

Renner brummte etwas Unverständliches vor sich hin, Tiefenbacher schenkte ihm einen wohlwollenden Blick.

„Betrachten wir es so“, sagte sie: „Dieses Bild könnte der Beweis sein, dass mehr als vier Raumzeitdimensionen existieren.“

„Die größte Sensation seit der Publikation der Relativitätstheorie“, sagte ich.

„Oder seit der Entdeckung des Higgs-Bosons“, ergänzte Renner sachlich.

„Und was hat es damit auf sich“, fragte Eva, offenbar wieder auf ihren Fall konzentriert, „dass diese Entdeckung jemanden reich machen könnte?“

Maria Tiefenbacher zupfte an ihren Ärmeln herum.

„Es ist gewiss zu großem Teil Spekulation. Doch einiges spricht dafür, dass es so sein könnte. Der Frankfurter Physiker Horst Stöcker hat schon 2006, also noch vor Inbetriebnahme des LHC, darüber geschrieben. Er argumentiert, dass möglicherweise nach dem Zerstrahlen des schwarzen Mikrolochs ein Teil von ihm nicht vernichtet wird und stabil bleibt. Man nennt diese Überbleibsel *relics.*“

„Tut mir leid“, sagte Eva. „Ich bemühe mich wirklich, aber …“

„Moment. Gleich kommt’s. Stöcker hat berechnet, dass mit einem von ihm so genannten Relikt-Konverter aus diesen Überresten Energie erzeugt werden könnte. Er sagt, der gesamte Weltjahresenergieverbrauch von 10 hoch 21 Joule könnte in diesen Konvertern, mit nur zehn Tonnen Energie angefüttert, erzeugt werden. Das klingt nach viel Geld, finden Sie nicht? Die andere Variante stammt von Hawking. Seiner Einschätzung nach, müsste man das Mikroloch, um es anzuzapfen, auf einen Orbit um die Erde bringen. Auch wenn die Wahrscheinlichkeit, dass eines dieser beiden Szenarien Wirklichkeit werden könnte, nicht allzu hoch ist.“

„Gleich null“, sagte Renner.

Eva bestellte sich einen doppelten Remy Martin. Er kam prompt, und ebenso rasch war er wieder verschwunden. Eva Mattusch als Cognac-Konverter.

Einen Moment lang verlor sie die Selbstbeherrschung, beugte sich über Maria Tiefenbachers Bluse und roch an den Veilchen.

VIERTER TEIL

WÖLFE IM GOTTESDIENST

Black hole sun,
Won't you come
Soundgarden

EINS

Eva hatte mir verboten, am Prozess teilzunehmen, um Jelena nicht zu verunsichern. Sie lege es mir nahe, das waren Evas Worte. Ob das eine Beleidigung meiner zwischenmenschlichen Fähigkeiten war oder eine kluge, für meine Beziehung zu Jelena sogar ehrenvolle Vorsichtsmaßnahme, hat sich mir bis heute nicht gänzlich erschlossen.

„Wie lange wird das Verfahren dauern?", fragte ich ungeduldig. Wir saßen nebeneinander auf der Bank vor dem Landesgericht, es war der Abend vor dem ersten Prozesstag.

Eva zuckte die Achseln. „Das ist ein Geschworenenprozess. Es kommt darauf an, wie viel Jelena aussagt."

„So wenig wie möglich", vermutete ich.

Eva nickte. „Dann also zwischen einem Tag und einer Woche. Das hängt auch davon ab, wie viele Zeugen vorgeladen werden. Gerade wenn ein Angeklagter schweigt, versucht das Gericht oft, sein Leben und seinen Charakter durch Zeugenaussagen zu erhellen. Dann noch die Gutachtenserörterung durch die Gerichtsmedizin. Die dürfte sich nicht besonders langwierig gestalten. Ausgeblutet ist ausgeblutet. Alles klar?"

„So ungefähr." Ich überlegte.

„Wie wollen Sie die Verteidigung eigentlich anlegen?"

„Anlegen?"

„Ja, ich meine – was wird aus unseren Theorien? Welche halten Sie für die vielversprechendste?"

Eva zögerte.

„Ich fürchte, keine davon wird uns weiterhelfen. In diesem Verfahren sind vage Thesen nicht brauchbar.“

Abrupt stand ich auf, atmete tief ein und drehte mich zu Eva um. Sie wirkte entspannt, was meinen Unmut weiter schürte.

„Dann war also alles umsonst?“

„Bitte, Herr Hollaus, nicht so dramatisch. Sie werden doch verstehen, dass ich nichts verwenden darf, wofür ich nicht konkrete Anhaltspunkte liefern kann. Stellen Sie sich bloß vor, die Angeklagte beginnt zu reden und widerspricht ihrer Anwältin. *Dann* wäre alles umsonst gewesen.“

„Aber wenn –“, begann ich, wusste aber nicht weiter.

Evas Stimme wurde sehr sanft.

„Solange Jelena nicht kooperiert, gibt es nur eine Möglichkeit: Zweifel zu säen.“

Ich setzte mich wieder hin.

„Grundsätzlich reicht es aus“, fuhr Eva fort, „wenn die Hälfte der Geschworenen Zweifel hat und die Frage nach der Schuld verneint, um zu einem Freispruch zu kommen. Vor allem dann, wenn es sonst keinerlei Beweise gibt. Oder bei Widersprüchen im Geständnis. Wenn die Geschworenen mutmaßen, dass Jelena jemanden schützen will oder nur nach Aufmerksamkeit heischt –“

„Oder erpresst wird!“, unterbrach ich sie.

„Ja, ja. Oder erpresst wird. Wenn also bei vier der Geschworenen der Zweifel nicht gänzlich ausgeräumt wäre, könnte Jelena freikommen.“

„Zweifel“, wiederholte ich.

Eva nickte. „Er ist unsere große Hoffnung.“

Bevor wir uns trennten, vereinbarten wir, dass ich an den kommenden Tagen von 9 bis 17 Uhr auf unserer

Bank sitzen würde und Eva mir alles bis ins kleinste Detail erzählen müsse.

Die Verhandlung legte ein Tempo vor, das uns alle überraschte. Den ersten Beschleunigungsschub bewirkte die sogenannte Zeugin. Sie konnte sich nicht nur nicht mehr an den genauen Zeitpunkt erinnern, zu dem Jelena aus Kollers Zimmer gekommen sein sollte; plötzlich war sie sich auch nicht mehr hundertprozentig sicher, was die Person Jelena selbst betraf. Eva erzählte, die Zeugin habe etwas von langen hellblonden Locken zu Protokoll gegeben, die unter einer Mütze hervorgequollen wären.

ZWEI

Einerseits ärgerte ich mich, dass ich draußen bleiben musste. Andererseits war mein Vertrauen in Evas Fähigkeiten geradezu stündlich gewachsen, und es war nicht auszuschließen, dass sie wieder einmal recht hatte. Jelena war eine fragile Person, trotz der Ungerührtheit, die sie zur Schau stellte, und in ihren Tiefen schlummerte möglicherweise so manches Ungeheuer. Daher war es wohl das beste, den Wissenschaftsjournalisten, der sein Leben lang noch keinen Gerichtssaal von innen gesehen hatte (außer natürlich den von *Die zwölf Geschworenen* oder den von *Die Zeugin der Anklage*), vor der Tür zu belassen. Trotzdem hätte ich viel dafür gegeben, dabei sein zu dürfen.

Die Tür schwang auf und zwei äußerst elegante, aber keineswegs langweilige junge Frauen stürmten aus dem Gebäude. Sie lachten, umarmten sich, traten einander sanft gegen die Schienbeine. Ob das ein erwachsenes Verhalten zwischen Mordangeklagter und furioser Anwältin war, wagte ich zu bezweifeln. Jelena trug trotz Juniwärme einen feuerroten Pelzschal, darunter aber recht wenig. Eine mit gelben Linien bedruckte Seidenbluse, einen Rock, der knapp über die Knie reichte sowie farblich zum Schal passende Sneakers. Eva hatte sich, wie als Geste an mich, eine steinalte, aber saubere Lederjacke umgehängt. Die Farbe ihres Kostüms war wunderschön, aber nicht zu benennen.

Nun folgte einer der schönsten Momente unseres gemeinsamen Abenteuers. Jelena sprintete auf mich zu, nahm ihren Schal vom Hals, warf ihn wie ein Lasso um meinen Kopf, zog fest daran, bis unsere Gesichter einander berührten, und drückte mir einen Kuss auf den Mund.

Jaja, sie küsste mich. Überraschung?

„Danke", sagte Jelena nach endlosen, viel zu kurzen Sekunden. „Danke für Ihre Geduld. Dafür gibt's auch eine kleine Belohnung."

Inzwischen hatte sich Eva neben mich gesetzt.

„Wie ist es gelaufen? Wie ist es gelaufen?", fragte ich zweimal hintereinander, als wäre ich nicht sicher gewesen, ob ich den ersten Satz nur gedacht hatte.

„Na ja", machte Eva und spendete Jelena einen herausfordernden Blick.

„Diese junge Dame hier hat nicht viel geredet. Keine privaten Geschichten, von Motiven natürlich ganz zu schweigen. Die Liebe zu ihrem Vater war das einzige Thema, zu dem sie länger gesprochen hat. Und natürlich die große Tragödie: Wie man vergessen kann, dass man jemanden von hinten in den Rücken erdolcht. Wo doch der Gerichtsmediziner berichtet, der Brieföffner wäre bei der Halsschlagader ein- und beim Nacken beinahe wieder ausgetreten."

Unschuldiges Lächeln von Jelena. Eva weiter im Text.

„Der Mensch, der beim nächsten Mal in einer Verhandlung zu mir sagt: *Dazu möchte ich nichts sagen*, dem kann ich nur raten: *Fliehe weit und schnell.*"

„Sie lesen Fred Vargas?", rief ich.

„Nur weil ich muss. Fachlektüre, gewissermaßen."

Jelena zog ein wenig an ihrem Schal, damit ich bemerkte, dass mein Kopf noch nicht frei war.

„Bevor wir jetzt in ein sterbenslangweiliges Belletristik-Fachsimpeln abgleiten, möchte ich noch einmal auf mein Geschenk für Georg Hollaus hinweisen."

„Noch ein Kuss?“, rief ich mit entflammten Backen.

Jelena lächelte so gewinnend, dass Hades ihr einen roten Teppich ausgerollt hätte. Zurück ins Leben natürlich, wann immer das nötig sein mochte.

„Nein, Herr Hollaus, etwas viel Wichtigeres.“

„Gibt’s nicht.“ Ohne den Bruchteil einer Sekunde nachzudenken.

Jelena warf ihren Kopf in den Nacken und wieherte den Wolken einen Ruf zu, der sie alle in Pferde verwandelte.

„Der ATLAS-Aufzug funktioniert wieder.“

„Was?“

„Ich dachte schon, das würde Sie freuen! Und ich biete Ihnen eine exklusive Führung.“

Seltsame kleine Tränen bildeten sich hinter meinen Lidern. Schön würde es werden, den ATLAS zu sehen!

Doch ein Kuss, ein Kuss, ein Kuss von Jelena war mehr wert als eine Milliarde Kollisionen pro Sekunde.

DREI

Aufgewühlt standen wir vor dem berühmten Gebäude mit der Nummer 33. Zum ATLAS-Eingang waren es vom Empfang des CERN nur ein paar Schritte über die Straße. Wir flanierten standesgemäß über die Esplanade des Particules. Die Fassade der Anlage zierte ein gewaltiges farbenprächtiges Graffito, das den Vorgang hundert Meter tiefer zu veranschaulichen trachtete. Es wirkte, als hätten René Magritte und Salvador Dalí das Werk in seltener Eintracht gemeinsam gefertigt. Man sah smaragdgrüne Riesenschrauben, gelbe Magneten auf beiden Seiten der Wand und in der Mitte eine rosafarbene Röhre samt gleißend weißer Protonenkollision.

„Das ist eines der Produkte unseres Kunstprojektes", sagte Jelena, und das Wort *Kunst* klang aus ihrem Mund mehr verächtlich als anerkennend.

Wir betraten das ATLAS VISITOR CENTRE und Jelena führte mich auf direktem Weg zu den Türen des Aufzugs, dessen wochenlangem Funktionsausfall ich diesen ganz besonderen Besuch zu verdanken hatte.

„Den Liftingenieur haben sie inzwischen gefeuert", sagte Jelena trocken.

Den Augenscanner kannte ich schon. Ich wunderte mich nur, dass er angesichts von Jelenas Auge nicht durchschmolz.

Hundert Meter wie im Flug in die Tiefe.

Vom Liftausgang führte der Weg durch einen langen Tunnel, an dessen Seiten Fotos und Grafiken hingen, die ich vor Aufregung nicht konzentriert zu betrachten vermochte. Es wäre mir auch albern vorgekommen, ein Bild aufmerksam anzusehen, dessen Motiv um die Ecke lag.

Das erste, was ich von ihm sah, war eine dicke weiße Röhre, gespickt mit Kabelbündeln in allen Farben des Spektrums. Leitern, die direkt in den Himmel zu führen schienen, den ATLAS auf seinen Schultern trägt. Und dann, wirklich nur noch einmal ums Eck, der Riese selbst. Ich sah die berühmten Magneten, Myon-Spectrometer und Kalorimeter, wobei ich gestehen muss, dass ich beim Anblick der bizarren Formen nicht ganz sicher war, welches Gerät welchen Namen trug. Wie beim CMS war der eigentliche Beschleunigerring kaum dicker als ein Oberarm. Seine blaue Ummantelung glich dem Auge eines Giganten. Die goldfarbenen Elektromagneten reichten, strahlenförmig angeordnet, vom Boden bis zur Decke. Wobei diese Decke nicht sichtbar war, ich konnte nur aneinandergereihte silberne Bogenröhren erkennen, die aus den Magneten wuchsen und parallel nach oben ins Nichts führten. Ein Gezücht von Riesenschlangen aus Stahl, ohne Köpfe; oder nur *ein* Wesen mit sieben abgetrennten Häuptern wie die Hydra nach dem Kampf mit Herakles. Gespenstische Farben spuckend aus nackten Hälsen. Die Urknall-Maschine entblößt sich, wenn sie nicht arbeitet.

„Setzen wir uns“, sagte Jelena, die meine Erregung spürte.

Da es keine Sitzgelegenheiten gab, war mir erst nicht klar, was sie meinte.

Doch dann ließ sie sich trotz ihrer Pumps mit solcher Eleganz und Anmut zu Boden gleiten, dass alle Fragen verflogen. Und so saßen wir uns im Schneidersitz gegenüber, auf einem Gitterboden unter dem Weltenträger.

„Jetzt reden wir Tacheles“, sagte Jelena. Sie nahm ihre Umhängetasche von der Schulter und legte sie vor sich auf den Boden. Auf der Tasche prangte das Logo des CERN.

„Schöne Tasche“, sagte ich.

Jelena schaute mich an, als hätte ich einen Satz auf Chinesisch gesagt. Sie zog ein Blatt heraus und hielt es mir hin. Das gewaltige Auge des ATLAS spähte ihr über die Schulter, argwöhnisch, wie mir schien.

„Das kennen Sie schon, nicht wahr?“

„Ja.“

„Ein mini-black-hole, stimmt’s?“

„So wurde es uns erklärt.“

Jelena ließ kurz ihre dünnen Finger über meine Schulter laufen.

„Da haben wir aber nicht genau hingeschaut“, sagte sie im Jargon einer Krankenschwester.

„Ich denke schon“, verteidigte ich mich.

„Nicht genau genug!“

Sie fischte einen würfelförmigen Gegenstand aus der Tasche, der sich als altmodische Lupe entpuppte. Sie legte das Blatt auf den Boden und stellte den Würfel darauf. Ich äugte hindurch, konnte aber nichts Ungewöhnliches entdecken. Oder sagen wir: nichts noch Ungewöhnlicheres.

„Na?“

Ich zuckte die Achseln.

„Sehen Sie hier die dünnen Schattenlinien?“

Erst beim dritten Versuch sah ich sie.

„Was bedeutet das?“

„Nun“, verkündete Jelena triumphierend, „das Blatt ist entweder eine Fälschung. Oder ein Systemfehler.“

„Das ist nicht Ihr Ernst“, sagte ich entgeistert.

„Doch. Hier sind Hunderte verschiedene Aufnahmen von Ereignissen übereinandergeblendet. Wenn es Absicht war, ist das ein höchst komplexes Verfahren, ich glaube nicht, dass ich so etwas hinbekäme. Doch es könnte natürlich auch ein Detektorfehler sein, das ist nicht eindeutig feststellbar."

„Die Schönheit des Irrtums", sagte ich.

„So ist es", lachte Jelena.

„Und weiter?"

„Koller ist entweder dem falschen Bild auf den Leim gegangen, oder …"

„Oder?"

„… er hat es selbst angefertigt und wollte in Linz seine Fälschung präsentieren. Doch das glaube ich nicht. Dafür war er nicht clever genug."

Wir schwiegen uns an.

„Clever genug vielleicht nicht", sagte ich endlich, „doch korrupt genug in jedem Fall."

„Und zu langweilig, um viele Gedanken an ihn zu verschwenden."

Ich spürte, wie viel Schmerz in diesem Satz mitschwang.

„Anderes Thema!", befahl Jelena. „Ich denke, Sie haben mir über Ihr Spezialgebiet noch nicht alles erzählt."

„Über Tunguska? Inwiefern?"

„Sie schulden mir noch eine Geschichte, das spüre ich. Vielleicht sogar die beste."

Ich musste lachen. „Oder die schönste. Sie haben mich ertappt. Ich habe Ihnen etwas mitgebracht."

„Bin schon sehr gespannt."

Ich zog die Beine an und schüttelte die Waden, damit sie nicht einschliefen.

„Die allerschönste, beste und wahrhaftigste Story stammt von meinem Lieblingsschriftsteller. Ein mysteriöser Amerikaner, man weiß wenig über ihn. Es heißt, seine Bücher seien die einzigen Spuren seiner Existenz. Niemand kennt sein Gesicht."

„*Niemand* würde ich nicht sagen." Sardonisches Lächeln.

„Was meinen Sie damit?"

„Voriges Jahr habe ich Thomas getroffen. Wir kennen uns nicht besonders gut. Er mag meine Arbeiten und verzeiht mir, dass ich nicht allzu viel übrig habe für zeitgenössische Fiktion."

Meine Contenance wackelte.

„Thomas? Sie wollen andeuten, Sie hätten Thomas Pynchon getroffen?"

„Das sagte ich doch schon. Letztes Jahr. Es war ein trauriger Frühlingstag in Cambridge. Die Trauerfeier für Stephen Hawking."

„Die Trauerfeier für – dort waren Sie?"

„Alles, was in der Physik Rang und Namen hat, war dort. Und Künstler wie Brian May oder Eddie Redmayne. Fünfhundert geladene Gäste."

„Was hat er ... was hat er gesagt?"

„Nicht mehr viel. Er war ziemlich tot."

„Ich meinte – ich wollte fragen –"

„Thomas?" Jelena sprach über ihn wie über einen entfernten Verwandten. „Wir haben nicht viel geredet. Eine Zeit lang gingen wir nebeneinander her. Wir waren beide sehr bewegt, glaube ich. Für mich weiß ich es. Zwei flüchtige Bekannte, die inmitten vieler anderer auf der Kings Parade einem Sarg folgten. Einem Sarg, bedeckt mit Lilien und gelben Rosen, die *Polarstern* und *Universum* hießen. Niemand sprach viel auf dem

Weg zur Great St. Mary's Church. Hinter den Absperrgittern warteten noch einmal tausend Verehrer, die laut applaudierten, als die Sargträger, allesamt Cambridge-Professoren, vorüberschritten. Thomas und ich haben einander am Eingang der Kirche schnell aus den Augen verloren. Er setzte sich in die letzte Reihe, ich wurde von den Kollegen nach vorne geschoben.

Ein Zittern in den Oberschenkeln. Mehr psychisch als physisch, vermute ich.

„Wie – wie sah er aus?"

„Wie er aussah?", echote Jelena. „Groß, schlank, normal, achtzig. Keine vorstehenden Zähne mehr."

Sie verabreichte mir zarte Handkantenschläge knapp oberhalb der Knie.

„Eine sibirische Massagetechnik?", fragte ich.

Jelena lachte hell auf. „Wissen Sie eigentlich, woher das Wort Sibirien stammt?"

Ich verneinte.

„Von den Tartaren. Es bedeutet *Schlafendes Land*. Die Ruhe, die dieses Bild vermittelt, trifft die Atmosphäre in der Tundra ganz gut. Abgesehen von der Verbrechensgeschichte des zwanzigsten Jahrhunderts. Die Massagetechnik stammt übrigens von meinem Freund Bruno aus Sofia. Hoffnungsloser Supersymmetriker."

Wir schwiegen eine Weile, aber ich kam in Gedanken von Pynchon nicht los. Ich tastete mich vor.

„Sie sagen, Sie lesen keine Belletristik?"

„O Gott, nein! Ich lese nur keine *moderne* Belletristik."

Ich lachte. „Die Avantgardistin der Physik als Literatur-Ignorantin?"

„Thomas hat mich irgendwie verstanden. Als ich ihm bei einem Essen in Brooklyn beichtete, dass ich keins seiner Bücher auch nur aufgeschlagen hatte, bekam er einen Lachanfall und bestellte eine Flasche Moët & Chandon Rosé. Wurde ein lustiger Abend."

Ich unternahm den Versuch, mich zu sammeln.

„Nur zur Sicherheit: Sie haben also auch keine Zeile von *Gegen den Tag* gelesen?"

„Nein. Nicht einmal den ersten Satz des Klappentextes."

Vielleicht konnte ich sie doch noch überraschen.

„Dann wissen Sie also nicht, was wirklich in Tunguska passiert ist?"

„Ich habe einen Verdacht. Jedenfalls kenne ich die Lieblingsthese von Thomas. Er hat sie mir erzählt."

„Lieblingsthese?"

„Tesla."

Die gewaltigen gelben Stahlträger erzitterten bei der Nennung dieses Namens. Bildete ich mir ein.

„Erzählen Sie mir Ihre Variante?" Wieder die Handkantenschläge, diesmal ein bisschen fester. „Sie haben diesen Berg von Buch schließlich bestiegen."

„Eher seine Lüfte durchflogen und seine Täler durchwandert."

„Ok. Klingt schöner. Punkt für Sie. Also?" Sie wirkte so unbeschwert und fröhlich, als hätte sie eine Landschulwoche hinter sich oder ein Kollegenpicknick und nicht Untersuchungshaft und Mordprozess. Ihre blonden Haare glänzten in der Sonne, die hier unten nicht schien.

„Dann machen wir es doch so", schlug ich vor. „Wir erzählen einander die Geschichte gegenseitig. So erfahre ich, was Pynchon gesagt hat, und Sie, was er in *Gegen den Tag* geschrieben hat."

„Klingt nach einem guten Plan. Ich beginne."

„In Ordnung."

„Thomas ist ein großer Verehrer von Nikola Tesla. Seine wilde Kindheit in Smiljan als Sohn eines serbisch-orthodoxen Priesters, seine frühen Visionen, sein Anarchismus, sein unstetes Leben, die unzähligen Erfindungen, die Anmutung des gefährlichen Genies: All das fasziniert Thomas ungemein. Er hat mir erzählt, dass Tesla nach der Patentierung seiner Wechselstrommaschine versucht hat, mittels hochfrequenter Ströme drahtlose Energieübertragung zu ermöglichen. Er spazierte bei seinen Vorlesungen (Zirkusauftritten, sagt Thomas) vor seinen Zuschauern mit Gasentladungsröhren umher, die er ohne Kabelanschluss indigoblau leuchten ließ. Bei der Weltausstellung in Chicago 1893 stellte er sich gleichsam selbst aus, produzierte mittels seiner Ströme Koronaentladungen, bis seine Kleidung und seine Haare von blauen Flammen umzüngelt waren. Sein Lieblingsprojekt war aber ohne Zweifel der Wardenclyffe Tower, ein 57 Meter hoher Holzturm mit Eisenantenne zur kabellosen Energieübertragung für die gesamte Menschheit. Wir wissen natürlich, dass der Turm nie ganz in Betrieb ging, langsam verfiel und 1917 gesprengt wurde."

„So weit, so schön", sagte ich. „Hier kommt also die Fiktion aufs Tapet. Im Buch lässt Pynchon zwei seiner jugendlichen Helden den mageren Wissenschaftler mit dem Wildwest-Schnurrbart im Turm besuchen, er nimmt sie gastfreundlich auf und hält eine kleine Rede. Sinngemäß etwa so: Unter der Erde liege eine ganze unkartografierte Region, eine Übertragung der Geografie ins Unsichtbare."

„Und wo kommt Tunguska ins Spiel?", fragte Jelena, obwohl sie es wusste.

„Das müssen jetzt Sie mir erklären.“

Jelena bewegte die Beine, unter den modischen Rissen der Jeans zeigte sich etwas Weiches, Rosiges.

„Thomas sagt, seine Lieblingsfantasie sei, dass der schon von Größenwahn gezeichnete Forscher vom Wardenclyffe Tower aus, der gar nicht so unbenutzt vor sich hin verrottete, sein Lebensexperiment startete: die drahtlose Übertragung von gewaltigen Energiemengen. Auf der anderen Seite der Welt, in der Antarktis, wartete sein Forscherfreund Peary auf die Signale. Doch etwas funktionierte nicht. Tesla hatte um eine Winzigkeit vorbeigezielt, die Mega-Energien verfehlten Pearys Basis auf Ellsmore Island und trafen mit voller Wucht die Steinige Tunguska.“

Die ATLAS-Magneten surrten. Oder waren es die Kalorimeter? Und wie war das möglich, wenn sie nicht eingeschaltet waren?

„Das würde alles erklären“, sagte Jelena.

„Stimmt. Wenn es nur wahr sein könnte. Aber es gibt noch mehr. Viel mehr.“

„Tatsächlich?“

Sie klang neugierig. Freudig überrascht wurde mir klar: Ich konnte meinen letzten Trumpf ausspielen, da sie zu meinem Glück die grandioseste Tunguska-Szene der Weltliteratur nicht gelesen hatte. Ich wollte die Passage nicht falsch zitieren, also hatte ich sie auf die Rückseite einer A-5-Postkarte geschrieben, die eines der Fotos aus Kuliks Kamera zeigte. Es berührte mich immer wieder, die von Ogdys Hand geknickten und geschälten Baumstämme zu sehen, alle im selben Grad geneigt, wie ein Tsunami aus Holz, der über die Taiga hereinbricht. Mit etwas Zittern in der Stimme begann ich zu lesen.

„Noch eine Weile nach dem Ereignis entdeckten Rentiere ihre uralten Flugfähigkeiten wieder, die im Laufe der Jahrhunderte seit dem Eindringen von Menschen in den Norden verlorengegangen waren. Bei manchen regte die Begleitstrahlung die Epidermis insbesondere im Nasenbereich zu einem Leuchten am Rotende des Spektrums an.“

„Rudolph the rednosed Reindeer.“ Jelena lachte laut. „Das gefällt mir!“

Manchmal ist es erfolgversprechend, sich mit fremden Federn zu schmücken.

„Weiter“, verlangte Jelena.

„Stechmücken büßten ihre Vorliebe für Blut ein, eigneten sich stattdessen eine Vorliebe für Wodka an und wurden beobachtet, wie sie sich in großen Schwärmen in einheimischen Wirtshäusern zusammenfanden.“

Jelena gluckste vor sich hin.

„Uhren, auch Armbanduhren liefen rückwärts. Sibirische Wölfe kamen mitten im Gottesdienst in Kirchen, zitierten in fließendem Altslawonisch Stellen aus der Heiligen Schrift und gingen friedlich wieder hinaus. Berichten zufolge hatte es ihnen besonders Matthäus 7:15 angetan: ‚Sehet euch vor vor den falschen Propheten, die in Schafskleidern zu euch kommen, inwendig aber sind sie reißende Wölfe.‘“

„Hallelujah“, rief Jelena, und wie aus Versehen drückte sie meine Knie. Sie zuckten ein wenig und Jelena entschuldigte sich artig.

„Und der Höhepunkt kommt erst.“

„Das glaube ich jetzt aber nicht“, sagte Jelena kokett.

„Doch. Mit einem Unterwüstenboot entdecken Pynchons Luftfahrer die geheimnisvolle Stadt Shambhala. Erst sehen sie nicht viel, doch gegen Morgen, im fahlblauen Nachleuchten der Finsternis, erglänzen orientalische Gebäude, brodelnde Märkte, geheimnisvolle Innenhöfe, geflieste und vergoldete Kuppeln. *Türme schwangen sich empor wie Gesang*, diesen Satz habe ich mir gemerkt. Und natürlich den folgenden: *Jahrhundertelang war die heilige Stadt, eingehüllt in Alltagslicht, Sonnen-, Sternen- und Mondlicht, unsichtbar geblieben, als hätte erst das Ereignis über der Steinernen Tunguska endlich die genauen Lichtfrequenzen freigesetzt, die es menschlichen Augen ermöglichten, sie zu sehen.* So hat Nikola Tesla, ohne es zu beabsichtigen, die Tore der versunkenen Stadt geöffnet."

„Schön", sagte Jelena. „Vielleicht sollte ich das Buch doch lesen."

„Davon werde ich Sie zu überzeugen versuchen", sagte ich mit meinem eingerosteten Charme-Lächeln.

Während unseres Schweigens sah ich in einer Halluzination, wie die Beschleunigerröhre plötzlich durchsichtig wurde und die Teilchen darin aufeinander zurasten. Kurz vor der Kollision verschwand das Bild.

„Ich bin Ihnen noch etwas schuldig", sagte Jelena ernst.

„Aber nein, wo denken Sie hin. Die Gerechtigkeit hat gesiegt, das war meine schönste Belohnung."

„Ja, die Gerechtigkeit", sagte Jelena. „Es ist doch so viel offen geblieben. Möchten Sie nicht mehr erfahren?"

„Immer gerne", sagte ich jovial.

„Beginnen wir mit meinem Vater. Er hat die Sowjetunion mit Bitterkeit verlassen, weil er dort nie die Wertschätzung erfuhr, die er verdient hatte. In Wien und in Genf ging es ihm viel besser. Doch Sie müssen wissen, er war durch und durch ein Familienmensch.

Als meine Mutter ihn wegen eines Fliesenlegers schmählich verließ, brach für ihn eine Welt zusammen. Kein Erfolg konnte das kompensieren. Er hatte nur noch mich, und wir waren füreinander da, Vater und Tochter, in Zuneigung zusammengeschweißt durch die Fährnisse des Lebens."

Ihre Augen wurden feucht.

„Vaters Buch war für einige ein Ärgernis, doch für viele eine längst fällige Streitschrift. Wir forschten beide in die gleiche Richtung. Dann beging ich den größten Fehler meines Lebens."

„Jan Koller?", fragte ich sofort.

Sie nickte. „Irgendetwas ist falsch an Freuds Wiederholungszwang. Wie kann man sich als Tochter eines liebevollen, aufopferungsbereiten Vaters in einen derartigen Narzissten verlieben? Ich habe ein paar Monate als Spiegel gelebt."

„Und dann haben Sie ihn verlassen."

„Nein. Er mich."

Nach einer Pause: „Wenigstens diese Demütigung hätte ich mir ersparen müssen."

Ich versuchte, ihre Hand zu nehmen, aber es gelang mir nicht richtig. Ein linkisches Unterfangen. Ein Blick auf die Röhre: silbern und blickdicht.

„Mein Vater sprach mit Fabiola, besonders über die Demütigungen und Quälereien, denen ich ausgesetzt war. Fabiola hörte ruhig zu und kündigte Jan. Seither verehre ich sie noch mehr."

Eifriges Nicken meinerseits.

„Doch leider war damit der Spuk nicht beendet. Jan dachte, er hätte etwas entdeckt, das meinen Vater widerlegen und bloßstellen würde. Kurz nach der niederschmetternden Herzdiagnose."

„Koller wollte seine *Große Sache* beim Symposion in Linz präsentieren. Aus Rache."

„Genau. So, und jetzt: Schauplatzwechsel. Arcotel Linz."

„Wen schützen Sie, Jelena? Liege ich ganz falsch mit meiner Erpressungstheorie?"

Sie lachte bitter. „Ich denke schon. Aber wer weiß?"

„Was ist passiert?" Ich gab mir Mühe, Nachdruck in meine Stimme zu legen.

„Beginnen wir chronologisch. Alles, was ich in dieser Nacht schon wusste, und alles, was ich später erfahren habe."

„Gerne." Ich spürte, wie sich das Gitter des Bodens langsam in meine Oberschenkel einzeichnete.

„27. April 2019. Ungefähr um 20 Uhr ruft Jan die Pflegerin meines Vaters an, um zu erfahren, wie es ihm gehe. Nicht gut, das fand er rasch heraus."

„Wir haben mit Frau Stepowa sprechen können."

„Ich weiß", sagte Jelena. „Weiter: Um 21 Uhr erniedrige ich mich so weit, dass ich Koller in seinem Hotelzimmer aufsuche. Ich flehe ihn an, mit der Veröffentlichung seiner Entdeckung noch zu warten. Bis … bis mein Vater stirbt. Er lacht höhnisch. ‚Du verstehst das nicht. Es ist ja genau der Genuss, dass der alte Nikolai es erfährt, bevor er sich für immer verabschiedet.'"

Ich legte meine Hand auf ihren Oberarm. Dieser Versuch funktionierte besser.

„Schnell war ich wieder draußen. Ich wollte nicht, dass er meine Tränen sieht."

„Das kann ich gut verstehen."

„Um 23 Uhr erhalte ich einen Anruf von einem Handy. Es ist Natalia. Sie berichtet mir, dass Vater angerufen worden ist. Eine Stimme, vibrierend vor Verachtung."

„Jan Koller!"

„Das war jetzt aber wirklich nicht schwierig", sagte Jelena mit leicht geneigtem Kopf.

„Zugegeben."

„Jedenfalls hat Jan in seinem Zerstörungswahn so laut geredet, dass Natalia fast alles verstanden hat. *Ich werde dein Lebenswerk zerschmettern, alter Krüppel!*"

Mein Körper begann zu kribbeln wie auf einer Badewiese voller Ameisen.

„Davon hat sie uns aber nichts erzählt!", rief ich.

„Natürlich nicht", sagte Jelena ruhig.

Die Riesenschlangen begannen sich zu bewegen. Nein, das war unmöglich.

Jelena sprach weiter, mittlerweile sehr nüchtern, fast teilnahmslos.

„Vater erleidet eine Herzattacke. Natalia macht alles richtig, rettet sein Leben. Der Notarzt lobt sie, mit Blaulicht geht es ins Krankenhaus. Natalia bleibt in der Wohnung."

„Und ruft Sie an."

„Wie schon gesagt. Ich beschwöre Natalia, niemandem von dem Telefonat und Vaters Reaktion zu erzählen. Dann bitte ich sie noch, meinen Anruf für sich zu behalten."

Mich fröstelte. Die Schlangen hatten sich wieder zu Metall verhärtet.

„23 Uhr 30. Noch einmal raffe ich mich auf, um in Jans Zimmer zu gehen. Irgendwie will ich ihn zur Rechenschaft ziehen. Doch er verspottet mich und sagt: ‚Endlich habe ich deinen Vater erledigt.' Ganz plötzlich weicht die Hitze des Hasses einem eigenartig kühlen Gefühl. Ich erinnere mich an das Rauchen einer Mentholzigarette."

„So eine inwendige Kühle –", begann ich, doch Jelena schüttelte den Kopf.

„Eher ein Temperatursturz. Ein jäher Nachtfrost. Als habe jemand mit bloßen Händen mein Gewissen zerdrückt."

Mir wurde heiß und kalt. Auch ein Temperatursturz, aber in beide Richtungen. Die orangen Halterungen des Titans erschienen mir wie Gummiringe, die jederzeit reißen konnten.

„Und dann haben Sie … Sie haben …"

„Mir kommt es wie eine Ewigkeit vor. Ich verstehe nicht mehr alles, was er sagt, nur einzelne Sätze. *Nikolai Karpov wird aus der Geschichte der Physik getilgt werden*, Dinge in der Art. Ich verstehe seinen Hass nicht, er hat doch alles gewonnen, zuerst mich an sich gefesselt und kurz darauf achtlos weggeworfen, er steht vor der Präsentation seiner Entdeckung, es lockt der Nobelpreis – woher nur speist sich dieses fuchsrote Gesicht?"

„Der Hass ist oft viel rätselhafter als die Liebe", sagte ich und schämte mich sofort.

„Aus welchem Poesiealbum haben Sie das denn?" Jelena ließ ihr warmherziges Lachen ertönen.

Ich schwieg, das war die beste Lösung.

Es dauerte, bis Jelena wieder zu sprechen begann.

„Zuerst sah ich nur den aufgeklappten Laptop auf dem Hotelschreibtisch. Der *Mad Scientist*, erschlagen von seinem eigenen Computer, das hätte auch einen gewissen Charme gehabt."

„Durchaus", sagte ich, nicht mehr ganz bei Sinnen.

„Dann fiel mein Blick auf den Brieföffner. Ein schönes, langes Stück, der Griff verziert mit dem Logo des

Hotels. Und vor allem, das sah ich sofort: scharf wie ein Steakmesser."

Geräusche, Geräusche. Schmolzen die Magneten? Versagten die Kalorimeter?

„Dann ist es schnell gegangen. Er hat nicht damit gerechnet. Den Griff umklammert, die Hand konzentriert erhoben. Ein Stich genügt. Die Halsschlagader ist getroffen."

Es war gut, dass ich schon saß.

„Das Blut schießt aus seinem Hals, völlig überrascht versucht er es mit den Händen zu stillen. Ungefähr so sinnvoll, wie die Niagarafälle mit einem Fingerhut aufzuhalten."

Was war das? Ein irrer Witz? Gab es hier zwei *Mad Scientists*?

„Ich bin schnell. Bevor das Blut die Daten zerstört, nehme ich den Laptop an mich, alle USB-Sticks und das gesamte Papiermaterial, dessen ich habhaft werden kann. Als ich draußen bin, sickert schon das Blut unter dem Türschlitz durch."

„Und das Geständnis?"

„Tarnen und Täuschen. Meine einzige Chance."

In der Mitte des Beschleunigers explodierten die Partikel und regneten in allen Farben auf uns herab.

„Das einzige, was ich absolut bereue, ist, dass ich Eva und Sie da hineingezogen habe. Aber ich wollte nicht Jahre im Gefängnis verbringen."

„Doch die Verhandlung ist gelaufen, niemand kann Sie mehr belangen."

„Zu viele amerikanische Filme gesehen? In Österreich ist das nicht ganz so. Sagen wir, Sie wären jetzt so enttäuscht von mir, dass Sie mich nicht einfach davonkommen lassen wollen. Sie könnten den Fall komplett neu aufrollen. Mit neuen Zeugen, neuen Gutachten, idealerweise psychiatrischen, die mir eine krankhafte Vaterbindung attestieren. Ich werde kein Wort bei der zweiten Verhandlung äußern, das ich nicht schon bei der ersten gesagt habe. Doch mit Eva an Ihrer Seite – vielleicht wendet sich das Blatt."

Ich mühte mich, mir Eva vorzustellen, verbissen, gekränkt, erpicht darauf, Jelena hinter Gitter zu bringen. Es gelang mir nicht.

Und ich? Ich war nur der Atlas mit der Last der Welt auf meinen Schultern.

Ich dachte an Nikolai Karpov, der alles für seine Tochter getan hätte. Und an die Platte, die auf Marietta Bianchis Stapel obenauf gelegen war.

In every dream home a heartache
And every step I take
Takes me further from heaven
Is there a heaven?

VIER

„Wie läuft Ihr Ausflug mit der blonden Unschuld?“, fragte Eva fröhlich.

Ich war vom ATLAS direkt ins Hotel gefahren, wollte allein sein, obwohl ich wusste, dass ich Jelena damit Sorgen bereitete. Eva bemerkte sofort, dass etwas nicht stimmte. Wem gegenüber sollte, musste ich jetzt loyal sein? Jelena, natürlich, mein Herz ließ daran keinen Zweifel. Andererseits hatte sie einen Kollegen, auch wenn er ein grässlicher Charakter gewesen war, einfach abgestochen. Aber es ging mich ja eigentlich nichts an, das Gericht hatte geurteilt, ich hatte mich nicht einmal im Saal befunden. Dass ich Jelena nicht über die Zeitung verraten würde, lag auf der Hand. Dass ich den Fall nicht „neu aufrollen“ würde, wie Jelena das genannt hatte, ebenso. Aber es gab noch jemanden, dem ich die Treue halten musste. Und das war sehr schwierig vorherzusehen. Unmöglich einzuschätzen. Würde sie mit mir lachen und sagen, der Unhold hätte es verdient? Oder würde in dem Augenblick, in dem ich Jelena an Eva verriet, genau jene professionelle Maschine zu laufen beginnen, die neue Gutachter engagierte, mit dem Staatsanwalt kooperierte und Jelena Karpova wegschloss von der Welt?

Als Eva anrief, betrachtete ich gerade die blühenden Zierkirschen vor meinem Fenster und wippte mit den Beinen. Ich hatte immer gedacht, das *Restless Legs Syndrom* ereile einen nur in der Waagrechten.

„Was ist los? Liebeskummer?“

„Blödsinn. Das muss ich mir jetzt wirklich nicht anhören!“

„So schlimm?"

Ich nickte, und es dauerte ein paar Sekunden, bis ich begriff, dass Eva das nicht sehen konnte.

„Ja."

„Kann ich etwas für Sie tun?" Warmer, herzlicher Tonfall. Eva eben.

„Ja … nein … um ehrlich zu sein, ich weiß es nicht."

„Dann weiß ich es. In welchem Hotel sind Sie abgestiegen?"

„Jelena im Tiffany. Ich im Cornavin Geneve. Wegen der Distanz."

„Ich dachte, Sie wünschten sich endlich Nähe."

„Das ist eine zu schlichte Sicht der Dinge."

Ein tiefer Luftzug auf der anderen Seite. „Sie machen es einem nicht leicht. Erstens, ich mag Sie beide. Zweitens, wie Sie schon wissen, ich hasse Telefonieren. Lassen Sie es mich so formulieren: Haben Sie morgen schon etwas vor?"

Damit war meine Verwirrung auf dem Höhepunkt angelangt. Der Baum vor dem Fenster schüttelte seine Äste im Wind, es regnete rosarote Blüten ins Zimmer.

„Soll ich Sie in Ruhe lassen? Ist es das, was Sie wollen?"

„Nein, natürlich nicht."

„Gut." Eva lachte kurz und freundlich. „Ich schlage Folgendes vor: Ich buche für morgen einen Flug nach Genf. Die Ankunftszeit teile ich Ihnen noch mit. Sie holen mich vom Flughafen ab, wir suchen uns ein schönes Café und Sie erzählen mir, was Sie erzählen wollen. Und abends gibt es ein großes, dionysisches Festgelage zu dritt. Was halten Sie davon?"

Wieder nickte ich, doch diesmal sagte ich gleichzeitig: „Viel!"

Ich stand am Ausgang, Eva winkte schon von Weitem. Sie war eine Erscheinung, ebenso natürlich wie raffiniert. Als sie die Gepäckausgabe verließ und auf mich zukam, sah ich: nicht wenige Reisetaschen für ein paar Tage Genf.

„Wo sind Sie denn untergebracht?"

„Im Cornavin Geneve. Für das Tiffany besitze ich zu wenig Glamour."

„Da würde ich heftig widersprechen –" begann ich, doch Eva war schneller.

„Lassen Sie ruhig stecken!", sagte sie.

„Was soll ich … stecken lassen?"

„Ihr unbeholfenes Kompliment."

Da mussten wir beide lachen und schoben Evas Gepäck in Richtung Taxistand. Sie kam mir nachdenklich vor, die Augen leicht gerötet, hatte sie etwa geweint? Wusste sie alles und fürchtete jetzt, mich aus meinen Träumen reißen zu müssen?

Einer jener Straßenrowdys, die sich in Genf *Taxifahrer* nennen, brauste durch die Stadt und binnen weniger Minuten erreichten wir das Hotel. Ich hatte ein Zimmer im Erdgeschoß, ließ es mir aber nicht nehmen, Evas schwere Reisetaschen in ihr Zimmer im siebten Stock zu tragen. Atlas bleibt Atlas. Ob der Liftingenieur auch hier gekündigt worden war, konnte ich nicht herausfinden.

Wir verabredeten uns in der Lobby, eine Stunde später. Eva schritt die Stufen herab, in zweckmäßiger, ein wenig altmodischer Kleidung. Aber wie immer sie sich auch zurechtmachte, ihr Bild im Auge des Filmverrückten blieb unangetastet: Winona Ryder in *Stranger Things*. In ihren ruhigeren Momenten. Ryder, nicht Eva.

Eva mochte das Hotel; die obersten drei Stockwerke waren mit Glas konstruiert, das ganze Dach-Ensemble erinnerte an die Tate Modern von Herzog & de Meuron.

Wir nahmen an der Theke Platz und Eva wurde geradezu umflossen von einer enigmatischen Aura.

„Ich zeige Ihnen heute etwas, das Sie verblüffen wird“, sagte sie.

Wenigstens war das keine Quizfrage.

Wir fuhren mit dem Bus A Richtung Cologny. Eva sprach nicht viel, was mich verunsicherte. Wollte sie mir noch einmal die Villa Diodati zeigen, die man nicht betreten durfte? Als wir bei Cologny-Temple den Bus verließen, querten wir die Straße und fanden unsere Panorama-Bank wieder.

Setzten uns hin.

Ließen die Blicke kreisen.

Eva war äußerst amüsiert über die Tatsache, dass ich nichts Neues entdeckte. Die Situation endete in einem ihrer berühmten Lachanfälle.

„Die Männer können immer nur in eine Richtung schauen! Deshalb geht die Welt unter!“, kicherte sie. Dann nahm sie meinen Kopf behutsam in beide Hände und drehte ihn nach rechts.

„Was sehen Sie? Es ist nicht eben klein, oder?“

Das war es nicht. Ein klassizistisches Gebäude, durchaus nicht unhübsch entworfen, davor eine Mauer, welche die Lettern FONDATION MARTIN BODMER trug. Zwischen Museum und unserer Parkbank mehrere durchsichtige Quader mit himmelblauen Symbolen, die ich nicht zu einem Ganzen zu ordnen vermochte.

„Schön“, sagte ich.

„Sie haben keine Ahnung, wo Sie sich hier befinden, stimmt's?"

„Sollte ich?"

„O ja", sagte Eva, „und wie Sie sollten. Sie sitzen vor der Fondation Bodmer, der größten Privatbibliothek der Welt mit 150.000 Exponaten. Die Fondation beherbergt Schaustücke, die Ihnen gefallen könnten, wenn Ihr neues Interesse für die Romantik nicht geheuchelt ist."

Also erhob ich mich zügig, noch vor Eva, und marschierte auf den Eingang zu. Ein paar Treppenstufen führten hinunter zum Eingang. Ich war noch etwas geistesabwesend, meine Gedanken kreisten um Jelena, beim Zahlen fiel mir ein Geldschein zu Boden. Erst als ich mich wieder aufrichtete, wurde mir klar, in welche Wunderkammer ich da geraten war.

Das erste, was ich sah, waren Seiten eines ägyptischen Totenbuches.

„Sind die –", wagte ich zu fragen.

„Echt", antwortete Eva streng, „alles ist hier echt. Die sumerischen Schrifttafeln, die Handschrift eines Gedichtes von Rimbaud, apokryphe Bibeltexte, die Gutenberg-Bibel, Sades Manuskript zu *Die hundert Tage von Sodom*, eine Handschrift der *Ilias* vom 8. Jahrhundert vor Christus. *Un musée à la gloire du livre* nannte es Martin Bodmer –"

„Moment, Moment, ich beginne gleich zu hyperventilieren."

Eva grinste. „Und das Schönste ist: Wegen dieser alten Blätter sind wir gar nicht hier."

Jetzt begriff ich gar nichts mehr.

Eva zog mich an den Schätzen vorbei, ich konnte gerade noch einen Blick auf das Originalmanuskript der

Hymnen an die Nacht erhaschen, dann standen wir in einem anderen Raum. Das Zimmer war noch dunkler. Spärliche, dünne Lichtstrahlen fielen auf die Papiere.

„Üblicherweise", flüsterte Eva, sind diese Artefakte nicht für den normalen Besucher verfügbar. Aber ein, zwei Anrufe beim netten Direktor Jaques Berchtold – et voilà!"

„Warum flüstern Sie? Weil Speicheltröpfchen das Papier beschädigen könnten?"

„Nein. Weil es sich hier so gehört."

Zuerst die Erstausgaben.

Percy Bysshe Shelley, *Prometheus Unbound, 1820*

Percy Bysshe Shelley, *Mont Blanc, 1817*

Mary Shelley und Percy Bysshe Shelley: *History of a Six Week's Tour, 1817*

Eva zitterte. War es Ehrfurcht, war es Frösteln? Sie drehte mich um und stellte mich vor die seitliche Wand des Ausstellungsraums.

Autografen.

Die Handschrift eines Gedichts von Percy Shelley, *On a Dead Violet*:

The odor from the flower is gone
Which like thy kisses breathed on me;
The color from the flower is flown
Which glowed of thee and only thee!

„Jetzt zu Mary", sagte Eva. „Dieses Schriftstück neben Percys Gedicht ist ein Originalbrief von Mary Shelley an Sophia Stacey vom 7. März 1820. Viel schärfer und politischer als ihr Gemahl, finden Sie nicht? Hier diese Stelle zum Beispiel. Bedenken Sie: Sie spricht über die Krönung des Königs von England:

„Alas but a few days ago he was but a good for nothing prince – bankrupt in character – but the crown

that circles the moral temples of a king has regenerated him."

Die Handschrift war unregelmäßig, das Schriftbild eines unsteten Menschen; doch dazwischen gab es Stellen, die Insistenz ausdrückten. Jedes *that* hatte einen Querstrich über allen Buchstaben.

Nach einer andächtigen Pause verkündete Eva: „Und jetzt gehen wir wieder an die frische Luft und Sie erzählen mir, was Ihnen so am Herzen liegt!"

Die Sonne blendete uns, obwohl wir nur so kurz unter der Erde gewesen waren. Im Garten der Auberge du Lion d'Or wucherten die Vergissmeinnicht, in ihnen machte sich Evas Nase besonders schön. Die Place Pierre-Gautier war ein winziger, aber einladender Marktplatz, durch die Luft zogen Schwaden von Oleander und Lorbeer, Lavendel und Wildrosen. Über eine niedrige Hecke sah man das tausenderlei Türkis des Lac Léman. Von unserer Bank aus bot sich ein beeindruckendes Panorama. Neben dem Gipfel des Le Reculet erhob sich der Crêt de la Neige, auf dem Colomby de Gex glitzerte Eis im Nachmittagslicht und über dem Col de La Faucille schichtete sich ein gewaltiger Kumulushaufen dem Himmel entgegen.

Das wusste ich allerdings nur, weil neben unserer Bank eine Schautafel angebracht war.

„Genug Natur", sagte Eva. „Was ist passiert?"

Auf dem Boden lag ein Ast, den hob ich auf und stocherte damit im Kies herum.

„Passiert ist eigentlich nicht viel", log ich.

„Außer dass Sie sich verliebt haben und Ihre Zuneigung nicht erwidert wird."

„Nein!“, rief ich. „Sie sind auf der ganz falschen Spur!“

„Welche Spur wäre denn die richtige?“

„Fälschungen. Irrtümer.“

„Aha“, machte Eva. „Übrigens, wo sind denn eigentlich Ihre Erpresser geblieben?“

Ich machte eine wegwerfende Handbewegung. Eine winzige schneeweiße Katze streunte vorbei und wollte mit der Spitze meines Stockes spielen. Ich tat ihr den Gefallen und ließ sie ein bisschen im Kreis laufen.

Eva wurde jetzt strenger im Ton.

„Gibt es irgendetwas, das ich wissen müsste?“

„Gibt es etwas“, konterte ich, „das Sie längst wissen, nur ich bin der naive Journalist, dem man Informationen vorenthält?“

Eva grinste freundlich. „So würde ich das nicht formulieren.“

Ich spürte, wie sich die Bank unter uns zu drehen begann. Das Karussell-Gefühl, ich kannte es schon. Fragen stürmten durch mein Gehirn, ein Schauer glühender Teilchen.

Eine davon begann ich zu formulieren.

„Sagen Sie mir allen Ernstes, Sie hätten die ganze Zeit gewusst –“

„Natürlich nicht die ganze Zeit“, unterbrach mich Eva.

„Sie haben mich zum Idioten gemacht, ist Ihnen das klar?“

„Bitte, lieber Herr Hollaus, beruhigen Sie sich. Ich hatte lange einen Verdacht, aber nicht mehr.“

„Seit wann wissen Sie es?“, rief ich aufgebracht.

Unter uns schnitt ein Segelboot seine Spur durch den See.

„Je weiter die Verhandlung fortschritt, desto sicherer wurde ich. Ihr Verhalten war ungewöhnlich. Ich hatte das Gefühl, sie würde mich umkreisen. Am Ende habe ich sie zu einem Gespräch genötigt und sie hat mir alles gebeichtet."

„Und Sie haben ihr gleich die Absolution erteilt?"

„Ich habe mit Religion nichts am Hut. Aufmerksam zuhören war genug."

„Wofür?"

„Um sicher zu sein, dass ich sie nicht verraten durfte."

„Sie lassen eine Mörderin einfach so davonkommen?"

„Diese Empörung nehme ich Ihnen jetzt nicht ab. Sagen Sie bloß, Sie hätten an meiner Stelle Jelena auffliegen lassen?"

Kurze Pause. Dann musste ich zugeben: „Nein."

Aber mein Unmut war noch nicht verflogen. Die Möwen zogen ihre Kreise und mein Zorn reiste ein Stück mit ihnen durch die Luft.

„Warum haben Sie mich dumm sterben lassen?"

„Hab ich nicht. Jelena hat darauf bestanden, es Ihnen selbst zu erzählen. Offenbar mag sie Sie, und irgendwann ist die Zeit der Lügen vorbei."

Langsam nickte ich. Beachtete die Vögel nicht mehr.

Eva sah mich von der Seite an.

„Also, wo lassen wir heute Abend unser Gelage steigen?"

FÜNF

Eva hatte die Idee, zu Ehren ihrer romantischen Helden ihre Freunde auf die Ìle de Rousseau zu einem vorübergehenden Abschlussessen einzuladen. Das Abendlicht fächerte sich durch das üppige Grün der Bäume, an manchen Spitzen hingen glitzernde Lichtperlen. Spazierte man über die Pont des Bergues und betrat dann über eine schmale Brücke das winzige Stück Land, wimmelte es unter den Beinen von Enten und Schwänen. Das Denkmal des großen Dichters und Vorbilds der Shelleys senkte in Demut sein bronzenes Haupt, doch das ungezügelte Wachstum der Äste und Blätter erstreckte sich bis unter seine Nase. Es war ein Wunder, dass er nicht niesen musste. Das Restaurant war zu klein, um diesen Namen zu verdienen, doch wie Eva wusste, gab es hier das beste Raclette weit und breit. Unter gelben Sonnenschirmen saßen wir an Holztischen, verneigten uns innerlich vor Rousseau und waren deutlich angespannt, alle drei. Möwen und Spatzen landeten auf unserem Tisch, aber da ich keine Ahnung hatte, wie Jelena auf Vögel reagierte, ließ ich das Brot in der Hosentasche stecken.

Eva bestellte für uns alle Cognac. Sie war eindeutig die Chefin am Tisch. Raclette für die beiden Frauen, ich widersetzte mich und orderte ein Omelette nach Art des Hauses.

„Ich bin gestern wieder Frankenstein begegnet“, sagte Jelena.

„Wie war er?“, fragte Eva fröhlich.

„Nein, im Ernst“, sagte Jelena. „Ich habe etwas bemerkt, was ich vorher nicht gesehen habe.“

„Und worüber wir nie gesprochen haben?“, wollte ich wissen.

„Nein, darüber nie. Es geht um Victor. Er verliert einen geliebten Menschen nach dem anderen an den Dämon. Seinen Bruder William, seinen Freund Clerval, seine große Liebe Elisabeth. Und wann bricht er zusammen, wann wird er verrückt?“

Sie schwieg kurz. Dann, fast tonlos: „Als er den Tod seines Vaters mitansehen muss.“

Eva nahm mit der Hand ganz fest Jelenas Unterarm. Sagte aber nichts.

Jelena hob den Kopf.

„Nichts über die Liebe zu stellen ist das oberste Gebot. Wer es bricht, ist verloren.“

„D'accord!“, sagte ich, bemüht leichthin. „Und Victor hat es gebrochen.“

„Aber was ist mit dem Dämon?“, fragte Eva.

„Er möchte so gerne gut sein, gut wie eine Pflanze in Rousseaus Garten.“

„Doch die Menschen lassen ihn nicht“, sagte Jelena.

Eva nickte. „Am Ende steht das Geschöpf als grausamer Massenmörder da. Und was hat Victor gemacht? Einen Homunculus erschaffen, dann verstoßen und am Ende dessen Braut zerrissen. Ausschließlich aus lauteren Motiven.“

Jetzt hielt ich es nicht mehr aus, holte ein kleines Stück Brot aus meiner Tasche und hielt es der Möwe hin, die sich meinem Cognac näherte. Dabei beobachtete ich Jelenas Gesichtsausdruck genau.

Womit ich nicht gerechnet hatte, war der Unterschied zwischen einem Spatzen- und einem Lachmöwenschnabel. Im Bruchteil einer Sekunde floß Blut, und mein Schrei war auch nicht sehr tapfer. Jelena starrte auf das Blut und ihr ganzer Körper fror ein.

Unter der Pont du Mont-Blanc fuhr ein riesiger Schaufelraddampfer durch.

Ich versuchte eine umständliche Entschuldigung, doch Eva unterbrach mich.

Sie tätschelte Jelenas Hand und sofort weilte diese wieder unter den Lebenden.

„Es gibt ein Ausmaß von Erniedrigung, die jede Verteidigung rechtfertigt, nicht wahr, Jelena?“

Jelena nickte und bettete ihren Kopf auf Evas Oberarm.

„Stellen Sie sich vor, was ich vor Kurzem in *Nature* gelesen habe“, sagte Jelena mit Blick zu mir.

„Wir sind gespannt.“ Ich zupfte Jelenas königsblauen Schal zurecht, damit er nicht in den Cognac getaucht wurde.

„Das Tunguska-Geheimnis wird wahrscheinlich nie gelöst werden.“

Sie richtete sich auf und schaute mich an.

„Sie sind also Vogelliebhaber“, sagte sie. „Daran müsste ich mich gewöhnen.“

Im nächsten Moment riss der Himmel auf und wir sahen die ganze Pracht des Mont Blanc. Zum ersten Mal. Weiße Wüsten, rasiermesserscharfe Bergrücken, rosige Flächen inmitten des Eises.

Eva entzog Jelena eine Hand und legte sie auf meine.

„Wissen Sie, wie die ersten Zeilen von Percy Shelleys *Mont Blanc* lauten?“, fragte sie.

„Nein.“

„The everlasting universe of things
Flows through the mind, and rolls its rapid waves.“

Ich danke
Univ.-Doz. DI Dr. Claudia-Elisabeth Wulz, CMS Experiment CERN, Institut für Hochenergiephysik der Österreichischen Akademie der Wissenschaften, TU Wien, und
Univ.-Doz. DI Dr. Manfred Krammer, Department Head, Experimental Physics Department CERN, für ihre außergewöhnliche Unterstützung, die großartigen Führungen durch die Anlagen des CERN und die Geduld und Herzlichkeit beim Beantworten meiner unzähligen Fragen.
Claudia-Elisabeth Wulz darüber hinaus noch für das geniale Lektorat in physikalischen Belangen.
Martin Puntigam für die Vermittlung.
Mónica Bello, Head of Arts at CERN, Valeria Pietropaolo, Arts at CERN Coordination, und Paolo Catapano, Head of Audivisual Production Service, Education, Communication an Outreach, für den Zugang zum ATLAS und die fachliche Begleitung.
Dr. Gerfried Stocker für die Vermittlung.
Dr. Philip Christl, Sprecher der Staatsanwaltschaft der Stadt Linz, für die Führung durch das Landesgericht Linz und die kompetente juristische Beratung.
Rechtsanwalt Dr. Axel Zaglits ebenfalls für juristische Hinweise.
Gabriele Deutsch und Anna Mitgutsch für die genaue und kritische Lektüre.
Christine Rechberger und Georg Hasibeder für das beste Lektorat, das man sich als Autor nur wünschen kann.
Arno Kleibel und dem Otto-Müller-Team für ihr Vertrauen und ihre Begeisterung.